T0278841

INDIRA

INDIRA

Santiago Díaz

es una colección de
RESERVOIR BOOKS

A mis sobrinos:
Alejandro, Jorge, Gonzalo, Jimena y Javi

Con qué facilidad una vida normal puede dese-
quilibrarse, en un segundo, hacia la locura, hacia
la muerte.

PIERRE LEMAITRE, *Vestido de novia*

I

1

La inspectora de homicidios Indira Ramos está sentada al borde de la cama. Jamás le había importado tan poco que la habitación que ha reservado por una noche en un hotel con vistas al parque del Retiro de Madrid no esté impoluta. Se fija en que el cuadro que hay colgado en la pared de enfrente, que pretendía ser abstracto, está torcido y tiene el cristal cubierto de polvo. Al apartar la mirada, ve que detrás de la puerta —en la que hay pegado un plano con las esquinas levantadas y sobre el que anteriores inquilinos han dejado escritas sus dedicatorias— se notan las habituales marcas de suciedad que produce una fregona poco escurrida y utilizada en unos cuantos suelos de más. En cualquier otro momento, sufriría uno de sus ataques de ansiedad al ver todo aquel desastre, pero el trastorno obsesivo-compulsivo relacionado con el orden y la limpieza que rige su vida ha quedado relegado a un segundo plano desde hace días.

Abre el bolso y saca el teléfono. Tiene decenas de llamadas perdidas y mensajes de WhatsApp sin leer, tanto de su compañero y padre de su hija, el inspector Iván Moreno, como del abogado Alejandro Rivero, de su madre y de sus compañeras, la subinspectora María Ortega y la agente Lucía Navarro. Los ignora y va directa a la galería fotográfica. Antes, solo utilizaba la cámara del móvil para fotografiar escenas de crímenes y estudiar después las imágenes por si en el momento se le había escapado algo que pudiese conducirla al culpable. Pero desde que nació Alba hace ya casi tres años, ella ocupa todo el carrete.

Mira con tristeza las fotos que recorren la vida de la niña, esperando que algún día pueda comprenderla, perdonarla y deje de preguntarse los motivos que la llevaron a tomar esa decisión. Al terminar de examinar cada una de ellas, graba dos extensos mensajes de vídeo. El primero se lo envía a Alejandro Rivero y el segundo, al inspector Moreno. Cuando comprueba que los han recibido, apaga el teléfono y lo vuelve a guardar en su bolso.

Se levanta y sale a la terraza. Se sorprende al notar que el aire es menos frío de lo que esperaba al estar en un octavo piso y ya a mediados de otoño, aunque quizá lo que ocurre es que hoy su cuerpo es incapaz de sentir ni de padecer. Mira hacia el horizonte, donde destaca la torre de comunicaciones de Torrespaña, conocida popularmente como El Pirulí. Cuando fue inaugurada en 1982, con una altura de doscientos treinta metros, era el orgullo de los madrileños, y aunque sigue siendo una seña de identidad de la capital, hoy en día se diluye entre enormes edificios que la han convertido en un simple elemento pintoresco.

Después, Indira mira hacia abajo. Como había pedido en recepción, su terraza no da a la calle, sino a los jardines del propio hotel, desiertos en esta época del año. La excusa era que quería aislarse del ruido del tráfico, pero la verdad es otra.

Al tocar la barandilla, ve que está repleta de cagadas de pájaro. Piensa en regresar al interior para buscar una toallita hidroalcohólica con la que limpiarla, pero lo descarta, se apoya en ella y trata de pasar al otro lado. Una fuerza invisible tira de la inspectora hacia abajo, impidiendo que levante la pierna más allá de un par de palmos. Lo más seguro es que sea el instinto de supervivencia, que sale a flote hasta en los momentos más difíciles, incluso cuando ya está todo decidido y no hay vuelta atrás. Lo intenta una vez más y, a pesar de que el sentido común sigue poniéndoselo difícil, lo consigue.

En el exterior de la barandilla, aunque casi nada lo diferencie del interior, siente el viento soplar con más fuerza y saborea la sensación de llenar sus pulmones de aire por última vez. Descubre que un hombre la observa oculto entre los árboles, pero no da la voz de alarma ni hace nada por detenerla. Indira le dedica un último pensamiento a su hija Alba que le arranca una leve sonrisa y se dispone a saltar al vacío.

UN TIEMPO ANTES

2

Cuando en mitad de una boda las puertas de la iglesia se abren de par en par, la gente sabe que solo puede ser alguien con ganas de hacerlo saltar todo por los aires. Si tienen algo que ocultar, los novios suelen temerse lo peor, y la inspectora Indira Ramos fue de las que aguantó la respiración con los ojos cerrados mientras el novio, los testigos, el cura y los invitados se giraban sobresaltados. Aunque tenía claro que quería a Alejandro Rivero, en el fondo deseaba ver aparecer al inspector Iván Moreno, de quien, por mucho que intentase ocultárselo tanto a los demás como a sí misma, seguía enamorada. Pudo haberle elegido a él, pero salió a flote su marcado sentido de la responsabilidad y se decidió por el hombre que les daría más estabilidad a ella y a Alba: un abogado honesto y trabajador con el que ya había estado a punto de casarse hacía años y a quien se reencontró cuando buscaba la manera de encerrar a Antonio Anglés para siempre. De haberse quedado con Moreno, la convivencia hubiese sido una constante batalla, una montaña rusa emocional con momentos de felicidad plena alternados con otros de rabia y de desasosiego. Con Alejandro, en cambio, sabía que todo le iría bien y que respetaría sus peculiaridades sin cuestionar por qué siente la necesidad de limpiar sobre limpio o de pisar solo las baldosas negras de la acera.

Aun así, se volvió con la esperanza de ver entrar a Moreno, seguramente borracho y con el chucho que adoptó para complacer a su hija en brazos, pero lo que entró fue polvo y confeti de una boda anterior, arrastrado por el golpe de aire. Uno de los invitados se apresuró a cerrar de nuevo las puertas e Indira sonrió a su futuro marido, con tanto alivio como decepción.

A pesar de que Indira detesta viajar y se resistía a ir de luna de miel, Alejandro la convenció y dejó a su hija a cargo de su madre y de Iván, esperando que no terminasen matándose. Pero aunque no podía imaginar a dos personas más opuestas que la abuela y el padre de Alba, estos consiguieron entenderse y llevarse de maravilla.

Para la pareja de recién casados, los problemas empezaron en el aeropuerto. Por megafonía anunciaron el embarque del vuelo a Grecia que tenían previsto coger e Indira tuvo un ataque de pánico. Cuando estaban a punto de perder el avión, Alejandro entró en el baño de la T-4 donde se había encerrado su esposa y llamó a la única cabina que estaba ocupada, soportando las miradas de censura de las demás mujeres.

—Indira, ¿estás ahí?

—Vete tú si quieres, Alejandro —respondió ella desde el interior—, pero yo no me subo a ese avión.

—¿Por qué no?

—Porque tengo el pálpito de que se va a caer.

Se hizo el silencio en el servicio. Las viajeras se miraban unas a otras contagiadas por la inseguridad de Indira. Sugerir eso en un aeropuerto es como sugerir que hay salmonelosis en un restaurante cuya especialidad es la ensaladilla rusa.

—No digas tonterías. Si no quieres, no volamos, pero deja de comportarte como una cría y sal de ahí.

Indira cedió y abrió la puerta. Alejandro prefirió callarse antes de decir algo de lo que se fuese a arrepentir —detalle que jamás hubiera tenido Iván Moreno— y se dirigió hacia el control de pasajeros, asumiendo que se quedaba sin vacaciones. Cuando iban a salir, Indira tuvo un momento de cordura.

—Espera, Alejandro... Tengo la sensación de que, si perdemos ese vuelo, jamás me lo perdonarás.

—Claro que te lo perdonaré —respondió él—, pero no entiendo qué te ha dado ahora con los aviones. He volado contigo unas cuantas veces y jamás habías tenido estas neuras.

—Según mi psicólogo, si no puedes controlar los miedos, al menos tienes que intentar despistarlos.

Indira se dirigió decidida hacia el *duty free* y compró una botella de vodka, que procedió a beberse de tres tragos ante la atónita mirada de su marido. Aquella tarde voló, pero los dos primeros días en Santorini los pasó encerrada en la habitación del hotel, con una resaca de campeonato. Cuando al fin pudo salir y comprobó que todo estaba bien en casa, algo cambió en ella y fue capaz de disfrutar de una romántica luna de miel, en la que hubo cenas al borde de acantilados, excursiones por el mar Egeo, submarinismo y hasta sexo al aire libre.

Volvió a la rutina quince días después y, al poco tiempo, se enteró de que el inspector Moreno había solicitado formar su propio equipo lejos de ella, por lo que pasó los siguientes cuatro meses trabajando mano a mano con la subinspectora María Ortega. A Iván solo lo veía en los pasillos de la comisaría o cuando iba a recoger o a llevarle a su hija. Aunque ambos se trataban con respeto por el bien de la niña, seguían recriminándose supuestas traiciones cada vez que se encontraban.

—Si no fuera porque te has casado hace nada —le dice Ortega mientras desayunan—, diría que quien te pone es Moreno.

—¿A qué viene eso, María? —pregunta Indira a la defensiva.

—Basta con miraros.

—No digas tonterías, anda. —Trata de disimular para enseguida cambiar de tema—: ¿Ya sabemos cuándo se reincorpora Lucía?

—Se supone que mañana.

—¿Cómo está?

—De las heridas del accidente se ha recuperado bien, pero yo todavía la veo tocada por la muerte de Jimeno.

—Ella conducía el coche, es normal que siga afectada.

3

No es fácil levantarse por las mañanas sabiendo que eres una asesina, y es peor aún cuando a quien has matado era tu compañero y mejor amigo. La agente Lucía Navarro ha estado muchas veces a punto de convertir la baja por las heridas sufridas en el accidente de tráfico –para todos fortuito, aunque lo cierto es que estrelló intencionadamente el coche para acabar con el oficial Jimeno porque este había descubierto su implicación en la muerte de su amante– en un abandono definitivo de la policía. Durante la rehabilitación ha querido tirar la toalla casi a diario, marcharse lejos en busca de algo que apacigüe su mala conciencia, aunque sabe que eso no lo encontrará ni en el último rincón del mundo, que solo dejará de sentir remordimientos acabando con todo. Pero si se lanzó contra aquel pilar de hormigón con el cinturón de seguridad puesto fue porque quería vivir.

A menudo se despierta en mitad de la noche empapada en sudor después de recibir la visita de los dos hombres a los que ha matado. El arquitecto Héctor Ríos viene a pedirle perdón por haber cargado a escondidas la pistola con la que solían jugar en la cama, para que así su muerte fuese tomada como un asesinato y no como un suicidio que impediría que su mujer y su hija cobrasen un seguro de vida que les sacaría de la ruina en la que él las había metido. El oficial Óscar Jimeno, en cambio, se limita a observarla con la mitad de la cabeza aplastada. Y la mirada que le dedica no es de odio ni de desprecio, sino de decepción, y eso es lo que más le afecta. Ella quiere decirle que lo siente, que no le dejó otra opción, pero las palabras se le quedan atascadas en la garganta. Lo que peor lleva es no tener la opción de disculparse y decirle que se arrepiente, que si pudiese volver atrás, aceptaría con gusto la condena que le impusieran.

Sale de la ducha y observa su cuerpo desnudo frente al espejo. Aunque hace rehabilitación a diario, se le nota la falta de actividad. A pesar de eso y de las numerosas cicatrices, sigue siendo una mujer muy atractiva. Pero en lo último que piensa ahora es en sexo. Se viste con ropa discreta y coge la pistola que desencadenó la tragedia. No la ha tocado en el último medio año y, si por ella fuera, no lo volvería a hacer. El problema es que ya tiene suficiente con disimular su culpabilidad y no le resultaría sencillo explicar por qué una policía ha desarrollado esa aversión por las armas.

—Bienvenida, Lucía —dice la inspectora Ramos al verla entrar en su despacho—. Tienes muy buen aspecto.

—¿Tú crees?

—Ya sabes que yo no soy muy de andarme con cumplidos.

Indira se levanta para saludarla con cariño y le ofrece asiento. La agente Navarro ocupa una silla frente a ella.

—¿Dispuesta a volver a cazar asesinos?

—El último al que perseguí se me escapó —responde Lucía.

—Héctor Ríos, cierto. Intenté reabrir el caso hace un par de meses, pero llegué al mismo callejón sin salida que María, Jimeno y tú. Quizá algún día tengamos un golpe de suerte y encontremos algo, pero por ahora lo mejor es que nos olvidemos. No será el primer crimen ni el último que quede sin resolver.

Lucía asiente. Es una buena noticia para ella, aunque en el fondo desearía que todo se descubriera para poder librarse de un secreto que nunca ha dejado de quemarle por dentro.

—Sé que es un momento complicado para ti, Lucía. Cuando yo me reincorporé después de la excedencia, lo pasé fatal, pero terminé adaptándome y no quería estar en ningún otro lugar que no fuera este.

—A mí se me ocurren decenas.

—Ser poli se lleva en la sangre, nos guste o no. ¿Cómo te has planteado esta nueva etapa?

—No entiendo la pregunta.

—Supongo que ya sabes que Moreno ha montado su propio equipo. Quizá prefieras irte con él.

—¿No me quieres contigo?

—Lo que no quiero es coaccionarte.

—Me gusta este equipo, aunque no seamos más que María, tú y yo.

—Estoy a punto de conseguir un buen fichaje, pero no pienso decir quién es antes de tiempo y que se gafe.

Lucía sonríe. Echaba de menos esas cosas de Indira.

—Y en cuanto a ti —continúa la inspectora—, ¿vas a seguir con el mismo rol que antes del accidente?

—¿Qué otras opciones tengo?

—Tienes estudios, experiencia y eres una buena policía. ¿Nunca has pensado en presentarte a las oposiciones para inspectora?

Unos días antes de disparar por accidente al arquitecto Héctor Ríos, Lucía había decidido que eso era lo que quería hacer. Aunque ascender varias categorías de golpe no era lo más habitual dentro de la Policía Nacional, ella cumplía todos los requisitos. Pero desde que su vida se complicó y se convirtió en una asesina, no había vuelto a pensar en ello.

—Ya habrá tiempo para discutirlo —resuelve Indira al percibir su indecisión—. Ahora reúnete con María. Tienes que ponerte al día.

4

A Juan de Dios Cortés –Jotadé para los que le conocen– le despierta un olor a comida muy familiar. La terrible resaca hace que tarde casi un minuto en lograr abrir los ojos para descubrir que está en su habitación de casa de sus padres. En las paredes siguen colgados los pósteres del Real Madrid, de Camarón de la Isla y la guitarra que nunca aprendió a tocar por más que le dijeran que siendo gitano llevaba el ritmo en la sangre. Le cuesta otro rato más recordar qué hace allí y por qué ha dormido vestido y con los zapatos puestos:

–La boda de la prima Maca...

Las bodas gitanas acaban con cualquiera: se empieza a beber mientras los novios se preparan, se continúa durante la ceremonia y, después de que la *ajuntaora* haya certificado la virginidad de la novia y enseñe a los invitados el pañuelo manchado de sangre, cuando los hombres se rompen las camisas para mostrar su felicidad, comienza una celebración que puede durar hasta cuatro días en los que no se para de beber, de cantar y de bailar. Lo único capaz de revivir a alguien que haya pasado por algo así es el potaje de la Flora. Jotadé busca su pistola y, cuando la localiza enredada entre las sábanas, se la guarda en la cintura y sale de la habitación.

–¿Ya has amanecido, hijo?

–Malamente. –Le da un beso a su madre, va a la cocina y retira la tapa de la olla–. Esto huele que alimenta.

26

—Todavía le falta una miaja para que los garbanzos estén tiernos. Sácale una cerveza a tu padre.

Jotadé coge un par de cervezas de la nevera, sale al patio trasero y observa a su padre, que está arrodillado en el suelo cuidando las tomateras. Hace no tanto, Paco era un patriarca al que los vecinos recurrían para solucionar los conflictos de la comunidad. Ahora, desde que todo se torció, se ha convertido en un fantasma que solo está vivo por el respeto y el miedo que le tienen a su hijo menor.

—No me gusta verte de rodillas, papa.

—Araña roja —responde el viejo contrariado, mostrándole el envés de las hojas, cubierto de pequeños huevos amarillentos—. Estos jodidos bichos están por todas partes.

—Sigo pensando que es mejor comprar los tomates en la frutería de la Encarni.

Jotadé le ofrece la cerveza y aguarda a que su padre se levante. No le ayuda, intentando no dañar más aún su orgullo, pero nota que cada vez le cuesta más esfuerzo moverse. La artrosis hace que sus sesenta y cinco años parezcan ochenta.

—Te oí llegar de madrugada —dice su padre tras darle el primer sorbo a la cerveza.

—Pensé en tirar para mi casa, pero le prometí a la mama que vendría a comer y me dio vagancia ir y volver.

—¿Estaba guapa tu prima Maca?

—Preciosa.

—Me hubiera encantado celebrarlo con toda la familia.

—Sabes que no puedes, papa.

—Tu madre tuvo que ir sola, como si ya fuese viuda —dice resignado. En momentos como este se arrepiente de lo que pasó, aunque si pudiera volver atrás, actuaría de la misma manera. Suspira y se apoya en el hombro de su hijo—. Entremos.

En el salón se encuentran a Flora con su hija Lorena, que se oculta para que su padre y su hermano no le vean la cara.

—¿Qué pasa?

—No pasa nada —se apresura a responder la madre—. ¿Por qué no te llegas a comprar una barra de pan, niño?

—He preguntado que qué pasa —insiste Jotadé.

Flora busca la ayuda de su marido con la mirada. Paco, al ver que la chica sigue dándoles la espalda, lo comprende de inmediato.

—Acércate a por el pan, anda —le dice a Jotadé—. Los pucheros de tu madre no saben igual si no se puede pringar.

—Cuando hago una pregunta, quiero que se me conteste. Mírame a la cara, Lorena.

—Déjalo estar, Juan de Dios —le ruega su madre.

—¡He dicho que me mires!

Jotadé agarra a su hermana del brazo, la gira y descubre que tiene media cara hinchada y amoratada. El ojo, inyectado en sangre, gotea lágrimas de color rosáceo.

—Hijo de la grandísima puta... —masculla apretando los dientes.

—Deja que yo lo arregle, por favor. —Lorena intenta frenar a la desesperada el arranque de su hermano—. ¡Ha sido culpa mía!

Jotadé sale decidido de casa, sin escuchar los gritos y las súplicas de su madre y de su hermana. Su padre le da otro trago a la cerveza, como si eso no fuese con él.

En cuanto ve aparecer el inconfundible Cadillac Eldorado negro del 89 derrapando por el extremo de la calle, el Manu sabe que tiene problemas muy serios. Su primera intención es plantarse frente a su cuñado y decirle que no se meta en lo que él hace con su mujer, pero eso solo empeoraría las cosas, así que echa a correr en dirección contraria, tratando de refugiarse en el portal más cercano. Jotadé adivina sus intenciones y le corta el paso con un volantazo que hace que su cuñado ruede por encima del capó. Se baja del coche y le persigue hasta la esquina donde hace unos minutos el Manu trapicheaba con sus amigos. A pesar de que todavía están allí, ninguno piensa mover un dedo por él:

sabía lo que podía pasarle y aun así le dio una paliza a su mujer, cuyos gritos y súplicas se habían escuchado en todo el barrio a primera hora de la mañana. Y ahora le toca suplicar a él, aunque de nada le va a servir.

—Tu hermana se lo ha buscado, Jotadé —dice intentando justificar su cobardía cuando se ve acorralado—. ¡Me ha faltado al respeto delante de mis compadres!

—¡Me cago en tu puta madre y en tus muertos *pisoteaos*! ¡Te dije que si volvías a tocarla, te mataba!

El primer puñetazo lo da con tantas ganas que nota cómo sus nudillos se hunden en el pómulo de su cuñado, fracturándolo. Los siguientes diez o doce le hacen papilla los huesos. Cuando ya ha escupido varios dientes y su cara es un amasijo deforme bañado en sangre, Jotadé saca su pistola y le mete el cañón en la boca.

—No, por favor... —gimotea el Manu—. Te juro que no volveré a tocarla.

La docena de gitanos que observan la escena esperan con excitación a que apriete el gatillo, pero Jotadé no está tan loco ni piensa arruinarse la vida por un mierda como ese. Solo necesita que el Manu piense que puede hacerlo, y por el repentino olor a orín y a heces, sabe que lo ha logrado.

—¡Agua! —avisa uno de los chicos—. ¡La pasma!

—Has tenido suerte —le dice Jotadé mientras le saca la pistola de la boca y se la vuelve a guardar en la cintura.

Los dos policías que salen del zeta le apuntan con sus armas:

—¡Pon las manos en la cabeza!

Jotadé obedece y cruza los dedos por detrás de la nuca. Mientras un agente le esposa, su compañero pide por radio una ambulancia para el Manu. El hedor que desprende hace que los vecinos que se habían congregado a su alrededor se separen asqueados sin que los policías tengan que pedírselo. Desde ese mismo día, todos en el barrio empezarán a conocerle como «el *enmierdao*».

5

Los meses siguientes a la boda de Indira con el abogado Alejandro Rivero, el inspector Iván Moreno se ocupó de recuperarse del tiro que le había dado Antonio Anglés en la rodilla y de afianzar la relación con su hija Alba. Al principio, mientras los recién casados disfrutaban de su luna de miel, a la abuela de la niña no le hacía pizca de gracia dejarla a solas con él y se empeñaba en acompañarlos a todas partes. Las discusiones entre doña Carmen e Iván por todo tipo de asuntos relacionados con la pequeña estaban a la orden del día, pero pronto los dos comprendieron que solo pretendían lo mejor para ella. Ahora, todos los jueves por la tarde, mientras Alba está en clase de natación, meriendan juntos sin dejar de observarla a través de la cristalera de la cafetería de la piscina, donde han instaurado la tradición de tomarse un par de batidos detox.

—¿Cómo que te vuelves al pueblo, Carmen?

—Ya estoy harta de vivir en Madrid, hijo. Aquí la gente parece que va con un petardo en salva sea la parte. Además, supongo que a mi yerno no le hará gracia tener que cargar conmigo.

—Estoy seguro de que le das menos problemas que Indira.

—Ya sé que a ti no te cae muy bien, pero es un santo varón.

—No tengo nada contra él. Al contrario, sé lo bien que trata a Alba, así que solo puedo estarle agradecido.

—Esa niña tiene suerte de poder contar con los dos. Ya puedo morirme tranquila.

Moreno se queda con el vaso de batido a unos centímetros de la boca mientras mira a la abuela de Alba, preocupado.

—No estarás queriendo decirme algo, ¿verdad?

—¿Algo como qué?

—No sé... como de repente quieres volver al pueblo y dices lo de morirte tranquila, pues he pensado que...

—No me seas cenizo, Iván —le interrumpe la abuela Carmen mientras toca la madera de la mesa con los dedos meñique e índice de ambas manos—. Yo no pienso morirme hasta dentro de muchos años, ¿te enteras?

—Me alegra oírlo... —responde él con alivio—. Echaré de menos estas charlas, te lo aseguro.

—Espero que vengas a visitarme de vez en cuando, muchacho. Si tengo que esperar a que Indira me lleve a Albita, lo llevo crudo.

—Cuenta con ello, Carmen.

En el vestuario de la piscina, las madres de los demás niños no le quitan ojo a Iván mientras ayuda a vestirse a Alba.

—¿Por qué te miran así esas mujeres, papá?

—Vigilan que te ponga bien la ropa.

Desde que ejerce como padre, Iván ha ligado más que nunca. Él jamás ha tenido problemas para relacionarse, pero lo de ahora es una exageración. Aunque quizá tenga mucho menos que ver con la existencia de Alba de lo que se imagina; el dolor que le produjo saber que Indira no le elegía a él se le ha quedado marcado en la mirada y siempre hay alguna mujer dispuesta a consolarle. Y él, para no sentirse tan solo durante las quinientas noches de las que hablaba Joaquín Sabina, no suele rechazar su compañía. Solo deja aparcada la vida de crápula cuando se queda a cargo de su hija. A estas alturas, ya tiene claro que no quiere hacerle daño a la verdadera mujer de su vida.

—¿Puedo acompañarte a sacar a Gremlin, papá?

—Mañana tienes cole, Alba. Tengo que llevarte a casa o tu madre me matará.

—Va a bañarme otra vez porque siempre dice que huelo a...

—Cloro —Iván la ayuda.

—Eso.

—Pues paciencia, hija. Aunque entre la piscina y las manías de tu madre, vas a terminar arrugada como una pasa.

Alba se parte de risa e Iván la deja en casa de Indira, donde Alejandro Rivero sale a recogerla. Los dos hombres cruzan un cordial aunque escueto saludo, y luego Iván vuelve a su apartamento, saca a pasear al perro y se pide algo para cenar a través de una aplicación con la intención de ver algún capítulo de las dos o tres series que tiene empezadas. Pero apenas le ha hincado el diente a la empanada gallega que ha pedido esa noche cuando llaman a la puerta.

—Hoy no tienes a la niña, ¿no? —le pregunta una atractiva mujer de unos cincuenta años que sujeta una botella de vino.

—No. Y por lo que veo, tú tampoco tienes a tu marido.

—Hoy le toca con su amante. Aunque, según él, está cenando con unos clientes.

En cuanto a su situación dentro de la policía, todos daban por hecho que, cuando se recuperase de su lesión, el inspector Moreno seguiría capitaneando junto a Indira Ramos el mejor equipo que se conocía, el mismo que había logrado acabar, entre muchos otros, con el mayor asesino de la historia contemporánea de España. Pero los roces entre ellos cada vez iban a más y, para que su rol como padres de Alba no terminara viéndose afectado, decidieron que lo mejor sería alejarse lo máximo posible. El problema es que trabajan a dos despachos de distancia el uno del otro y raro es el día que no terminan tirándose los trastos a la cabeza por los motivos más peregrinos. El comisario ha pensado muchas veces en deshacerse de uno de ellos y enviarlo a una comisaría en la otra punta de Madrid, pero su rivalidad tan infantil hace que intenten demostrar constantemente quién es mejor policía y los perjudicados son los criminales a los que tienen que perseguir.

A Iván le repatea haberse visto obligado a renunciar a la subinspectora Ortega y a la agente Navarro, pero siempre han formado parte del equipo de Indira y no le quedan fuerzas ni ganas de pelearse por ellas. Se conforma con el grupo que ha logrado reunir, que tiene una alta tasa de éxitos: el joven agente Lucas Melero, con más pinta de youtuber que de policía, y la oficial Verónica Arganza, que a sus veinticinco años recién cumplidos se ha convertido en su mano derecha. Al principio ella solo resolvía el papeleo, pero se ha dado cuenta de que tiene un don para trazar los perfiles psicológicos de los sospechosos. Le basta con hablar cinco minutos con ellos para saber si son o no culpables. Verónica ni oculta ni disimula su homosexualidad, algo que, en algunos de los ambientes en los que se mueve, le supone una presión extra. Pero ella no está dispuesta a dejarse doblegar por algo que ya debería estar superado hace años. Cuando algún gilipollas pretende ningunearla por su orientación sexual, tiene claro lo que responder:

—Según las estadísticas, aquí ahora mismo hay dos homosexuales aparte de mí, así que yo de vosotros me lo hacía mirar, porque más de uno se la casca pensando en el que tiene al lado...

6

Jotadé se ha acurrucado en el banquito de la celda, con la misma ropa que se puso hace más de veinticuatro horas para el cuarto día de fiesta de la boda de su prima Maca. Ha doblado la chaqueta con chorreras para utilizarla como almohada y para cubrirse con una manga de la potente luz de la bombilla, colocada aposta para que los detenidos no descansen. También se ha quitado los zapatos y han quedado a la vista los tomates de sus calcetines. Sabía que tendría que tirarlos después de tanto tute, así que se puso los más baratos que vende su familia en el mercadillo. Duerme tranquilo, sin remordimiento alguno por lo que le ha hecho al Manu. Lo único que le podría pesar es haberse perdido el puchero de su madre.

—¿Se puede saber qué hacemos aquí, Indira?

La agente Lucía Navarro y la subinspectora María Ortega miran a su jefa desconcertadas. Ella les ha pedido que la acompañasen sin decirles el motivo y ahora se ha quedado sin habla contemplando la escena. Los agujeros de los calcetines de Jotadé atraen la mirada de la inspectora Ramos como los agujeros negros atraen la materia.

—¿Jefa? —insiste Navarro.

—Sí... —reacciona al fin—. Este es Juan de Dios Cortés. El oficial Cortés. Un policía al que me gustaría incorporar a nuestro equipo.

—¿Estás segura? —pregunta Ortega perpleja.

—Hasta esta misma mañana... sí. ¿Podéis despertarle, por favor?

La agente Navarro se acerca a él y le zarandea sin demasiada delicadeza.

—Cortés, despierta.

Jotadé se incorpora mientras se limpia la baba con la manga de la camisa.

—¿Qué pasa?

Lucía ha regresado con María y con Indira. La inspectora Ramos mira al oficial espantada, empezando a convencerse de que se ha equivocado con su elección. Jotadé pasea la mirada por cada una de ellas.

—¿Qué? —pregunta desconfiado.

—Soy la inspectora Indira Ramos y ellas son la subinspectora María Ortega y la agente Lucía Navarro.

—Sé quién eres. En todas las comisarías se habla de ti... aunque no sabría decir si bien o mal.

—Continúa, por favor. No te cortes.

—Algunos dicen que eres una chivata lameculos y otros que solo eres honesta y haces lo que debes.

Navarro y Ortega se incomodan, sin saber cómo se lo va a tomar Indira. La inspectora sigue con la mirada clavada en el oficial, imperturbable.

—¿Y tú qué opinas?

—No me gustan los chivatos, aunque sé por propia experiencia que a veces no queda otra que irse de la lengua.

—Estoy de acuerdo.

—Lo que también he oído —continúa— es que eres una poli cojonuda. Tanto como insoportable.

—De eso doy fe —interviene la subinspectora Ortega, y enseguida nota la mirada asesina de Indira—. Tarde o temprano se iba a dar cuenta, jefa.

—Un día de estos discutiremos si la insoportable soy yo o

vosotros, María. —Indira vuelve a Jotadé—: ¿Podrías decirnos por qué estás aquí?

—Problemas familiares.

—Según el informe de los agentes que te detuvieron, le diste una paliza a un tal Manuel Salazar. Le has roto la nariz, un pómulo y el arco superciliar y le has dislocado la mandíbula, aparte de saltarle cuatro dientes. ¿Qué narices había hecho, Cortés?

—Pegar a mi hermana. Y delante de mí, a una mujer no se la toca.

Las tres policías cruzan las miradas mientras Jotadé se calza y se pone la chaqueta. A ninguna de ellas le hace falta que un hombre la defienda, pero siempre es una alegría saber que un maltratador se ha llevado su merecido.

—¿Puedo irme ya?

—Como el tal Salazar se ha negado a denunciarte alegando que las heridas se las ha hecho al caerse por unas escaleras, no se van a presentar cargos —responde Indira—, pero los jefes están bastante hartos de tus salidas de tono y no quieren dejarlo pasar. A no ser que yo dé la cara por ti, claro.

—¿Y qué tengo que hacer para eso? Me gustaría irme a casa a darme una ducha y cambiarme de ropa.

—Todo depende de si aceptas o no una oferta que voy a hacerte, Juan de Dios.

—Mejor Jotadé. Te escucho.

—Nuestro equipo ha sufrido una serie de bajas en los últimos tiempos. Primero fue la desgraciada muerte del oficial Jimeno y después la emancipación del inspector Moreno. Y ahora toca reconstruirlo.

—¿Quieres que yo cubra alguna de esas bajas? —se sorprende él.

—Veo que lo has entendido. Solo tienes que saber que aquí nos gustan las cosas bien hechas. Nada de actuaciones solitarias ni mucho menos ir dando palizas a nadie. Si quieres estar con nosotras, tienes que cumplir las normas, que básicamente son las mismas que aparecen en el reglamento con alguna cosita más.

—¿Qué cosita?

—Tu estilo personal no nos importa, pero valoramos la buena presencia, o al menos la higiene. Por experiencia te digo que eso abre muchas puertas.

Jotadé se mira y comprende que va hecho un desastre.

—Es que vengo de una boda —se justifica.

—Tampoco nos interesa lo que hagas en tu vida privada, siempre y cuando no sea ilegal. Si aceptas, sería para incorporarte mañana mismo. ¿Qué me dices?

Jotadé la mira dubitativo.

—¿Esto lo has hablado con mi inspector?

—Se muere de ganas de perderte de vista.

7

La actriz Sara Castillo lo tiene todo para ser feliz, pero, por algún motivo, no consigue serlo plenamente. Desde muy niña tuvo claro cuál era su vocación y no se limitó a esperar a que un director de cine la descubriese por la calle. A los ocho años, mientras sus amigas jugaban con muñecas, ella formaba parte de una compañía teatral que representaba obras clásicas por todos los escenarios de España; con dieciséis protagonizó una popular serie de televisión y a los veinte ganó el primero de sus dos premios Goya. Ahora, pasados los cuarenta, sigue siendo una actriz muy conocida y respetada en la profesión, pero lo cierto es que ya no le llueven los contratos. Está en esa edad en la que ha dejado de ser joven para los papeles de hija, pero no es lo bastante mayor para que la tengan en cuenta en los de madre. Es un limbo que obliga a muchas actrices a aceptar trabajos de los que antes huían como de la peste... y desde hace varias temporadas, Sara ejerce como profesora de interpretación en un conocido reality que busca nuevos talentos, como si no hubiese ya suficientes juguetes rotos con sus sueños hechos añicos.

En lo relativo a su vida personal, tampoco tiene motivos para quejarse; después de varias relaciones tóxicas, encontró la estabilidad con José Miguel, un inspector de Hacienda con el que tiene dos hijos de seis y cuatro años. Él es quien le aporta la serenidad que necesitan muchas de las personas que se mueven en ese ambiente tan irreal y cargado de intereses. Gracias a que su marido gana un sueldo normal y tiene un horario estable, ella mantiene los pies en el suelo.

Sara nunca ha sido una mujer miedosa, quizá porque su fama le ha servido como protección al estar siempre escoltada por productores, periodistas o fans, pero desde hace algún tiempo tiene la sensación de que alguien está esperando la oportunidad de acercarse y hacerle daño.

La primera vez que lo notó fue un par de meses atrás, cuando se dirigía a la entrega de premios de una revista de moda. Una chica de la organización —que más tarde fue fulminantemente despedida— se equivocó con la hora de recogida y ella tuvo que esperar en la calle quince minutos a que apareciese el coche de producción. Pocas veces ha estado sola, ni siquiera cuando lo ha buscado; siempre hay alguien que se acerca a pedirle un autógrafo o una foto. Y aquella tarde no fue distinto, pero aparte de las acostumbradas miradas de curiosidad, de envidia e incluso de decepción que suscita a diario, percibió que alguien la observaba de una manera amenazante. No sabría decir si se trataba de un hombre o de una mujer, solo que esa sombra le puso los pelos de punta. La segunda vez que notó algo parecido fue durante una charla que dio invitada por una ONG. El lugar escogido estaba lleno, y aunque Sara no consiguió localizarla entre las decenas de espectadores que abarrotaban la platea, supo que aquella presencia volvía a rondarla.

—Deberíamos contratar a un guardaespaldas, Sara —le dijo por la noche José Miguel—. Así nos quedamos todos más tranquilos.

—Lo más seguro es que sean imaginaciones mías, cariño. Además, tener a un tipo vigilándome las veinticuatro horas me pondría todavía más nerviosa.

—Será una vigilancia muy discreta y solo cuando vayas a exponerte. Probemos unos días a ver cómo resulta, ¿de acuerdo?

José Miguel contrató a un guardaespaldas que, aunque incomodaba a la actriz, cumplía a rajatabla la discreción que se le había exigido. A las pocas semanas, y puesto que no volvió a sentir esa inseguridad, Sara se convenció de que todo había sido producto de su imaginación y decidió prescindir de él. Pero lo cierto era que, con protección o sin ella, esa presencia seguía muy cerca, y, después de tantos meses, ya conocía sus rutinas a la perfección.

8

Cuando Lola termina su turno de cajera en un supermercado y llega a casa agotada y harta de clientes que se creen que está allí para resolver sus problemas, se encuentra a Jotadé esperándola sentado en el descansillo. El traje que el oficial se puso para la boda, después de tantas horas, ya ni merece la pena llevarlo al tinte.

—¿Tú qué haces aquí? —pregunta Lola a la defensiva—. Tu hijo hoy está en el fútbol, así que ya te estás largando.

—Me han dicho que tienes las llaves de mi coche.

—No sé por qué me traen nada tuyo si llevamos separados dos años...

Lola entra en casa y deja la puerta abierta, una especie de invitación para que Jotadé la siga. Cada vez que atraviesa ese pasillo, se siente fatal al ver que sus fotos han sido sustituidas por las de Pablo, un payo que se dedica a la construcción. En muchas de ellas sale con Joel y el niño parece feliz a su lado. Solo podría darle las gracias por cuidarle tan bien, pero su existencia le escuece demasiado como para hacerlo. Al entrar en la cocina, Lola coge las llaves del Cadillac de la encimera y se las tiende.

—¿Cuándo vas a cambiar ese cacharro?

—Nunca.

Jotadé las coge y ella le mira de arriba abajo.

—Vas hecho una mierda, Jotadé.

—Todavía no he podido ir a casa a cambiarme.

—Ya me he enterado de lo del Manu. Le has destrozado la cara.

—Él se lo ha buscado.

Jotadé mira a su alrededor y localiza la cazuela de donde proviene el olor que tanto ha llamado su atención.

—¿Has hecho conejo?

—Solo han quedado tres tajadas.

—Menos da una piedra.

—Te las comes y te largas.

Jotadé se sirve un vaso de vino mientras espera a que se caliente el conejo en el microondas. Se queja de que el payo compre vino peleón y Lola le manda a tomar por culo. Si no fuese porque le tiene tanta tirria, le enviaría una caja de un buen reserva como agradecimiento por cuidar tan bien de las dos personas que más quiere en el mundo. Cuando suena la campanilla, se sienta a comer mientras observa a su ex, que, a pesar de los años y del cansancio, le sigue pareciendo tan guapa como el día que la conoció. Ella trajina en la cocina fingiendo que le ignora, pero su sola presencia continúa poniéndole nerviosa.

—¿Cómo te va con el payo?

—El payo se llama Pablo —responde con sequedad—. Y me va de lujo. Me trata mejor de lo que tú me trataste en tu vida.

—Yo nunca te traté mal, Lola.

—No estabas en casa ni para eso.

Él calla, sabe que ella tiene razón en reprocharle sus ausencias. Pero para conseguir ser respetado hay que estar en la calle, y de ello dependía la seguridad de su padre, de su hermana e incluso la de Lola y su hijo.

—Estaba cojonudo —dice refiriéndose al conejo—. Mañana te ingreso lo de Joel, ¿vale?

—Le hace falta ropa de invierno. Y de marca, que ya no quiere ir de mercadillo.

Jotadé asiente y se marcha tras decirle sin mala intención que se cuide, que la ve desmejorada. Alguien, en una muestra de cuánto se le aprecia en el barrio, ha aparcado bien su coche. El motor, un V8 de 305 CV, ronronea al arrancar como si acabase de salir de la planta de Míchigan donde se fabricó. Encontró el Cadillac en el garaje de una víctima de asesinato y fue amor a primera vista. Vio que apenas tenía ochenta mil kilómetros y le hizo una generosa oferta a la viuda del dueño. Desde entonces lo ha cuidado mejor que a su hijo, y no digamos que a su ex.

Al llegar a casa, un pequeño apartamento alejado del barrio en el que siempre había vivido, se quita por fin el traje y se mete en la ducha. Después, se sienta a tomar una copa delante de la tele, pero no aguanta despierto ni cinco minutos.

—Llegas tarde, Jotadé.

Aunque su aspecto nada tiene que ver con el del día anterior, Indira le mira entrar en la sala de reuniones con la misma censura que cuando le encontró en la celda de la comisaría con el traje hecho un cristo y los calcetines agujereados.

—Me he pasado por mi comisaría a despedirme de mis compañeros y les he convidado a desayunar, que no se puede ir de sieso.

La subinspectora Ortega y la agente Navarro se miran divertidas, presintiendo que la relación entre su jefa y el recién llegado va a ser todavía más complicada que la que tenía con Moreno. Indira se ha tirado la noche entera pensando si no se habrá equivocado escogiendo a Jotadé entre las decenas de candidatos, y cada minuto que pasa junto a él parece confirmárselo.

—Nosotros estamos aquí para atrapar asesinos, no para hacer vida social. Te ruego que, de ahora en adelante, seas puntual.

—A la orden, jefa.

—Puedes sentarte. —Jotadé se sienta e Indira continúa con la reunión—. Les decía a María y a Lucía que tenemos varios casos

abiertos; aunque no presentan demasiadas complicaciones porque los hechos están claros, debemos rematar la documentación
para pasársela a la fiscalía. ¿A ti cómo se te dan esas cosas?

—Yo soy más de calle, la verdad. Además, a mí los fiscales como
que no. Me ven más como imputado que como poli.

—A todos nos gusta más la acción, Jotadé, pero aquí cumplimos.

—En mis casos, descuida que cumpliré. Pero tampoco soy de
comerme los marrones de los demás.

Un agente de uniforme se asoma tras dar un par de toques
con los nudillos en la puerta. Lleva un papel en la mano:

—Han dado un aviso de una obra de Getafe. Al parecer han
encontrado un fiambre.

—Conduzco yo, que me conozco Getafe como el salón de mi
casa —dice Jotadé, mientras le arranca el papel al agente y sale
decidido de la sala de reuniones.

Indira alucina.

—Id vosotras con él —dice la subinspectora Ortega—. Yo me
quedo intentando organizar el papeleo.

9

Jotadé aparca el Cadillac junto a la valla de la obra de Getafe. La agente Navarro y la inspectora Ramos se bajan del vehículo, esta última conteniendo la irritación que le produce que, en la hora que lleva en su equipo, el oficial Cortés ya haya impuesto más normas que ella. Y la principal es que él solo se desplaza en su coche. Los prejuicios y el aspecto que tenía cuando le conoció en la celda de la comisaría le hicieron pensar que el coche sería una pocilga, pero tiene que admitir que se ha llevado una agradable sorpresa. Aun así, sigue pensando que la policía debería trasladarse en coches oficiales, procurando no llamar tanto la atención.

—No entiendo por qué tienen que colocar esa clase de carteles —dice la agente Navarro fijándose en un aviso que dice: «Ojo primo *vijilante jitano*».

—Para que los ladrones sepan con quién se la juegan —responde Jotadé.

—¿Y hace falta poner tantas faltas de ortografía?

—Así da más miedo...

Indira saca de su bolso unas calzas, guantes, gorro, gafas de sol y una mascarilla FFP3, que procede a colocarse ante la estupefacta mirada de Jotadé y la indiferencia de Navarro. Sin pararse a responder a las miradas de curiosidad, la inspectora enseña su placa y atraviesa el cordón policial que ha instalado la Policía

Local. Los tres se dirigen al lugar donde trabaja el equipo del forense y la Policía Científica.

—Buenos días, inspectora Ramos —dice el médico al verla llegar—. Debería ponerse la placa en la frente para que pudiéramos reconocerla.

—Mi atuendo es precisamente lo que hace que se me reconozca —responde ella sin entrar al trapo—. ¿Qué han encontrado?

—La excavadora ha empezado a trabajar en esta zona y lo primero que ha sacado ha sido un cadáver. Es de un varón de entre cuarenta y cincuenta años. Por el estado de los restos, debe de llevar aquí enterrado unos diez o doce meses.

—¿Cómo murió? —pregunta Navarro.

—Hasta que no le practiquemos la autopsia, no lo sabremos.

—Ve a hablar con el vigilante, Jotadé. Quizá a ti te diga algo.

—Una especie de compadreo entre gitanos, ¿no?

—No te lo tomes por donde no es —responde Indira con cierta incomodidad—, pero hay que interrogarle para saber si ha visto algo.

—No le vamos a sacar ni su nombre, jefa. Y menos yo, que seguro que me tiene por un traidor por hacerme poli.

—¿Lo intentas, por favor?

Jotadé se encoge de hombros y va a hablar con el vigilante, que fuma a unos metros mientras chatea por el móvil. Se sienta a su lado, charlan unos cinco minutos y luego regresa con sus compañeras.

—Dice que no sabe nada, pero que de todas maneras trabaja en esta obra solo desde hace un par de meses.

El oficial mira pensativo el perímetro de la obra y, sin decir una palabra, recorre los alrededores de la tumba examinando el suelo con detenimiento, agachándose para observar alguna planta o piedra cada pocos metros.

—¿Qué coño hace? —pregunta Lucía mirándole extrañada.

—No tengo ni idea —responde Indira—. Solo espero que algo

útil, porque lo último que necesitamos es a alguien que genere muchos conflictos y dé pocas soluciones.

—Eso debiste pensarlo antes de ficharle, ¿no crees?

—A la vista está que es problemático, pero su expediente no deja lugar a dudas y sus superiores me han confirmado que es un tipo muy perspicaz.

Jotadé se acerca a un operario que está junto a una grúa, habla unos segundos con él y se encarama en la pluma. Cuando comprueba que está bien sujeto, le hace una seña al operario y este le empieza a subir.

—Vértigo no tiene, eso está claro... —dice Navarro.

—¡Jotadé! —La inspectora se sobresalta—. ¿Se puede saber qué narices pretendes?

—¡Compruebo una cosa, jefa!

—¡Bájate de ahí! ¡Solo falta que te mates el primer día!

—¡Tranqui! —responde, y se dirige al operario—: ¡Dale más arriba, quillo! ¡Tú no te cortes!

El operario obedece y eleva la pluma. Cuando está a varias decenas de metros del suelo, Jotadé mira hacia la tumba. Saca el móvil y hace una foto.

El teléfono de Indira vibra en su bolso. Al sacarlo y ver que ha recibido una imagen por WhatsApp, frunce el ceño.

—No me lo puedo creer.

—¿Quién es? —pregunta Navarro.

—Jotadé... —responde mientras abre la imagen, muy contrariada—. Se debe de creer que estamos de cachondeo y... —De pronto, se calla—. Joder.

—¿Qué?

Indira le muestra la fotografía. Alrededor de la tumba abierta, sobre la que trabajan los miembros del equipo del forense y la Policía Científica, se pueden adivinar varias zonas donde parece que han removido la tierra, algo que apenas se percibe a ras de suelo.

—¿Qué se supone que estamos mirando, jefa? —pregunta Navarro.

—Fíjate en estos rectángulos de aquí y de aquí... —responde Indira ampliando la fotografía—. ¿Qué ves?

—No me jodas que son...

—Tumbas —se adelanta—. Hay por lo menos tres más.

10

Ya han pasado cuatro años desde que Indira disparó contra el narcotraficante y asesino colombiano Walter Vargas cuando este se disponía a matar al entonces subinspector Iván Moreno. Fueron a detenerle a su casa de La Moraleja y logró hacerse con una pistola. Cuando iba a ejecutar a Moreno, la inspectora Ramos le voló literalmente la mano. Desde entonces, Vargas cumple condena en la cárcel de Alcalá de Henares, donde —siempre por la espalda— todos le conocen como el Manco. Y él no olvida a quién se lo debe. Un recorte de periódico en el que se ve a los dos policías causantes de su desgracia en el entierro de un compañero así lo atestigua. Lo tiene pegado en la pared que hay frente al retrete para verlo cada mañana mientras evacúa.

La vida de alguien tan poderoso como él dentro de prisión es apacible; aparte de los numerosos privilegios que puede pagarse y que hacen más llevaderos sus días, tiene a una cuadrilla de hombres a su servicio las veinticuatro horas. Varios de ellos se ocupan de lavarle la ropa y de limpiarle la celda, otro más de conseguirle todo lo que se le antoja —ya sea legal o ilegal—, y los más pendencieros y leales le procuran protección. Pero lo que nadie puede ofrecerle es justo lo que más ansía: libertad. Su abogado le visita una vez por semana para informarle de la marcha de sus negocios, pero nunca para decirle lo que él quiere oír.

—¿Cuándo saldré de aquí?

El letrado traga saliva; representar a este tipo de clientes les da mucho dinero, pero a menudo también les pone en situaciones muy comprometidas.

—Le he hecho una pregunta.

—Me temo que no soy portador de buenas noticias, señor Vargas —responde al fin, midiendo sus palabras—. Hemos agotado los recursos y...

—A mí hábleme en cristiano, carajo —le interrumpe con dureza—. ¿Cuándo saldré de esta pocilga?

—En cuanto podamos, pediremos los permisos correspondientes, pero lo más seguro es que no vuelva a poner un pie en la calle hasta que cumpla dieciocho o veinte años de condena.

La mirada asesina de Vargas hace que su abogado sienta la necesidad de justificarse, aunque la culpa de estar allí dentro sea entera de su cliente, que lleva años delinquiendo.

—Tenga en cuenta que ha sido condenado por asesinato, tráfico de estupefacientes, extorsión, secuestro... Con sus antecedentes, es difícil que logremos reducir la pena, pero seguiremos trabajando en ello.

—Usted lo que quiere es seguir exprimiéndome como a un limón, hijueputa.

Walter Vargas no puede permitirse estar deprimido. Si alguno de los que quieren hacerse con su parcela de poder vieran una mínima debilidad en él, podría considerarse hombre muerto. Pero la perspectiva de pasar allí encerrado quince años más, sin viajar, sin disfrutar de sus amantes o sin ver crecer a sus hijos hace que se plantee si merece la pena seguir viviendo en esas condiciones. Unas voces provenientes de la galería interrumpen su lectura, afición a la que dedica cada día más horas. Durante una época le dio por pintar, pero pronto asumió que no era lo suyo.

—¿A qué viene ese alboroto, Matías? —le pregunta al preso encargado de hacerle la colada.

—No tengo idea, señor Vargas.

—Salte afuera y me lo averiguas.

El preso obedece y Vargas vuelve a centrarse en su libro, una biografía de Steve Jobs con la que intenta comprender cómo es posible hacerse rico sin necesidad de mancharse las manos de sangre. Matías regresa al cabo de unos minutos.

—Los rumanos se están cobrando una deuda, patrón.

—¿A por qué desgraciado han ido esta vez?

—A por un negro.

—Que se anden con cien ojos, porque si a los negros les da por unirse y organizarse, nos aniquilan a todos los demás.

—Si se revuelven, saldríamos hasta en el noticiero.

Las palabras de Matías arrojan luz sobre una idea que lleva semanas rondándole la cabeza, pero que hasta ese mismo instante no era sino una quimera. El mismo día que su abogado le dijo que no saldría de aquella cárcel hasta cumplir veinte años de condena, tuvo claro que la única manera de no morir allí dentro sería fugándose. El problema es que las cárceles españolas son bastante seguras y no es sencillo sobornar a los funcionarios. Lleva noches en vela pensando en cómo hacerlo, pero ninguna de las ideas que se le ocurren —casi todas relacionadas con un traslado al hospital previa ingesta de algún tipo de veneno— termina de convencerle. Hasta ahora.

Después de meditarlo con calma, hace llamar a Samuel Quintero, un caleño condenado por triple asesinato que se ocupa desde hace varios años de su protección.

—¿Tenemos algún asunto con los negros? —le pregunta.

—Apenas. Ellos con quien tratan es con los rumanos.

—Perfecto. Quiero que encuentres al que más aprecio tengan, que lo liquides y que todos se piensen que han sido los rumanos en un ajuste de cuentas.

Samuel no tiene ningún problema en obedecer esa clase de órdenes, pero no deja de sorprenderle que sea ahora, que viven una paz prolongada, cuando su patrón disponga tal cosa.

—Desencadenaremos una guerra.

—Esa es mi intención, Samuel —responde Vargas con frialdad—. Quiero que esta cárcel arda por los cuatro costados. Que tengan que enviar al ejército a sofocar un motín como nunca antes se haya visto en este país. Y cuando ya esté en marcha y los presos tengamos el control de las instalaciones, harás saber que se le pagarán cincuenta mil euros a todo aquel que logre escapar.

—Por cincuenta mil euros, muchos le cortarán el cuello a los funcionarios que se crucen en su camino.

—Que corra la sangre entonces...

11

Lo que en un principio iba a ser el simple levantamiento de un cadáver anónimo enterrado en una obra se ha convertido en el centro de la atención mediática. Cuatro horas después de que Jotadé hiciese la foto desde lo alto de la grúa, ya han sacado tres cuerpos más. Y de cada una de las extracciones han sido testigos la decena de periodistas que se agolpan detrás de la valla, junto al coche del oficial Cortés y al cartel plagado de faltas de ortografía que avisa a los ladrones de lo que se pueden encontrar si se les ocurre entrar a robar allí. De momento, han localizado los restos de dos hombres y dos mujeres, todos ellos en distintos grados de descomposición. Indira aborda al forense cuando este se retira para tomarse un café en el tenderete que ha montado la policía.

—¿Cómo va la cosa?

—Mal. No tenemos suficientes efectivos para hacernos cargo de algo así.

—¿Algún indicio de quién puede haber hecho esto?

—Eso os corresponde averiguarlo a vosotros, pero lo que sí puedo decirte es que alguien lleva tiempo utilizando este descampado como su cementerio particular.

—¿Cuánto tiempo?

—El primer cadáver que encontramos debía de llevar aquí alrededor de doce meses. Los dos siguientes son un pelín más recientes, y el cuarto fue enterrado hace poco más de medio año.

—¡Aquí! —avisa un joven miembro de la Policía Científica desde el extremo norte del recinto, muy excitado—. ¡Aquí hay otro!

La masa de periodistas intenta acercarse lo máximo posible mientras los fotógrafos y cámaras de televisión buscan el ángulo adecuado para captar alguna instantánea de los restos recién encontrados.

—¿No decían que en España no hay asesinos en serie? —pregunta el forense apurando su taza de café.

—Ha habido más de los que nos imaginamos, empezando por el Sacamantecas, pasando por la Vampira de Barcelona o el Arropiero y terminando por alguna que otra envenenadora, el Mataviejas, el Matamendigos, el Asesino de la Baraja...

—Pues ahora ya tenemos otro más.

El forense tira el vaso de papel al cubo de basura y va a comprobar el nuevo hallazgo y a pedirle al joven agente que sea más discreto a la hora de comunicar lo que sea que haya encontrado.

No es hasta tres días después cuando terminan de examinar cada palmo de la parcela. Para desgracia de la constructora que pretendía hacer ahí la piscina de la urbanización que iban a entregar el verano siguiente, aún tardarán bastantes semanas en poder retomar la obra. Y, cuando lo hagan, el lugar quedará marcado para siempre y muchos compradores se echarán atrás; nadie quiere bañarse donde antes había un cementerio. Si la gente supiera la cantidad de cosas que se encuentran enterradas y nunca se denuncian, no tendría tantos escrúpulos.

La agente Lucía Navarro entra en la sala de reuniones con una carpeta en la mano. Allí le esperan la subinspectora Ortega, la inspectora Ramos y el oficial Cortés. En estos días los dos últimos no han logrado hacer buenas migas; son incapaces de entenderse aunque hablen el mismo idioma. Ambos ven la vida de una manera distinta, pero al menos reconocen que son dos buenos policías.

—Ya ha llegado el informe.

—Ya era hora... —dice Jotadé levantándose del ordenador.

Mientras Lucía y sus compañeros se acomodan en la mesa de reuniones y la agente abre la carpeta, Indira coloca perfectamente alineados con la mesa el teclado, la pantalla y la silla que ha utilizado Cortés. Una vez que todo queda cuadrado, se sienta junto a sus ayudantes.

—¿Y bien?

—En total hay cinco cadáveres —responde Lucía colocando las fotografías de las víctimas sobre la mesa y, al lado de cada una de ellas, las de los restos correspondientes—, dos hombres y tres mujeres. El más joven era un hombre de treinta y nueve años y las mayores, dos hermanas de cincuenta y ocho y sesenta. Los otros dos tenían cuarenta y siete y cuarenta y seis años cuando se denunciaron sus desapariciones. Todos murieron de un disparo, aunque solo hemos podido recuperar los proyectiles de tres de ellos: calibre 9 milímetros Parabellum, lo más común del mundo.

—Por ahí no creo que saquemos nada —dice Jotadé.

—No... —Indira asiente, conforme—. ¿Se ha podido establecer alguna relación entre las víctimas?

—Salvo las dos hermanas, ninguna. Vivían en diferentes partes de España y tenían profesiones dispares; hay una diseñadora, un empresario, un arquitecto y las dos hermanas eran amas de casa, solteras y herederas de una enorme fortuna. Los cinco tenían un buen nivel económico.

—¿A quién pertenecía el terreno antes de que lo comprase la constructora? —pregunta la subinspectora Ortega.

—A un tal Eduardo Soroa. Según consta en el registro, vendió la parcela en cuanto fue declarada urbanizable, hace seis meses.

—O sea que cuando se deshizo de ella ya iba con bichos —apunta Jotadé—. Tendremos que hacerle una visita, ¿no?

12

Lo primero que llama la atención de los policías al llegar a la puerta del chalé de lujo donde vive la familia Soroa es que alguien ha cortado los cables de las dos cámaras de seguridad de la entrada.

—Las cámaras están inutilizadas —señala Indira.

—Mal rollo —responde Jotadé.

—Llama a María para que venga con refuerzos, Lucía —ordena la inspectora Ramos.

—¿No vamos a entrar? —pregunta la agente Navarro—. Lo mismo todavía queda alguien en el interior y puede necesitarnos.

Indira mira a sus dos ayudantes dubitativa. La experiencia le dice que lo mejor es no precipitarse en este tipo de situaciones, pero Navarro tiene razón al pensar que pueden estar perdiendo un tiempo precioso. Y si tiene que jugársela, mejor hacerlo con dos de los policías en los que más confía. Con Lucía no tiene dudas a pesar de que lleva meses fuera de circulación y necesita un tiempo para volver a estar en forma, y aunque con Jotadé no termina de encajar, sabe que puede poner su vida en sus manos.

—Avisa a María y busca una entrada trasera —resuelve al fin—. Jotadé y yo entraremos por aquí.

La agente Navarro asiente y corre hacia la parte de atrás mientras llama por teléfono. Indira y Jotadé desenfundan sus armas. La inspectora mira a su nuevo ayudante con curiosidad cuando este extrae de su cartera una estampita de María Santísima de las Angustias Coronada, la virgen de los gitanos, y le saca brillo frotándola contra su ropa.

—Cuídame a mí y a mis compañeros —le dice a la imagen antes de besarla y santiguarse—, a mí el primero.

Indira niega para sí con la cabeza y mira hacia la enorme puerta de metal.

—¿Qué tal se te da la escalada, Jotadé?

—Malamente. Los gitanos, correr, corremos, pero trepar es para los gatos.

—Pues a ver cómo abrimos esta puerta. Tendremos que esperar a que lleguen los refuerzos con un cerrajero.

—¿Tú sabes que en mi barrio había un cerrajero y se murió de hambre?

Jotadé saca las llaves de su coche, manipula la argolla que las engarza y, en apenas unos segundos, abre la puerta con la ganzúa improvisada. Se asoma con cautela al interior y mira a la inspectora con seriedad.

—Todo está demasiado parado, y no me gusta un pelo. Y no hay ni un chucho que venga a jodernos la vida.

—Vamos.

Indira y Jotadé entran y atraviesan un jardín muy cuidado en el que destaca un precioso cenador acristalado y una piscina con forma de riñón. En el borde hay dos bultos inmóviles. En un principio no distinguen qué son, pero en cuanto se acercan, descubren que son los perros.

—No hay rastro de sangre —dice la inspectora cuando comprueba que están muertos—. Supongo que los envenenarían y vinieron a beber agua.

—Ya tenían que estar jodidos para beber de la piscina...

Los dos policías van hacia la puerta principal. La agente Navarro ha rodeado la casa y se reúne allí con ellos.

—La puerta trasera estaba abierta de par en par.

—¿Has avisado a María?

—Ya viene con los refuerzos —responde.

Indira mira la puerta blindada y después a Jotadé.

—Haz tu magia, Jotadé.

—No hace falta...

El oficial Cortés empuja la puerta con el cañón de su pistola y esta se abre emitiendo un suave chirrido. No parece haber nadie en el interior.

—¡Policía! —avisa la inspectora Ramos—. ¿Hay alguien en casa? —Nadie responde—. ¡Vamos a entrar!

Lucía, Indira y Jotadé toman posiciones y entran en la casa. Tras comprobar que el salón y la cocina están despejados, los tres se reúnen al pie de las escaleras que llevan al piso superior.

—Para mí que la jarana está arriba —dice Jotadé.

—Subiremos Jotadé y yo —le indica Indira a Lucía—. Tú comprueba la planta baja y el garaje. Y ve con mucho cuidado, por favor. Si notas algo extraño, da la voz de alarma y espera a los refuerzos.

—Entendido.

Mientras la agente Navarro va a cumplir las órdenes, Indira y Jotadé suben las escaleras. En el rellano hay un enorme cuadro en el que se ve al matrimonio con su hijo, un chico de unos diez o doce años. Al llegar al pasillo de la primera planta, ven que solo una de las puertas está abierta. La decoración y los pósteres de las paredes indican que es la habitación del hijo, pero, aunque la cama está deshecha, no hay rastro de él.

—Jefa...

Indira sigue la mirada de Jotadé y ve que se ha formado un pequeño charco de sangre junto al armario, que está cerrado. La inspectora le cubre y el oficial abre la puerta. En el interior se encuentra el cadáver del niño, que lleva el pijama puesto. Le han disparado en la cabeza.

—Hijos de puta —dice Jotadé—. Tiene la edad de mi hijo.

—Debió de esconderse en el armario. Y eso es porque escuchó ruido en otro lugar de la casa.

Los dos policías se dirigen hacia el dormitorio principal. Al abrir la puerta, ven los cadáveres del matrimonio Soroa sobre la cama. Por la posición de los cuerpos, que permanecen todavía tapados con una fina sábana empapada en sangre, los acribillaron mientras dormían. La inspectora mira hacia el tocador, sobre el que hay diversas joyas y relojes de mucho valor.

—Un robo no parece.

—No —responde Jotadé—, y me extrañaría que unos sicarios se hubieran dejado eso teniéndolo tan a mano. Esto es algo personal.

Llega la agente Navarro.

—Joder... —dice al ver los cadáveres.

—¿Has encontrado algo?

—A la asistenta. Intentó escapar por el garaje, pero debieron de descubrirla y la ejecutaron.

—Con una 9 milímetros Parabellum, digo yo... —dice Jotadé.

La inspectora Ramos mira a su alrededor, inquieta, y comprende que tiene que haber algo muy gordo detrás de los asesinatos de Getafe para que alguien se haya tomado la molestia de obstaculizar cualquier vía de investigación de manera tan expeditiva.

II

13

La última vez que Lucía Navarro bajó a la galería de tiro fue para hacerse con la bala que le faltaba para completar su cargador, varios días después de matar accidentalmente al arquitecto Héctor Ríos y otros tantos antes de asesinar al oficial Óscar Jimeno cuando este descubrió su secreto. No le resulta sencillo ni cómodo estar en ese lugar, pero, según el Plan Nacional de Tiro, las prácticas son obligatorias cada tres meses y lo que menos necesita es tener que explicar por qué ahora se agobia tanto con un arma en las manos.

—¡Navarro!

Lucía había decidido ir a primera hora de la mañana, cuando sus compañeros aún están en la cama, para no cruzarse con nadie. Lo que no esperaba es que hubiese alguien tan madrugador como ella. Se resigna y va al encuentro del oficial Jotadé Cortés, que dispara en el último puesto. Su forma de hacerlo parece más la de un traficante de una película de Quentin Tarantino que la de un policía, pero el resultado, en vista de los impactos en la diana que se acerca desde quince metros de distancia deslizándose por unos raíles, es extraordinario.

—Tu manera de disparar no es muy ortodoxa, ¿no? —dice Navarro.

—¿Eso qué significa? —pregunta Cortés a la defensiva.

—Que no es normal que un policía dispare con el arma en horizontal, Jotadé.

—Lo importante es que los agujeros estén en su sitio, ¿no?

—Me hubiera gustado ver la cara de tus profesores en la Academia de Ávila.

—La cara buena fue la del poli que tuvo que darle una pipa a un gitano por primera vez. Casi la deja en el suelo y sale por patas.

Lucía, a pesar del malestar que siente, esboza una leve sonrisa. Jotadé coloca una nueva diana en la fijación y esta se aleja hasta el fondo de la galería.

—Venga, dale tú.

Lucía se pone los cascos, las gafas de protección y, tras introducir el cargador en su Heckler and Koch USP Compact, se coloca en posición. Apunta al centro de la diana, dispuesta a disparar, pero se queda bloqueada con el dedo en el gatillo. No consigue controlar el temblor de sus manos.

—¿Va todo bien? —pregunta Jotadé extrañado.

—Sí...

La agente Navarro coge aire, tensa los músculos y por fin se escucha la primera detonación. Tras un primer disparo titubeante, los demás se suceden con algo más de seguridad, pero con la misma falta de acierto. El oficial a cargo de la galería se acerca a mirar la diana, que tiene los trece impactos muy dispersos, nada que ver con la de Jotadé, que parece haber sido atravesada por un obús donde se supone que estaría el corazón de la silueta que hay dibujada.

—Estás un poco oxidada, ¿no? —dice Jotadé.

—Al menos ha acertado con los trece cartuchos, no como la última vez —responde el oficial.

Lucía le mira y recuerda que el día que vino a robar el cartucho que faltaba en su cargador después de haber disparado contra su amante estaba de guardia ese mismo compañero. Tuvo que fingir que había tenido un mal día de práctica, tanto que una de las balas no había acertado en la silueta, por lo que solo se adivinaban doce impactos. El que faltaba no se fue alto, como había asegurado ella, sino a su bolsillo.

—Pues es raro... —dice el oficial Cortés.

—¿El qué?

—Que falles más que una escopeta de feria. En tu expediente pone que eres una tiradora cojonuda.

—¿Has mirado mi expediente? —pregunta Lucía molesta.

—Nos ha jodido. Me gusta saber qué clase de polis son los que tienen que cubrirme las espaldas.

—Llevo algunos meses de baja —se justifica—. Como tú has dicho, estoy algo oxidada.

—Antes de tu accidente estabas de puta madre y, por lo visto, tampoco dabas ni una.

—¿Me vas a estar tocando los ovarios toda la mañana o me dejas practicar tranquila?

Lucía dispara otro cargador ante la atenta mirada de su compañero. Aunque tampoco sale a relucir la magnífica tiradora que detalla su ficha, poco a poco consigue afinar. Jotadé no puede evitar fijarse en su cuerpo, que a pesar del grave accidente y de los meses de inactividad sigue siendo muy apetecible. No se da cuenta de que Lucía lo ve a través del reflejo de la mampara de protección.

—¿Sabes que mirarle el culo a una mujer durante diez segundos se considera acoso sexual, Jotadé?

—Que se os ponga un buen maromo delante a ver si vosotras apartáis la mirada a los nueve, no te jode. Bueno, ¿qué? ¿Vamos a desayunar antes de que empiece el jaleo?

—Yo no digo que sea mala jefa, pero es rara de cojones.

Jotadé unta una gruesa capa de mantequilla en la tostada, que después cubre con varias tarrinas de mermeladas de diferentes sabores. Lucía mira hipnotizada la bomba calórica que se come su compañero.

—Lo mejor es ignorar sus manías —responde sin apartar la mirada de la tostada—. Oye, ¿tú sabes la cantidad de colesterol que tiene eso?

—Eso es cosa de payos... ¿Y del tal Óscar Jimeno qué me cuentas?

A Lucía se le nubla el semblante, algo que Jotadé percibe al momento.

—Perdona. Sé que erais colegas y siento mucho lo que pasó, pero he oído hablar de él y quería preguntarte.

—¿Qué te han dicho?

—Que también era rarito, pero buen tío.

—Esa es la definición perfecta de Jimeno —responde Lucía esbozando una sonrisa nostálgica—. Era un buen amigo y un policía honesto... quizá demasiado.

—¿En qué andabais cuando el accidente?

—Prefiero no hablar de eso, Jotadé...

El oficial Cortés hace un gesto de disculpa y sigue dando buena cuenta de su tostada. Lucía le da un sorbo a su té sin poder quitarse de la cabeza su último recuerdo de Jimeno; acababa de desabrocharle el cinturón de seguridad mientras él daba una cabezadita en el coche y notó el terror en sus ojos cuando se dio cuenta de que se dirigían a toda velocidad hacia el pilar de un puente.

14

Indira finge leer un informe sentada frente a la mesa vacía del comisario, pero en realidad está pendiente de Iván, que, a su lado, reproduce en su móvil un videoclip protagonizado por una exuberante chica con muy poca ropa. La inspectora Ramos no sabe si le desagrada más el claro contenido sexual del vídeo o la música machacona que Moreno no se molesta en bajar.

—¿Puedes apagar eso, por favor?

—Porque tú lo digas...

—¿A ti te parece normal ponerte a ver esa clase de vídeos en el trabajo?

—Chívate y lo mismo me abren un expediente. Eso es lo que mejor se te da.

—Eres padre, Iván. Podrías empezar a madurar y dejar de comportarte como un adolescente patético con las hormonas revolucionadas, ¿no te parece?

—Tú a mí no me vengas a hablar de madurez, Indira. ¿Te recuerdo que antes de sentarte en esa silla has tenido que colocar las patas en las marcas de la alfombra porque si no crees que el mundo se acaba? —pregunta con tono burlón.

—Eso es muy típico de los macarras como tú: hacer bullying a los que somos diferentes.

—Has empezado tú, así que ahora no vayas de víctima. Ignórame.

—Llevo meses haciéndolo.

El inspector Moreno se muerde la lengua y sube el volumen del móvil al máximo. En ese momento, entra el comisario.

—¿Os creéis que estáis en una discoteca? Quitad esa música.

Indira sonríe a su compañero con suficiencia y este apaga la música a regañadientes. El comisario cuelga el abrigo en el perchero y va a sentarse tras su escritorio. Antes de hablar, observa a los inspectores unos segundos en silencio, sopesando las consecuencias de la bomba que va a soltar.

—¿Sabéis por qué os he reunido?

Ambos niegan con la cabeza, temiéndose lo peor.

—Por lo de la obra de Getafe y el chalé de los Soroa. Se está montando una buena en los medios y quiero que lo llevéis juntos.

—Ni de coña —protesta Indira—. Este es mi caso.

—¿Ya tienes algo?

—No.

—Entonces el caso no es de nadie, Indira. Hay nueve muertos que guardan relación y muchos de ellos tenían buenos contactos que ya están pidiendo explicaciones, así que necesito que mis mejores agentes se hagan cargo.

Ni a Indira ni a Iván les hace gracia tener que volver a trabajar juntos y no se esfuerzan por ocultarlo. El comisario se arma de paciencia y les habla como si fuesen dos críos que se han peleado en el recreo.

—Sé que no os soportáis, pero también que sois buenos policías y necesito que esta vez trabajéis juntos. Ya lo hicisteis con lo de Anglés.

—Las cosas entonces eran distintas —dice Moreno.

—Pues haced lo posible para que vuelvan a ser como antes.

Los respectivos equipos de Indira e Iván aguardan en la sala de reuniones. Lucía Navarro y Jotadé Cortés miran con curiosidad a la oficial Verónica Arganza y al agente Lucas Melero, que no levanta la mirada de su móvil, revisando compulsivamente historias de Instagram.

—¿Alguien sabe de qué va esto? —pregunta Arganza.

—Ni idea —responde Lucía—. Nuestra jefa nos ha citado aquí sin decirnos el motivo. ¿A vosotros Moreno tampoco os ha contado nada?

—El inspector Moreno casi nunca nos cuenta nada —responde el agente Melero encogiéndose de hombros.

—¿Es verdad que es el padre de la cría de Indira? —pregunta Jotadé.

—Sorprendentemente, sí.

—Pues hay que tenerlos bien puestos. Fijo que le hizo lavarse el ciruelo con jabón de lagarto antes de pasárselo por la piedra.

Navarro, Arganza y Melero ahogan una risa, que contrasta con la cara de mala leche con la que entran Indira e Iván.

—¿Y María? —pregunta Indira sin molestarse en saludar.

—Hoy le tocaba ir a los juzgados —responde la agente Navarro con cautela—. ¿Qué está pasando, Indira?

—Un regalito del comisario: tenemos que trabajar junto al equipo del inspector Moreno en el caso de la obra de Getafe.

—Lo mejor es que guardemos las distancias —interviene Moreno—. Cada equipo por su lado y no habrá problemas.

—Eso no es lo que nos han ordenado, Iván —protesta Indira.

—¿No hay dos escenarios diferentes? Pues ocupaos vosotros de la obra y nosotros de la familia Soroa.

—Las víctimas de la obra vivían cada una en una punta de España.

—Pues id haciendo las maletas. —Iván coge la carpeta con el informe del asesinato múltiple en el chalé de la familia Soroa y se lo entrega a sus ayudantes—. Leed esto y después me contáis. Yo me voy al gimnasio.

Iván sale ante la mirada de odio de Indira. Enseguida la dirige hacia la oficial Arganza y el agente Melero, que se adelanta al ataque de la inspectora:

—Nosotros solo cumplimos órdenes.

—Lo principal es buscar la relación entre la familia Soroa y las víctimas de Getafe, ¿estamos? —dice ella, intentando contener su rabia.

—De acuerdo.

Sin mediar palabra, Indira abandona la sala de reuniones, muy irritada.

—¿Alguien conoce a la hija de estos dos? —pregunta Jotadé con curiosidad.

—Yo —responde la oficial Arganza—. Y aunque pueda parecer increíble, es de lo más simpática y agradable.

—Un puto milagro, porque perfectamente podrían haberles salido las gemelas de *El resplandor*.

15

La actriz Sara Castillo asistió la noche anterior a la entrega de premios de una revista de moda y se acostó más tarde y más bebida de lo que debería, ya que hoy tiene una de esas agotadoras e interminables jornadas en su academia televisiva en las que debe elegir jóvenes actores a los que hacer soñar con un futuro esplendoroso en Hollywood. Mientras se mira en el espejo, intenta elevar su incipiente papada con el dorso de la mano, pero en cuanto la retira, vuelve a colgarle algo que no debería estar ahí después de ir a diario al gimnasio y de haber pasado hambre cada día de su vida. Salvo, quizá, cuando cada año visita a su suegra en el pueblecito de Asturias en el que vive. La señora no entiende de regímenes ni de gaitas en vinagre: la ve flaca y le pone delante unas fabes y un cachopo. Y a una asturiana no se le puede hacer el feo, por la cuenta que te trae. José Miguel entra en el baño y orina sin importarle su presencia, con la confianza que da llevar seis años casado con esa mujer, por mucho que sea una de las principales actrices del panorama nacional.

—Estoy pensando en hacerme unos arreglitos... —dice ella observando su reflejo desde todos los ángulos posibles.

—Yo te veo bien.

—¿Bien? Tengo papada, ojeras, unos mofletes que parezco un perro pachón... Y eso por no hablar de las tetas, que las tengo mirando al suelo.

—¿No eras tú la que decía que querías envejecer de manera natural, como Kate Winslet en no sé qué serie?

—Una cosa es lo que diga y otra la verdad.

José Miguel sonríe y se sitúa a su espalda. La coge por la cintura y le besa el cuello.

—No quiero que te conviertas en una de esas actrices recauchutadas, Sara. Sobre todo porque no te hace ninguna falta.

—Tú no sabes lo cruel que es mi mundo, cariño —dice ella girándose para mirarle de frente, con un punto de tristeza—. Ayer mismo escuché a dos actrices hablar de mí sin saber que estaba en mi camerino. En tres minutos, me pusieron de vuelta y media.

—Envidia.

—Eran jóvenes y guapísimas.

—Pero no tenían tu talento ni por asomo. Además, quizá tú ya no seas una niña, pero sigues siendo preciosa.

—Te lo agradezco, pero tú no eres objetivo.

—Hace un par de meses apareciste en una revista como una de las mujeres más deseadas del país.

—En la categoría de más de cuarenta años.

—Es que los tienes, pero muy bien llevados. Y en cuanto a tus tetas —dice mientras las agarra con ambas manos—, miran justo hacia donde tienen que mirar.

Sara sonríe y se acerca para besarle. Al hacerlo, nota su erección.

—¿Llevas algo duro en el bolsillo del pijama o es que te gustan las maduritas?

José Miguel la levanta en volandas y la sienta sobre el lavabo.

—Tengo mucha prisa, cariño —dice ella intentando oponer una mínima resistencia.

—Y yo, pero hoy me toca revisar los libros de contabilidad de una constructora y necesito llevarme al menos una alegría...

José Miguel le quita la camiseta y las bragas. Tras detenerse unos segundos en sus pechos para mordisquearle los pezones, baja besando su cuerpo hasta quedarse frente a su sexo, al que mira con el mismo deseo que la primera vez, cuando no era capaz de creerse la suerte que tenía de ir a acostarse con una de las mujeres más admiradas del país.

—Ni se te ocurra, que estoy sin duchar.

—Me gustas sucia...

José Miguel hunde la cabeza entre sus piernas y Sara se ríe, dejándose llevar.

Al bajar a la cocina, Sara revive la misma escena que cada vez que entra a trabajar alguien nuevo a su servicio: mientras su marido desayuna viendo las noticias y sus hijos se pelean por la tostada más grande, Leticia, la asistenta de toda la vida, le da indicaciones a una chica española de mediana edad, muy poco agraciada. Al verla bajar, la nueva asistenta mira a la actriz impresionada.

—Buenos días, señora —dice Leticia—. Esta es Rosalía, la chica que han enviado de la agencia.

—Buenos días, Leticia. Encantada, Rosalía. —Le tiende la mano con amabilidad—. Me llamo Sara.

—Lo sé, señora —responde ella, y se la estrecha muy nerviosa.

Sara besa a sus hijos, les pregunta cómo han pasado la noche y por el día que les espera, y coge la taza de café que le tiende la asistenta. Enseguida centra la atención en la recién llegada, que observa la escena como si estuviera en el cine.

—Supongo que Leticia ya te habrá explicado tus funciones, Rosalía.

—En ello estaba, señora —responde Leticia.

—Bien. —Vuelve a mirar a Rosalía—. Ahora puedes hacerme las preguntas y comentarios que te apetezcan y así nos lo quitamos de encima, ¿te parece?

—No la entiendo bien, señora.

—Que si tienes alguna curiosidad sobre mí, lo hablamos ahora y así no lo vamos arrastrando durante más tiempo. Venga.

−¿Puedo preguntar lo que quiera, señora? −pregunta la chica, desconfiada.

−Dispara.

Rosalía busca la aprobación de Leticia con la mirada y esta asiente.

−¿Es usted amiga del señor Brad Pitt? −pregunta de sopetón−. En la agencia se comenta que algunas veces viene de visita. Él y el señor Tom Cruise.

José Miguel ahoga una carcajada.

−En la agencia dicen muchas tonterías −responde la actriz−. A Tom Cruise no le he conocido en persona jamás, y con Brad Pitt sí que coincidí en una película, pero él era el protagonista y yo hacía un papel tan secundario que ni siquiera le vi durante el rodaje.

−Pues vaya faena, señora.

−En eso estamos de acuerdo. ¿Alguna pregunta más?

−Pues no, porque supongo que no me irá a decir quién va a ganar lo de la academia de actores, ¿no?

−Va a ser que no, Rosalía −responde Sara, divertida por su naturalidad−. ¿Te importaría ir a buscar un poco más de leche?

−Faltaría más, señora.

La asistenta va a por la leche y Sara se fija en la televisión, donde, después de comentar la última encuesta de intención de voto de las elecciones generales que se celebrarán en unos días, pasan a hablar sobre los cuerpos hallados en la obra de Getafe. Sin saber bien por qué, siente un profundo escalofrío.

−¿Qué ha pasado?

−Han encontrado varios cadáveres enterrados en una obra −responde su marido−. Tienen una liada que no veas.

Sara presta atención a lo que dice la presentadora:

«Según las últimas informaciones, los cuerpos pertenecen a dos hombres y tres mujeres de diferentes edades y sin aparente relación entre ellos. Ya han identificado a Lluís Bonfill, de cuarenta y siete años, a Carlos Guzmán, de treinta y nueve, a Noelia y Aurora Soler, hermanas de cincuenta y ocho y sesenta años respectivamente, y a Núria Roig, de cuarenta y seis años...».

Al escuchar esos nombres, Sara palidece y deja caer la taza de café al suelo, que se rompe en mil pedazos. Tanto su marido como sus hijos y la asistenta se sobresaltan.

—¿Qué pasa, Sara? —pregunta José Miguel.

—Nada... —disimula ella, esforzándose como nunca en que su interpretación sea creíble—. Me he quemado y se me ha resbalado la taza. Voy a cambiarme los zapatos.

Sara sale de la cocina alterada, intentando contener el terror que se ha apoderado de ella.

16

La inspectora Indira Ramos y la subinspectora María Ortega han cogido el AVE a Barcelona para hablar con los familiares de Núria Roig y de Lluís Bonfill, dos de las víctimas encontradas en la obra de Getafe. De visitar al entorno de las dos hermanas y del otro hombre se van a encargar la agente Lucía Navarro y el oficial Jotadé Cortés.

—¿Andando? —pregunta María nada más salir de la estación de Sants—. ¿Tan mal están las cosas que no nos pagan ni un taxi?

—Prefiero no arriesgarme a lo que podamos encontrar dentro de un taxi, María —responde Indira—. Un paseíto nos vendrá bien para despejarnos.

—Yo ya estoy despejada. Y, según mi GPS —dice consultando su móvil—, los padres de Núria Roig viven en el barrio de Gràcia, que está a más de cuatro kilómetros de aquí.

—¿Tanto?

—O taxi o metro, elige, pero yo andando no voy, que estos zapatos me destrozan los pies.

Indira se resigna y sigue a su ayudante hasta la parada de taxis. Por la cola de clientes que hay, según sus cálculos les va a tocar uno viejo y desvencijado. Se estremece al imaginarse que la suciedad que tiene en el exterior es un reflejo de lo que encontrarán en su interior. En cambio, el taxi que le precede es un Tesla nuevecito y limpio como una patena.

—Disculpad —le dice a la pareja que tienen delante—. ¿Os importaría cambiarnos el sitio?

—¿Y eso por qué? —pregunta la chica.

—Somos policías —responde Indira enseñando su placa con disimulo.

—Como si sois bomberos. Lo que pasa es que no queréis que os toque la tartana, ¿no? —dice el chico mirando la fila de taxis con perspicacia—. Pues serán veinte euros.

—Diez.

En cuanto Indira le da el billete de diez euros, la pareja les cede el paso. La subinspectora Ortega no se cree lo que acaba de presenciar. Indira mantiene como puede la dignidad y va hacia el taxi. Sonríe al comprobar que, según había imaginado, el interior está impoluto.

—A Vía Augusta con Diagonal, por favor.

El piso de los padres de Núria Roig está en un edificio señorial de una de las zonas más caras y exclusivas de Barcelona. El portero ha anunciado a Indira y María al llegar y, cuando le dan permiso para dejarlas pasar, las acompaña hasta el sexto piso en un ascensor de verja de bronce fundido decorado con motivos modernistas. Caminan hasta la vivienda que les ha señalado el portero por una alfombra tan vistosa y mullida que da apuro pisarla. A ambos lados del recorrido hay cuadros y jarrones con aspecto de ser valiosísimos.

—Hay que joderse con los ricos, que ponen un museo en el descansillo —dice María, impresionada—. En el mío están las bicis y los patinetes de todos los vecinos.

Antes de que Indira pueda llamar al timbre, una asistenta uniformada las recibe y les hace acompañarla hasta uno de los salones. Mientras esperan a los señores, María se deja impresionar por los lujos y las vistas e Indira inspecciona el lugar, tratando de hacerse una idea del tipo de familia que vive allí. Se detiene frente a un aparador, sobre el que hay dos docenas de fotografías, todas en marcos de plata. En algunas de ellas se ve al matrimonio acompañado de diferentes personalidades y en otras con sus hijos: dos chicos y una chica, sin duda Núria Roig, una joven de apariencia alegre sin pinta de meterse en líos por los que alguien quisiera ejecutarla y enterrarla en un descampado. Pero las apariencias engañan.

—Inspectoras...

Las policías se vuelven para encontrarse con una pareja de unos setenta años. Se adivina el dinero con solo mirarlos, pero también la tristeza por saber que su única hija ha sido hallada muerta.

—Nos aferrábamos a la posibilidad de que Núria se hubiese marchado voluntariamente —responden tras unas preguntas previas de cortesía—. Pero lo cierto es que no tenía motivos para desaparecer sin más.

—¿Pasó algo el último día que la vieron?

—Nada. Fue a Madrid a ver un desfile de moda y ya nunca volvió.

—¿Tienen idea de quién querría hacerle daño?

—Nuestra hija nunca se metió en problemas serios. En la adolescencia era algo rebelde, pero no pasaba de travesuras sin importancia.

—¿Y saben si tenía relación con alguna de las otras víctimas?

—Con Lluís Bonfill la tuvo —responde la señora—. Salieron juntos hace unos ocho o diez años y se dedicaron a gastarse nuestro dinero en juergas y viajando por el mundo, pero gracias a Dios no se veían desde hacía tiempo.

—No, señora. Lluís nunca me habló de esa chica.

A Silvia, la viuda de la primera de las víctimas encontradas en la obra, se le nota el sufrimiento por haber tenido que criar sola a sus dos hijos; como los padres de Núria, ella también pensaba que su marido se había marchado por voluntad propia. Aunque en su caso, sí había motivos:

—La empresa que tenía se fue a la mierda y se metió en varias inversiones que salieron mal, entre ellas un restaurante que jamás abrió por la pandemia. Unas semanas antes de desaparecer, nos había llegado la orden de desahucio.

—Quizá debía dinero a la persona equivocada —se aventura la subinspectora Ortega—. Pudo recurrir a algún prestamista.

—Quizá —responde Silvia—, aunque me cuesta creer que Lluís se metiera en asuntos con esa clase de gente. Era un desastre, sí, pero no un estúpido.

—La gente hace muchas estupideces cuando está desesperada —dice la inspectora Ramos—. ¿Nunca recibió llamadas amenazadoras o salió de casa a horas intempestivas sin decirle adónde iba?

—Las únicas llamadas que recibíamos eran de los bancos. Y nuestras mayores discusiones eran precisamente porque Lluís estaba bloqueado y no salía. Se pasaba las horas muertas delante de la televisión.

—¿Qué recuerda del día de su desaparición?

—Aquel lunes me dijo que iba a Madrid a una entrevista de trabajo y que volvería por la tarde, pero no volvió.

—¿Qué trabajo?

—Ni él me lo dijo ni yo se lo pregunté. Llevábamos días hablándonos estrictamente lo necesario.

Como la casa de la viuda de Lluís Bonfill solo está a dos kilómetros de la estación de Sants, Indira convence a María para que, esta vez sí, regresen dando un paseo por Barcelona. Caminan por el Passeig de Sant Antoni rodeados de turistas, y la inspectora sorprende a su ayudante proponiéndole hacer tiempo hasta que salga el AVE de regreso a Madrid tomando el aperitivo en una de las terrazas.

—Puede que Núria Roig y Lluís Bonfill siguieran viéndose y quedasen en Madrid —comenta María.

—¿Un lunes por la mañana?

—Tal vez no fuese nada sexual y él solo necesitaba pedirle un préstamo.

—Para eso no se iría tan lejos, María. Además, según las autopsias, el día que murió Núria, Lluís ya llevaba seis meses enterrado.

17

Francisco Cortés, el padre de Jotadé, nació en 1958 en el municipio de Jódar, el más poblado de Sierra Mágina, a algo más de cincuenta kilómetros de Jaén. Sus abuelos habían emigrado desde Madrid durante la Guerra Civil y toda la familia se instaló en una de las cuevas que habitaban los más pobres en la falda del cerro de San Cristóbal. Allí, rodeados de desperdicios, de ganado y de enfermedades, se ganaron la vida durante décadas trabajando el esparto. Paco vivió sus primeros años junto a otras familias, tanto gitanas como payas, y todos pasaban penurias por igual, lo que le dio una visión mucho más global del mundo. Pero si algo aprendió desde joven fue que mantenerse en el buen camino siendo gitano y pobre no sería una tarea sencilla.

Sus hermanos y muchos de sus primos, hartos del maltrato que sufrían por su etnia, se rebelaban haciendo justo lo que les recriminaban. Un círculo vicioso del que era muy difícil salir. Paco también se metió alguna vez en problemas, pero tenía más capacidad que los demás para hacerse escuchar y entender. No era raro que, con solo doce años, le fuesen a buscar para que mediase en cualquier tipo de negociación o conflicto con los payos. Aunque los habitantes de las conocidas como casas-cueva de Vistalegre le llamaban «el catedrático» para burlarse, a él, cuando descubrió lo que significaba, le enorgullecía. Durante un tiempo pensó que algún día podría dejar atrás aquella miseria, incluso estudiar una carrera, pero todo se fue al traste cuando, durante la década de 1960, aparecieron nuevos materiales y el negocio del esparto entró en declive. A la familia Cortés no le quedó más remedio que desandar el camino y regresar a la capital en busca de un futuro mejor. Sin embargo, lo que encontraron allí fue aún más pobreza que la que habían dejado atrás.

Corría el año 1975 cuando Paco visitó por primera vez la famosa Gran Vía madrileña. Para alguien acostumbrado a vivir en una cueva sin agua corriente ni electricidad, ver todos aquellos automóviles circulando de un lado a otro y las luces de colores que anunciaban la Navidad le hacía sospechar que había viajado de más y se había salido de España. Tras aquella primera impresión, recorrió todos los hoteles de la capital en busca de trabajo como botones —ya que difícilmente tendría la oportunidad de viajar al extranjero, su ilusión era conocer mundo acarreando las maletas de turistas de diferentes nacionalidades—, pero se encontró con un rechazo frontal por el color de su piel. Casi nunca recibía explicaciones, hasta que el director de un hotel cerca de Atocha, viendo su impotencia, le hizo llamar a su despacho.

—Pareces un buen muchacho, pero no puedo darte el trabajo.

—Porque soy gitano, ¿no?

—Imagínate que fueses payo y llegases con tus maletas a un hotel como este. ¿Te quedarías tranquilo entregándoselas a alguien como tú, que en cualquier momento podría salir corriendo con ellas?

—No todos los gitanos somos ladrones, señor. Yo no he robado nada en mi vida y no pienso empezar ahora.

—¿Y eso yo cómo lo sé?

—Porque le doy mi palabra de honor —respondió con solemnidad.

El director le puso una semana a prueba y Paco se ganó la confianza tanto de trabajadores como de clientes desde el primer minuto. Le encantaba cruzar algunas palabras con los extranjeros que se alojaban en el hotel, aunque los que más le llamaban la atención eran los japoneses. Cada vez que alguien necesitaba entradas para los toros o para ir a un espectáculo flamenco de los de verdad, solo tenía que recurrir a él.

Cuando llevaba diez años trabajando en el hotel, Paco conoció a Flora, una preciosa gitana de Puente de Vallecas. Pasó casi un año rondándola hasta que sus padres dieron su consentimiento al enlace. Se casaron una mañana de abril de 1985 y se mudaron a una casa baja con un pequeño patio en el barrio de Portazgo, donde tuvieron tres hijos a los que bautizaron como Rafael, Lorena y el pequeño Juan de Dios, que desde bien niño quiso que le llamasen Jotadé.

El buen entendimiento que tenía con los payos y su capacidad para solucionar toda clase de problemas hicieron que las demás familias gitanas lo tomasen como referente. En el hotel seguía siendo Paco, el botones, pero en el barrio pasaron a conocerle como el tío Francisco, y se convirtió en uno de los patriarcas más respetados de todo Madrid. Su principal propósito era que los payos dejasen de ver a su comunidad como gente conflictiva para que, como él, los suyos pudiesen integrarse en la sociedad, pero ni los unos ni los otros se lo ponían fácil. Más de una vez le acusaron de ser un traidor a su raza por no darle la razón a los gitanos, pero aunque él estaba orgulloso de su origen, era consciente de que muchas de sus tradiciones no terminaban de encajar en los tiempos que corrían. Y estaba seguro de que aún sería peor en el futuro.

—O nos modernizamos, Flora —solía decirle a su mujer—, o nos quedaremos atrás para siempre.

—Nosotros somos lo que somos, para bien o para mal —solía responderle ella.

A pesar de todas las dificultades, Paco siempre caía de pie. Una de las mayores sorpresas se la llevó cuando su hijo pequeño le dijo que quería ser policía. A él le encantaba que quisiese derribar barreras, aunque a muchos de sus vecinos les parecía que se estaba vendiendo al enemigo. Paco intentó salir en su defensa, pero Jotadé le pidió que se mantuviese al margen y se ganó el respeto con mano dura, sin dejarse avasallar por sus vecinos o por sus amigos de toda la vida.

—Si alguna vez matáis a alguien, vendré a por vosotros —les dijo cuando acababa de salir de la academia y había decidido entrar en el departamento de Homicidios—. Todo lo demás no es asunto mío.

Paco sentía admiración por lo que estaba consiguiendo su hijo pequeño, aunque el éxito de este era directamente proporcional al fracaso del mayor. Desde críos, Lorena siempre había sido buena niña y Jotadé, travieso y pendenciero, pero de buen corazón. Rafael, en cambio, no tenía una idea buena. Empezó a frecuentar las peores compañías del barrio, y con ellos cometía pequeños hurtos, robaba coches y probó por primera vez las drogas. En una ocasión no se le ocurrió otra cosa que ir a atracar el hotel en el que trabajaba su padre. Las consecuencias fueron nefastas para ambos; el padre se quedó sin trabajo y el hijo fue de cabeza a la cárcel. Y al salir de allí, ya no hubo manera de enderezarlo.

18

Jotadé y Lucía aguardan en el salón de una mansión en una de las urbanizaciones más elitistas de Marbella. Según ha contado el taxista que los ha llevado desde Málaga, un par de números más allá vive Antonio Banderas, en la casa que antes pertenecía a la locutora de radio Encarna Sánchez. Las hermanas Noelia y Aurora Soler no tenían más familia, pero sus pesquisas han conducido a los investigadores hasta Natalia Entrecanales, a quien consideraban la mejor amiga de las víctimas.

—Me cago en la hostia puta —dice Jotadé mirando impresionado a su alrededor—. ¿Cuánta peña vivirá aquí?

—Mi marido y yo nada más... —responde bajando las escaleras la señora Entrecanales, una mujer con mucha clase de unos sesenta años—. Sin contar con el servicio, por supuesto. Nuestros hijos ya son mayores y hace tiempo que se independizaron.

—Gracias por recibirnos —dice Lucía.

—No hay de qué. Les he hecho un hueco en mi agenda por las desgraciadas circunstancias de su visita.

—Ya nos imaginamos que estaría usted doblando el lomo, señora —dice Jotadé.

Natalia Entrecanales mira al oficial Cortés con desagrado. Colabora con diferentes causas, entre ellas la integración de familias gitanas, pero lo cierto es que no le gustan en absoluto. Intenta convencerse de que no es una cuestión racial, sino de educación.

85

Ni siquiera consigue evitar sentir rechazo hacia ese policía, un hombre atractivo al que se le intuye cierto saber estar a pesar de sus impertinencias.

—¿En qué puedo ayudarles? —pregunta ya con ganas de que se larguen.

—Tenemos entendido que era usted íntima de las hermanas Soler.

—Así es. La aparición de sus cuerpos ha sido un shock para mí, pero la verdad es que ya lo esperaba. No tenía ningún sentido que se hubieran marchado voluntariamente cuando aquí no les faltaba de nada.

—¿Sabe si tenían algún tipo de problema?

—Más allá del paso de los años, no. Y desde luego, ninguno por el que alguien quisiera matarlas. Su única preocupación eran sus clases de golf, las galas benéficas a las que asistían, sus retoques estéticos y dónde irían de viaje al mes siguiente.

—¿Se iban de viaje todos los meses? —pregunta Jotadé.

—Así es. A Noelia y a Aurora les encantaba recorrer el mundo.

—¿Solas?

—A ninguna de las dos se les daban bien los hombres y hace años decidieron que les bastaba con tenerse la una a la otra. Y gracias a Dios que se han ido juntas.

—¿Recuerda cuándo fue la última vez que las vio?

—La noche anterior a su desaparición. Declinaron asistir a la boda de la hija de un amigo y se marcharon a Madrid, a una exposición en el Museo del Prado, pero según me comentaron amistades comunes, nunca llegaron. Y ahora, si me disculpan, debo seguir… —Mira a Jotadé con animadversión— doblando el lomo.

El trayecto en tren entre Málaga y Sevilla, donde viven los familiares de Carlos Guzmán, obliga a desviarse por Córdoba y dura alrededor de dos horas. Después de pasar tanto tiempo junto a

Jotadé, Lucía ya sabe que puede confiar en él. El oficial suele sacar de quicio a todo el mundo, pero ella empieza a cogerle el punto. Cuando él está acomodándose para echar una cabezadita, a Lucía le entran ganas de hablar, aunque sabe que, al hacerlo, juega con fuego:

—Estábamos investigando el asesinato de un arquitecto llamado Héctor Ríos.

—¿Qué?

—Me preguntaste en qué andábamos Jimeno y yo cuando tuvimos el accidente. Indira e Iván estaban persiguiendo a Antonio Anglés y nos dejaron a María, a Óscar y a mí con ese caso, pero no conseguimos cerrarlo.

—No me suena.

—Encontraron a un hombre con un tiro en la boca en un apartamento de Paseo de la Habana, pero ni siquiera llegamos a tener un sospechoso. Yo me fui a pasar unos días a una casa rural y Jimeno vino a buscarme. Y cuando volvíamos... —Lucía enmudece, afectada por el recuerdo.

—¿Estabais liados?

—No... solo éramos amigos, buenos amigos.

—Lo siento, pero esas cosas pasan. No será el último caso que quede sin cerrar ni el último accidente que le joda la vida a alguien. Los que seguimos aquí somos los que tenemos que tirar para delante.

Lucía asiente conforme y ahora es ella la que apoya la cabeza en el cristal para descansar unos minutos.

Cuando llegan a la estación de Santa Justa, cogen un taxi que les lleva hasta Tomares, el municipio con la mayor renta per cápita de Andalucía, en pleno corazón del Aljarafe, dentro del área metropolitana de Sevilla. El lugar donde viven los padres de la víctima más joven es un enorme chalé en la zona de Santa Eufemia. Al igual que a los padres de Núria Roig, saber que su hijo fue asesinado ha supuesto un golpe del que probablemente nunca se recuperarán.

—Se marchó a Madrid a recoger un coche que había comprado y ya no regresó. Ni siquiera llegó al concesionario.

—¿Llevaba el dinero del coche encima?

—Lo había pagado por transferencia y nos lo mandaron a casa a las dos semanas —responde el padre, compungido—. En el garaje está, sin estrenar. No habíamos querido venderlo por si Carlos aparecía algún día.

—¿Saben si se había metido en algún problema con alguien?

—No, que nosotros sepamos. Lo pasó muy mal con lo de su novia, y cuando había empezado a levantar cabeza, desapareció.

—¿Qué le pasó a su novia?

Los padres de la víctima cruzan sus miradas. Se nota que ese tema es terriblemente incómodo para ellos.

—Se suicidó hace unos ocho años —responde el padre al fin—. Paula tenía momentos mejores y peores, pero nunca imaginamos que fuera a hacer algo así. Si incluso se iban a casar. Carlos le había pedido matrimonio unas semanas antes, durante un viaje a Nueva Zelanda.

19

En determinados lugares, no meterse en problemas es lo que puede causártelos. Baakir, un senegalés de sesenta y dos años muy querido por toda la comunidad carcelaria, fue detenido por intentar atracar un banco de la calle Arturo Soria armado con un cuchillo de pan. Su intención no era hacerse rico, sino conseguir algo de dinero para ayudar a su hija Adama y a sus cinco nietos. La desesperación le llevó a delinquir por segunda vez en su vida; la primera fue al entrar de manera ilegal en España en una patera que partió de Tánger, un viaje por el que pagó todo lo que tenía ahorrado. Pero en cuanto recibió la carta de su hija menor diciéndole que había enviudado y que lo estaba pasando muy mal, no lo dudó: vendió todas sus pertenencias y se puso en manos de una mafia para que le ayudara a reunirse con ella. Fueron días duros, pero nada que ver con lo que sintió al llegar a Madrid a las tres semanas y descubrir cómo malvivían los suyos.

Los primeros meses le resultó difícil sobrevivir, pero, cuando consiguió los papeles, encontró trabajo en la construcción y logró ganar dinero suficiente para empezar a llevar una existencia digna. Sin embargo, la pandemia que azotó el mundo a principios de 2020 lo arruinó todo. Una mañana, después de casi dos años pasando dificultades, se puso una media en la cabeza y entró en el banco sin pararse a pensar en las consecuencias. Se hizo con un mísero botín de mil quinientos euros y salió corriendo a la calle, donde ya le esperaba la policía. Dos agentes se le tiraron encima, con tan mala suerte para Baakir que el cuchillo que llevaba se clavó accidentalmente en la pierna de uno de ellos. Por atraco a mano armada, resistencia a la autoridad y lesiones a un policía, fue condenado a seis años de cárcel.

Uno de los traficantes rumanos se acerca a Baakir mientras él lee un libro de jardinería en la biblioteca de la cárcel.

—Tu amigo Oumar debe saldar su deuda si no quiere tener problemas, Baakir.

—Ya le rompisteis un brazo el otro día...

—Eso solo era un aviso de lo que le puede pasar. Dile que el plazo termina esta noche.

El rumano se marcha sin necesidad de decir nada más; su mensaje ya ha quedado claro. Baakir nunca se ha metido en líos de drogas y querría mantenerse al margen, pero si recurren a él es porque allí dentro todos le escuchan y le respetan. Resignado, marca con un folio la página por la que va del libro que estudia para buscar trabajo de jardinero cuando recupere la libertad y sale al patio. En el lateral, junto a una de las porterías de futbito, los africanos controlan su parcela dentro de la cárcel. Como todos los grupos, su principal negocio es el tráfico de drogas, aunque también ofrecen servicios de protección o cualquier otro que les permita hacerse con el peculio de algún incauto. En el otro extremo del patio están los rumanos, y un poco más allá, los colombianos, liderados por Samuel Quintero, la mano derecha de Walter Vargas. Samuel no le quita ojo al senegalés mientras este habla con un hombre de un metro noventa. La escayola blanca de su brazo contrasta con el negro de su piel. Aunque desde su posición no puede escucharles, sabe bien de lo que hablan.

—Deberías saldar tu deuda para evitarte más enfrentamientos, Oumar —le dice Baakir a su compatriota.

—Me cogieron desprevenido —responde este envalentonado—, pero la próxima vez que se acerquen, no seré yo quien termine en el hospital.

—Tu vida vale más de lo que puedas deberles, hijo. Si me permites un consejo, zanja este asunto, porque no lo dejarán estar hasta que alguien muera.

—Será alguno de ellos.

—Quizá, pero entonces pasarás aquí otros quince años más. ¿No te gustaría regresar a casa con tu mujer y tus hijos?

El tono de voz del hombre y la sensatez de sus palabras hacen que Oumar se calme y observe a los rumanos, que le miran desafiantes.

—Les daré la mitad de lo que piden —dice al fin—. Me vendieron mierda demasiado cortada.

—No se conformarán, Oumar.

—Entonces que vengan a reclamarme ellos. Te pasarás después de la cena por mi celda y les llevarás el material.

Uno de los motivos por los que Baakir es respetado es porque sabe hasta dónde puede llegar, y seguir insistiendo sería traspasar una línea que Oumar no consentiría. Asiente y se marcha a continuar con sus estudios. Después de cenar una sopa aguada y un filete de pollo acartonado, recoge una bolsa llena de pastillas para entregársela a los rumanos como pago por los veinte gramos de cocaína y diez de heroína que les dieron hace unas semanas. Pero, antes de llegar a su destino, alguien le agarra del cuello y le arrastra al interior de la lavandería.

—¿Adónde vas a estas horas?

A Baakir no le gusta relacionarse con los que nada tienen que perder, y Samuel Quintero es uno de ellos. Con la mano izquierda se lleva un cigarro de liar a la boca, mientras que la derecha permanece oculta en el bolsillo de su sudadera, algo que al hombre no le da buena espina.

—Te he hecho una pregunta, Baakir.

—Hago un recado para Oumar.

—Así que ese negro ha decidido pagar a los rumanos, ¿no?

Baakir se resiste a responder. Samuel saca la mano derecha del bolsillo y le pone en la garganta un arma fabricada con el mango de un cepillo de dientes.

—Si tengo que volver a repetir una puta pregunta, te atravieso como a un pincho moruno.

El colombiano le registra los bolsillos y encuentra la bolsa con las pastillas.

—Me temo que esto es mucho menos de lo que esperan cobrar esos gonorreas.

—Yo solo cumplo órdenes.

—Me caes bien, Baakir. Siempre me has parecido alguien discreto de quien se puede uno fiar... pero para tu desgracia, te necesito muerto.

Samuel le hunde el pincho en la garganta y le tapa la boca con la mano libre para evitar que alguien escuche sus gritos de auxilio. Baakir intenta luchar, pero sabe que está perdido; él era el encargado de sacrificar a las vacas en su aldea y lo hacía de la misma manera. Tras unos segundos de forcejeo en los que el senegalés poco puede hacer por salvar su vida, se desploma sobre un charco de sangre.

Antes de abandonar la lavandería, Samuel se guarda la droga y coloca encima del cadáver una medalla de Nuestra Señora de Blaj, la capital histórica de Transilvania, región situada en el centro de Rumanía.

20

Los cadáveres del matrimonio Soroa, de su hijo y de la asistenta permanecen en el Instituto Anatómico Forense de Madrid, a la espera de ser enviados a sus allegados para recibir sepultura. Los de la familia asesinada se trasladarán a Pamplona, mientras que el de la empleada viajará hasta Perú. Se ha comprobado que la munición utilizada para ejecutarlos era similar a la que causó la muerte de las víctimas de la obra, y el informe de balística pronto confirmará que se usó la misma pistola.

En el chalé, aparte de constatar que se trataba de una familia adinerada, el inspector Iván Moreno y sus ayudantes no han encontrado nada que pueda justificar la matanza ni que la relacione con las otras muertes, salvo que el terreno de Getafe en el que estaban enterrados los cuerpos había sido propiedad de Eduardo Soroa. Tampoco se han encontrado huellas dactilares que no pertenezcan a las víctimas o al personal de servicio, ni grabaciones que conduzcan a los asesinos. En las del acceso a la urbanización no se ve entrar ningún coche que no estuviera autorizado, por lo que, o los asesinos viven allí o accedieron a la casa por otro sitio. Los vecinos les han dicho que no tenían relación con los Soroa —«aquí cada uno nos ocupamos de lo nuestro»—, y las parcelas son tan grandes que no se oye lo que pasa en las viviendas colindantes, ni siquiera unos disparos en mitad de la noche, aunque no usasen silenciador.

—¿Tenéis alguna teoría? —pregunta Moreno cuando regresan al chalé y rodean la piscina donde encontraron a los perros envenenados.

—¿Y si es casualidad? —pregunta a su vez la oficial Verónica Arganza.

—¿Casualidad?

—Todo indica que la muerte de los Soroa tiene que ver con los cadáveres de Getafe, pero quizá los mataron por otro asunto.

—Las casualidades no existen, Vero —dice el agente Melero.

—Claro que existen, Lucas. De hecho, la mayor parte de las cosas que nos pasan son por casualidad... aunque reconozco que, en este caso, lo más probable es que sea lo que parece.

—Pienso lo mismo —concuerda Moreno.

—A mí todo esto me suena a que Soroa sabía quién estaba utilizando su terreno como cementerio, y lo mataron para que no abriese la boca —dice Melero.

—Yo no creo que lo supiera. —La oficial Arganza niega con la cabeza—. De ser así, no lo habría vendido.

—Quizá recibió una oferta que no pudo rechazar.

—Entonces lo hubiese limpiado antes de entregárselo a una constructora que iba a encontrar los cadáveres sí o sí.

—Lo más lógico es que sí supiera quién podía tener acceso a su propiedad —interviene Moreno—, pero no que estuviese enterrando gente allí. El asesino no se esperaba que lo fuese a vender cuando fue declarado urbanizable y, al saber que habían aparecido los cuerpos, decidió liquidarlo para no dejar cabos sueltos.

—A él y a su familia —apunta Verónica—. Y eso significa que seguramente todos lo conocían.

—Alguien de su entorno, sin duda. Porque, si no suponía un peligro, hay que ser muy hijo de puta para matar así al niño.

Verónica y Lucas asienten, conformes.

—¿Quizá pasaba por problemas económicos y por eso tuvo que vender el terreno de un día para otro?

—Qué va... —responde Lucas—. Tenía mogollón de inversiones y de propiedades, pero según nos han dicho, donde más le ponía estar era en su productora.

—¿Se dedicaba al cine?

—Tenía en marcha dos series —responde el agente consultando su libreta—, tres películas, un par de programas y varios anuncios. Facturaba una pasta.

—Haced una visita a la productora a ver qué sacáis —dice Moreno.

—¿Tú no vienes?

—Tengo que ocuparme de un asunto personal.

21

—¿Estás segura de que quieres marcharte, mamá? Ni a Alejandro ni a mí nos molestas, de verdad.

Indira y la pequeña Alba acompañan a la abuela Carmen hasta el coche de la inspectora, donde Alejandro Rivero guarda las maletas de su suegra.

—Indira tiene razón, Carmen —dice para confirmar las palabras de su mujer—. Ya sabes que es un placer que estés aquí.

—Ya tengo ganas de volver al pueblo. A saber si, después de tantos meses cerrada, no se habrán metido unos okupas de esos en mi casa.

—No creo que haya demasiados okupas en Villafranca de los Barros...

—Cualquiera sabe, hija. —La abuela se agacha frente a Alba, que está muy disgustada—. Recuerda que me has prometido que te vas a portar bien, Alba.

—No sé por qué te vas, yaya. ¿Ya no nos quieres? —pregunta la niña.

—Claro que os quiero, y a ti más que a nadie. Lo que pasa es que la yaya tiene su propia casa. Aquí es donde vivís tu madre, Alejandro y tú.

—Hay sitio de sobra.

—Ya lo sé, pero cada uno tenemos que estar donde nos corresponde. Eso no quiere decir que no puedas venir a visitarme siempre que quieras o que no me coja yo un autobús de vez en cuando para venir a verte.

—¿Me lo prometes?

—Claro que sí, cariño.

Abuela y nieta se abrazan, emocionadas.

—Tenéis que iros ya si no quieres perder el autobús, Carmen —dice Alejandro.

La abuela Carmen besa a su nieta y se incorpora para mirar a su yerno.

—Muchas gracias por tu paciencia, Alejandro. Con Indira ya te tienes ganado el cielo, y a mí siempre me has tratado con cariño y una sonrisa en la boca.

—Te haces querer, Carmen.

—Come bien, por favor, que con la chuminada de las bacterias de mi hija, si no estoy yo, aquí solo se comen cosas hervidas.

—Descuida.

La abuela Carmen abraza con cariño a Alejandro. En ese momento, aparece el inspector Moreno.

—¿Te ibas sin despedirte de mí, Carmen?

Indira crispa el gesto, al contrario que Alba, a quien se le ilumina la cara al ver a su padre.

—Ya te tenía puesta la cruz por no venir a darme un beso, Iván —dice Carmen, besándole sonriente.

—¿Cómo vas a la estación?

—La llevo yo —responde Indira con sequedad—. Y vamos tarde.

—¿Qué te parece si las acompañamos y así puedes pasar un ratito más con tu yaya, hija? —le pregunta a Alba.

—¡Bien!

Al ver la felicidad de su hija, que se abraza a su padre y a su abuela, Indira no puede negarse. Pero, por su expresión, se nota que no le hace ninguna gracia. Alejandro Rivero aprieta el hombro de su mujer con cariño, tratando de calmarla, consciente de que es un volcán a punto de entrar en erupción.

Indira conduce con cara de pocos amigos y con la mirada clavada en la carretera mientras, a su alrededor, todo es una fiesta. La abuela Carmen está girada hacia el asiento de atrás, donde Iván y Alba no dejan de hacer planes.

—Y dentro de unos meses —le dice Moreno a su hija—, vamos a recoger a tu abuela a su casa y nos vamos los tres a pasar un fin de semana al valle del Jerte para ver los cerezos en flor, ¿qué te parece?

—¡Guay! —responde la niña, emocionada—. ¿Y podremos comer perrunillas?

—Eso por descontado, Alba —contesta la abuela.

—Y después, si no hace demasiado frío —Moreno se deja llevar—, iremos a bañarnos a una de esas pozas naturales que hay por toda Extremadura.

—Eso no es muy buena idea —interviene Indira—. Esas pozas ya están demasiado concurridas y uno puede pillar cualquier cosa.

A los tres se les borra la sonrisa y miran a Indira, que aguanta impertérrita.

—Si por ti fuera, viviríamos todos en una burbuja de plástico, hija.

—Intento poner un poco de sensatez, mamá. Ya hemos llegado.

Ahora es Iván quien, tras sacarlas del coche, mete las maletas de la abuela Carmen en el autobús que la llevará hasta su pueblo.

—Tienes que comprarte un iPad para que Alba y tú podáis hacer FaceTime, Carmen —dice Iván.

—Parece que me estés hablando en chino, hijo.

—Es como llamarnos por teléfono, pero viéndonos —aclara la niña.

—Entonces me lo compraré. Le diré al hijo de mis vecinos que me ayude, que sabe mucho de esas cosas. Tú no te preocupes.

—Te quiero mucho, yaya.

—Yo a ti también, Alba.

Mientras la abuela y la nieta vuelven a abrazarse, Iván nota que Indira contiene a duras penas su emoción.

—¿Estás bien, Indira? —le pregunta, dejando a un lado la animadversión que siente hacia ella.

—Me da mucha pena que se marche.

—Extremadura está aquí al lado. Y no te preocupes, que por lo que conozco yo a tu madre, no pasarán dos semanas sin que quiera venir a ver a Alba.

Indira sonríe al padre de su hija, agradecida por su apoyo. La marcha de la abuela Carmen ha conseguido que, después de mucho tiempo, puedan enterrar el hacha de guerra, aunque solo sea por un momento.

22

Debido a la paliza que le dio Jotadé por haber maltratado a su hermana, Manuel Salazar tardará algunas semanas en poderse llevar algo sólido a la boca. Las lesiones son graves, pero terminarán sanando. Lo que jamás lo hará será su autoestima después de haberse meado y cagado delante de todos los vecinos. Mientras los médicos tratan de arreglar el desaguisado, Jotadé insiste a Lorena para que deje a su marido, pero ella sabe que abandonarlo supondría verse señalada para el resto de su vida, como su padre.

—Los tiempos cambian, hermana.

—A lo mejor para ti, que vives fuera del barrio y eres hombre —responde ella—, pero si una mujer se lleva a los hijos de un gitano, él la perseguirá hasta el fin del mundo.

—Si vuelve a tocarte, los domingos tendrás que turnarte entre venir a verme a la cárcel e ir a llevarle flores al cementerio.

Cuando el Manu sale del hospital, para Lorena es uno de los peores días de los últimos meses. Desde la paliza, él no ha hecho más que mostrarle su desprecio a base de miradas, responsabilizándola de lo que ha pasado, como si fuese culpa suya que se le hinchen los ojos cuando le dan puñetazos.

—¡No me toques, coño! —El Manu se sacude de encima a su esposa cuando intenta ayudarle a entrar en el coche—. Por desgracia para ti, no me he quedado paralítico.

Durante el trayecto a casa, él mira por la ventanilla con ansias de venganza y ella reza para que nadie los vea llegar. Pero esa tarde luce el sol y todo el mundo se ha echado a la calle. El aparatoso vendaje que envuelve la cabeza del Manu hace que llame aún más la atención. Algunos vecinos se apiadan de él, pero la mayoría se divierte a su costa.

—¡Lo mismo cuando te quiten eso eres hasta guapo, *enmierdao*!

—¡Pareces la momia gitana, quillo!

—¡Guárdate un poco del papel higiénico que te han puesto en la cabeza para limpiarte el culo!

Las risas y las burlas los acompañan desde el coche hasta el portal. Al entrar en casa, los tres hijos de la pareja —Yaneli, de doce años; Ismael, de diez, y Corayma, de siete— miran con aprensión a su padre; también a ellos les cuesta volver a la rutina de gritos, castigos y humillaciones. El día anterior, por primera vez desde que nació, Lorena tuvo que abofetear a su hijo Ismael cuando le escuchó decir que ojalá el tío Jotadé lo hubiese matado.

—Saludad a vuestro padre, niños —dice Lorena percibiendo su indecisión.

—¿Cómo sabemos que es el papa? —pregunta la más pequeña mientras mira con temor a la figura distante y envuelta en vendas.

—¿Quién coño voy a ser si no, Corayma? —pregunta el Manu a su vez, con sequedad—. Venid a darme un beso, vamos.

Los tres niños se acercan a él cautelosos y le dan el beso más rápido que pueden para evitar que se enfade. Tanto ellos como su madre ya están más que acostumbrados a dar muestras de cariño forzadas a alguien por quien no sienten más que miedo.

—Mira lo que ha conseguido el comemierdas de tu hermano —le dice a Lorena cargado de odio—, que hasta mis hijos me dejen de lado.

—Comprende que están asustados, Manu.

—¿Asustados de qué?

—De verte con esas vendas. Niños, id a vuestro cuarto a jugar a la consola. Pero no la pongáis muy alta, no vayáis a molestar a vuestro padre.

Los tres niños corren hacia su habitación aliviados por quitarse de en medio. No se atreverán a hacer un solo ruido hasta que se metan en la cama.

—El hijo de puta de Jotadé va a pagar por esto —masculla el Manu.

—Déjalo estar, Manu —ruega Lorena.

—¿Que lo deje estar? ¡Todo el puto barrio se ríe de mí!

—Tú te lo buscaste.

El Manu aprieta el puño, con ganas de volver a partirle la cara. Pero sabe que esta vez las consecuencias serían mucho peores y logra contenerse.

—No quiero que vuelvas a hablarle, ¿me oyes?

—No puedes prohibirme que hable a mi propio hermano —responde Lorena intentando mantener la entereza.

—Puede que a ti no, pero sí a mis hijos. Desde ahora tienen prohibido ver a Jotadé o hablar con él. Si los llevas a casa de tus padres, asegúrate de que él no va a aparecer por allí.

—Él no lo aceptará, Manu.

—Procura que lo haga, porque como me desobedezcas, me llevo a los niños y ni tú, ni el cabrón de tu hermano, ni tus padres los volvéis a ver en la puta vida.

—Eres un mierda.

El Manu levanta la mano para abofetearla, pero esta vez Lorena no se amilana. Le reta con la mirada para que lo haga. Pero si ese gitano es cobarde cuando la agrede, no haciéndolo en este momento demuestra serlo aún más.

—Ya me has oído, Lorena. No te lo volveré a repetir. Y ahora prepárame la cena.

—Te la preparas tú si quieres.

—Zorra —dice él antes de marcharse hacia la cocina.

Lorena llora de impotencia; si su vida ya era un infierno, a partir de ahora tiene pinta de que lo será aún más.

23

Los respectivos equipos de la inspectora Ramos y del inspector Moreno vuelven a esperar en la sala de reuniones. La hostilidad que se profesan sus jefes hace que ellos mantengan las distancias, así que su sorpresa es enorme cuando los ven llegar por el pasillo charlando amigablemente, sin intención aparente de sacarse los ojos.

—Disculpad por la espera —dice Indira mientras Iván y ella entran y toman asiento—. Estábamos atendiendo un asunto personal. —Mira a Lucía y a Jotadé—. ¿Cómo os ha ido en Málaga y en Sevilla?

—Bien. Hay un par de cosas que comentar —responde ella.

—Ahora nos ponéis al día.

—¿Visitasteis la productora de Eduardo Soroa? —les pregunta Moreno a la oficial Arganza y al agente Melero.

—Así es —responde Verónica—. Como ya te comentamos, el tipo no parece que pasase por apuros económicos, ni en el resto de sus negocios ni mucho menos en su productora, que era lo que más ingresos le generaba y donde más le gustaba estar. O sea que la venta del terreno no fue por ninguna necesidad. No era un hombre problemático ni con enemigos conocidos.

—Algún enemigo tendría cuando ejecutaron a toda su familia y a la asistenta —apunta la agente Lucía Navarro.

—Cada vez tenemos más claro que Soroa y su familia conocían al asesino de Getafe y que este decidió quitarlos de en medio en cuanto aparecieron los cuerpos —dice el agente Melero.

—Si encontramos el vínculo entre ellos, lo tendremos.

—No creo que vaya a ser tan fácil, Verónica —dice Iván—, pero centraos en su entorno para ver si salta la liebre.

Los ayudantes del inspector Moreno asienten. Indira toma la palabra.

—Nosotros hemos ido a Barcelona para hablar con los padres de Núria Roig y con la mujer de Lluís Bonfill. Tampoco nos ha parecido que fuesen personas problemáticas ni que pasasen por demasiados apuros.

—Salvo Lluís —señala la subinspectora María Ortega—. Se había arruinado con un restaurante y llevaba meses hundido. Según nos contó su mujer, había venido a Madrid para hacer una entrevista de trabajo y ya nunca volvió a casa.

—También las hermanas Soler y Carlos Guzmán tenían previsto venir a Madrid la última vez que las vieron; ellas a una exposición y él a recoger un coche del concesionario —dice Jotadé.

—Núria Roig desapareció cuando vino a un desfile de moda —señala Indira.

—Lo que está claro entonces —dice Moreno— es que el asesino está aquí y ha aprovechado sus viajes para matarlos. Lo que no sabemos es si ya les tenía echado el ojo o fue simple casualidad. ¿Habéis averiguado si las víctimas se conocían?

—Núria y Lluís estuvieron saliendo hace ocho o diez años, pero parece que no seguían manteniendo el contacto —responde la inspectora Ramos, y se dirige a Jotadé y a Lucía—: ¿Las hermanas Soler y el tal Carlos Guzmán?

—Ni se conocían entre ellos —responde Jotadé—, ni conocían a los de Barcelona.

—¿Y qué es eso que teníais que comentarnos?

—La novia de Carlos Guzmán —responde Lucía Navarro— se suicidó hace unos años, concretamente en abril de 2015.

—Por desgracia, los suicidios están a la orden del día —dice la oficial Arganza—; cada año se quitan la vida en España en torno a cuatro mil personas.

—Lo extraño es que la tal Paula Reyes no parecía tener motivos. Hemos ido a hablar con su mejor amiga y dice que estaba en uno de sus momentos más felices, tanto a nivel personal como profesional.

—Por lo visto —continúa Jotadé—, se prometieron durante un viaje, pero al volver se le cruzaron los cables y decidió acabar con todo.

Ninguno de los policías sabe cómo manejar esa información; hay tantas posibilidades de que esté relacionado con la investigación como de que se trate de un hecho aislado que no conseguirá más que hacerles perder el tiempo.

—No debemos olvidarnos de ese dato —dice al fin la inspectora Ramos—, pero ahora tenemos que centrarnos en encontrar la relación entre las víctimas, porque estoy segura de que la hay.

—Lo malo es que son de diferentes provincias y generaciones.

—Pero todos tenían un nivel económico muy alto, igual que la familia Soroa —apunta Verónica Arganza.

—Tiene que haber algo en común. ¿Ideas?

—Quizá hicieron negocios juntos —apunta Melero.

—No, no lo creo. ¿Qué clase de negocio podría juntar a gente tan dispar? Tiene que ser algo mucho más... casual.

—¿Algo así como que coincidieran en algún sitio? —pregunta Jotadé.

—Eso me gusta más —dice Indira—. Centrémonos en esa idea; si averiguamos dónde, daremos con el quid de la cuestión.

—Mantenednos al tanto, por favor —dice Moreno.

—Por supuesto.

La sonrisa que se dedican Indira e Iván no pasa desapercibida para sus ayudantes.

—¿Qué asuntos personales venís de tratar vosotros? —pregunta Jotadé con suspicacia.

—Ninguno que a ti te interese, Jotadé —responde la inspectora, cortante—. Poneos a trabajar.

Indira e Iván salen charlando tan afables como entraron. Sus ayudantes se miran, sin comprender qué está pasando.

—Para mí que han echado un caliqueño —dice el gitano.

—Lo dudo mucho —responde la subinspectora Ortega—. Pero si así fuera y esto aguanta una temporada como una balsa de aceite, mejor para todos.

24

En cuanto descubren el cadáver de Baakir tirado en el suelo de la lavandería y encuentran la medalla de Nuestra Señora de Blaj sobre su cuerpo, todos en la cárcel dan por hecho que al hombre lo han asesinado los rumanos. La ira que se apodera de la comunidad africana hace que, ya en el primer enfrentamiento con los supuestos asesinos, se sumen dos muertos más a la guerra provocada por Walter Vargas, que aguarda en su celda a que se desate el motín. A los rumanos se unen los presos de los países del Este, mientras que a los africanos los apoyan los latinoamericanos. Los españoles y los asiáticos tratan de mantenerse neutrales, pero Vargas quiere que en aquello se involucren hasta los estafadores y ladrones de poca monta.

—Si algo funciona una vez —le dice a Samuel mientras se sirve un café con su única mano—, no hay necesidad de cambiarlo.

—¿Quiere que liquide a un chino, patrón?

—O a un español, tanto da. Lo que importa es que se enreden unos contra otros.

Samuel asiente. Aunque los españoles no le caen nada bien, les tiene aún más tirria a los chinos, a los que culpa de haber expandido el virus que acabó con su abuela, con su madre y con dos de sus tíos durante el peor momento de la pandemia. Se dirige con sus hombres a las celdas donde los asiáticos permanecen encerrados para evitar meterse en líos y los obligan a salir al patio. Allí, tres drogadictos españoles acuchillan a uno de ellos a cambio de la promesa de droga gratis durante lo que les queda de condena.

La batalla campal que se extiende a lo largo y ancho de la cárcel de Alcalá de Henares hace que los funcionarios se vean superados desde el primer instante. Muchos se niegan a enfrentarse a los sublevados, alegando que no les pagan lo suficiente para arriesgar así sus vidas, lo que hace que los presos se crezcan. Gerardo, uno de los guardias más veteranos, que siempre ha mantenido una relación de respeto con los internos, se aventura a salir de la zona protegida para hablar con ellos, a pesar de que sus compañeros se lo desaconsejan.

—¿Qué estáis haciendo, Oumar? —le pregunta al senegalés que lidera a los africanos, cuya escayola ya está cubierta de salpicaduras de sangre—. Volved a vuestras celdas antes de que esto vaya a más.

—No vamos a consentir que nos pisoteen... ¡Han asesinado a Baakir!

—Los culpables pagarán por ello, te doy mi palabra.

—Tu palabra de blanco no vale nada.

—Por favor, Oumar. Entrégame ese pincho y...

Al acercarse a cogerlo, el guardia comprende que ha cometido el peor error de su vida; no es bueno fiarse de un hombre que cumple condena por decapitar a un traficante de la competencia. Mira hacia abajo y ve el arma clavada en su abdomen. Al arrancarse el pincho, la camisa azul enseguida se empapa de sangre procedente del hígado.

—¿Qué has hecho? —atina a preguntar con los ojos vidriosos.

Antes de que Oumar pueda siquiera mostrar su arrepentimiento, un joven peruano que suele ser objeto de burlas por parte de reclusos y guardias debido a su amaneramiento decide que es un buen momento para hacerse respetar. Recoge el pincho que Gerardo ha dejado caer al suelo y se lo hunde en el cuello una y otra vez mientras el resto de presos jalean cada acometida, excitados ante la orgía de sangre.

Desde la puerta de su celda, en el piso superior, Walter Vargas y Samuel son testigos del asesinato. El manco no disfruta viendo desangrarse a un buen hombre al que apreciaba y respetaba —y con el que incluso algunas noches jugaba al ajedrez—, pero su muerte es justo lo que necesita para que su plan siga adelante.

—Ha llegado la hora —le dice a Samuel.

En cuanto se corre la voz de que todo aquel que consiga escapar de la cárcel en las próximas horas recibirá una recompensa de cincuenta mil euros, la violencia se recrudece. Los reclusos entienden que la mejor manera de lograrlo es haciendo que reine el caos, y decenas de colchones, sábanas y rollos de papel higiénico arden en la galería y en el patio. En los enfrentamientos entre los distintos grupos hay media docena de muertos más y algunos empiezan a cobrarse las rencillas personales. Los guardias, al ver el cariz que toma el asunto, se retiran para dejar que sea la policía quien intente sofocar la revuelta. Al anochecer, un grupo de presos —de todas las nacionalidades, aunque unas horas antes se estuviesen matando entre ellos— se ha hecho con las armas dejadas atrás por los guardias y se ha encaramado al tejado de la prisión. Las imágenes que abren los informativos parecen ser de alguna de las cárceles superpobladas de Brasil o del Salvador y no de una situada a escasos cincuenta kilómetros del centro de Madrid. Los primeros intentos de fuga, aunque numerosos, son fácilmente neutralizados por los geos que ya rodean el recinto, pero los agentes empiezan a tener claro que aquel no es un motín como otro cualquiera y que la cosa se les puede terminar yendo de las manos.

—¿Alguien sabe por qué cojones quieren escapar? —pregunta desconcertado el oficial al mando.

—Hemos intentado contactar con alguno de los presos de confianza, pero están incomunicados. Cualquiera sabe lo que pasará ahí dentro para que estén tan desesperados por huir.

—Debemos entrar de inmediato.

Walter Vargas espera sentado a que Samuel venga a buscarle. Ha guardado sus escasas pertenencias de valor en una bolsa de plástico que tiene sobre las rodillas. Entre ellas, un par de estampitas de vírgenes y fotos de su familia. Observa el recorte de periódico que hay pegado en la pared, en el que aparecen la inspectora Indira Ramos y el inspector Iván Moreno.

—Ya está todo dispuesto, patrón —dice Samuel Quintero asomándose a la puerta de la celda empapado en sangre—. La policía está a punto de tomar la prisión.

Walter Vargas se levanta y escupe sobre la fotografía de los dos policías antes de salir de la celda.

25

Indira aguarda en la sala de espera de la consulta de su psicólogo. Desde que se casó con Alejandro Rivero, su vida ha estado más o menos equilibrada y su TOC –aunque sigue presente en sus rutinas diarias– no la incapacita tanto como en otras épocas... al menos hasta la noche anterior. Esta mañana se ha levantado nerviosa y examina su entorno en busca de algo que no esté en su sitio o todo lo pulcro que debería. Cuando está a punto de levantarse a limpiar el interruptor de la luz, sobre el que alguien ha dejado marcadas sus huellas, Adolfo sale de su despacho acompañando a una mujer mayor que, a juzgar por los ojos hinchados, la nariz enrojecida y el clínex que aprieta en el puño, no parece estar pasándolo bien. Después de acompañar a su paciente a la puerta, el psicólogo va a saludar a la inspectora.

–Cuánto tiempo, Indira –le dice con cariño, respetando su espacio–. Me alegro mucho de verte.

–Lo mismo digo, Adolfo –responde ella devolviéndole la sonrisa.

–Adelante, por favor –dice invitándola a entrar en el despacho–. Pensé que te habías hartado de mí.

–Perdona por anular las dos últimas citas. Siempre surge algo en el trabajo que no puede esperar. Ya sabes cómo es esto.

–Es bueno que tengas otras prioridades. Eso significa que las cosas están controladas.

Indira se sienta en la butaca destinada a los pacientes, agobiada y muy poco conforme con la apreciación de su psicólogo. Él se da cuenta.

—¿Ha pasado algo?

—Iván Moreno.

—¿Otra vez has tenido problemas con él?

—Al contrario. Si tuviese problemas estaría todo como siempre; nos cruzaríamos por los pasillos de la comisaría, nos lanzaríamos un par de pullas y adiós muy buenas. Pero es que ayer nos acompañó a Alba y a mí a la estación a despedir a mi madre, que ha decidido volverse una temporada al pueblo.

—¿Y?

—Pues que estuvo encantador con mi madre, con mi hija y... conmigo.

—Como corresponde a dos personas adultas que además tienen una hija en común. Eso está muy bien, ¿no?

—Sí. El problema es que nos reconciliamos un poquito.

—¿Te has acostado con él? —El psicólogo se asusta.

—¡No! ¿Qué dices? No me he acostado con Iván desde antes de casarme con Alejandro... al menos no conscientemente —añade con la boca chica.

—No entiendo qué narices quieres decirme, Indira. Soy tu psicólogo desde hace años y conozco tus secretos mejor que nadie, así que haz el favor de hablar claro.

—Que anoche tuve sexo con Alejandro —confiesa angustiada—, pero la verdad es que no me apetecía mucho... hasta que me imaginé que con quien estaba era con Iván. No te puedes imaginar lo real que fue.

—Las fantasías no tienen por qué ser algo malo. Forman parte de la rutina de cualquier pareja normal.

—¿Y si desde que me fui a dormir anoche no hago otra cosa que pensar en hacerla realidad? —pregunta con cara de circunstancias.

—Quítatelo de la cabeza, Indira.

—Si fuese tan sencillo no estaría aquí contándotelo, Adolfo.

—Pero vamos a ver, ¿a ti no te va bien con Alejandro?

—Es un hombre íntegro, un marido cariñoso y el mejor referente para Alba, pero...

—Pero a ti te pone cachonda Iván... —El psicólogo termina la frase.

—Yo jamás lo diría de una manera tan ordinaria.

—Pero sí.

—Sí —admite.

—Joder, Indira. Yo pensaba que todo eso ya estaba superado.

—Yo también, pero se ve que hay un resquicio por ahí. ¿Tú no podrías ayudarme a bloquear pensamientos sobre Iván?

—Eso no es un interruptor que se pueda apagar o encender. Si fuera tan fácil, nadie sufriría por amor.

—Entonces ¿qué hago?

—Yo no puedo darte una respuesta a esa pregunta, Indira. Mi labor como psicólogo consiste en...

—Olvídate de tu labor, Adolfo —le interrumpe a la desesperada—. Yo ahora lo que necesito es el consejo de un amigo. Antes tenía a mi madre, que es la única que me aguanta. Bueno, más bien me aguantaba, porque se ha largado. El caso es que necesito saber qué debo hacer, porque voy a terminar desquiciada. Más aún.

Adolfo suspira. Se levanta y va hacia la ventana.

—Si estamos entre amigos, no te importa que me fume un cigarrillo, ¿no?

—Adelante.

Adolfo abre la ventana y enciende el cigarrillo ante la mirada expectante de Indira. Se masajea las sienes mientras saborea la primera calada, como buscando una respuesta.

—Lo que quieres saber es qué haría yo en tu lugar, ¿no?

—Exacto.

—Si te soy sincero, no tengo la menor idea. Tienes tres opciones: o te jodes y haces lo imposible por olvidarte de Iván, o te separas de Alejandro y le das una oportunidad. Pero antes de tomar una decisión precipitada, deberías darte cuenta de lo bien que estás ahora, Indira. Desde que te conozco no te había visto tan equilibrada, y eso es gracias a la estabilidad que te da tu marido.

—Ya, eso sí. ¿Y la tercera? Has dicho que había tres opciones.

—Te lo follas y a ver qué pasa.

—¿Insinúas que debo serle infiel a Alejandro? —pregunta con perplejidad.

—Yo no insinúo nada, pongo las opciones sobre la mesa. Pero quizá, si lo haces, te darás cuenta de que solo era una fantasía y que eres feliz con tu vida.

—No podría volver a mirar a mi marido a la cara.

—Bueno, ahora le miras y, para ponerte a tono, necesitas imaginarte al inspector Moreno. Yo no sé qué es peor.

Indira, superada, no sabe qué responder.

26

Después de perder el trabajo en el hotel, Paco Cortés tuvo que ponerse a trabajar en uno de los puestos de ropa que tenía la familia de su mujer en mercadillos diseminados por diferentes pueblos de Madrid. Aunque le parecía un trabajo tan digno como otro cualquiera —y en el que se ganaba más de lo que jamás hubiera imaginado—, él siempre intentó huir de una ocupación a la que estaban predestinados la mayoría de los gitanos del barrio. La vieja idea de lograr que su comunidad se terminase de integrar en la sociedad seguía muy viva en su cabeza, pero los años y las decepciones empezaban a hacer mella en él.

—Aquí estamos bien, Paco —le decía Flora cuando protestaba—. Mi familia lleva viviendo de esto desde hace años, y nunca nos ha faltado de nada.

Paco se resignaba y seguía vendiendo paquetes de calcetines, ropa interior y camisetas con la misma profesionalidad con la que había llevado las maletas de infinidad de turistas desde el taxi hasta la habitación.

En cuanto a sus hijos, Lorena se había casado con un hombre que a Paco no terminaba de gustarle, pero la chica trabajaba con ellos en el mercadillo y por aquel entonces parecía feliz. Jotadé, después de jurar el cargo en la academia, también se había casado con una gitana buena y trabajadora y ya les había dado su primer nieto, Joel. Estaba muy contento por ellos, pero sabía que la profesión que había elegido su hijo tarde o temprano los distanciaría. En cambio, con Rafael todo iba de mal en peor. Los problemas con las drogas empezaron a guiar su vida y, para pagar su adicción, se dedicaba a trapichear. El patriarca de los Cortés vivió en sus propias carnes el drama que sufrían muchos vecinos a los que siempre había aconsejado paciencia y mucho amor, pero solo entonces se dio cuenta de que eso no era suficiente. Jotadé intentó hablar muchas veces con su hermano mayor, pero ser policía no allanaba el camino y terminó dándolo por imposible. Paco y Flora creían que, si conseguían retenerle a su lado, todo terminaría arreglándose, pero lo cierto era que a Rafael resultaba muy difícil tenerlo controlado. Siempre desaparecía durante dos o tres días y terminaba volviendo a lamerse las heridas. Cuando faltó una semana, Paco se presentó en la comisaría en la que Jotadé acababa de ser destinado.

—¿Qué haces aquí, papa?

—Es por tu hermano, hijo. Hace más de una semana que no aparece por casa.

—¿Has llamado a la tal Susi?

—Dice que rompieron hace ya tiempo, pero que seguramente esté donde el Ray.

Jotadé hizo prometer a su padre que se iría a esperar a casa y él se dirigió a uno de los narcopisos que operaban en el barrio y que Rafael solía frecuentar. Al llegar al portal, un gitano de ciento cincuenta kilos cubierto de oro al que no había visto nunca le cortó el paso.

—¿Adónde coño crees que vas?

—Apártate si no quieres que te meta todo ese oro por el culo, gitano.

Cuando el traficante iba a echar mano de la pistola que llevaba en la cintura, el Fali, un chico de la edad de Jotadé al que empezaba a pasarle factura su adicción y ya solo conservaba la mitad de las piezas dentales, se interpuso entre los dos.

—No pasa nada, Charly —le dijo al matón—. Jotadé es colega del Ray.

—¿Sabes si está aquí Rafa? —le preguntó Jotadé.

—Tu hermano lleva mal camino, primo.

—El mismo que llevas tú, Fali.

Una mirada de Jotadé bastó para que el traficante comprendiera que no salía a cuenta enfrentarse a él y se apartó. Entró en el portal y tropezó con dos yonquis que dormían la mona. Uno de ellos se había vomitado encima y un fuerte olor a cebollas podridas inundaba el descansillo. Al subir por las escaleras, se cruzó con una señora en bata que cargaba un carrito de la compra y que no parecía muy feliz de tener de vecinos a unos traficantes, y no era para menos, puesto que cada recodo hasta el cuarto piso estaba ocupado por alguien a punto de chutarse, chutándose o ya chutado. Llamó a la única puerta blindada que había y se abrió un pequeño ventanuco.

—Hombre, Jotadé —dijo una mujer de mediana edad tras la puerta—. ¿Vienes por trabajo o por placer?

—Vengo a buscar a mi hermano. Abre la puerta.

—No está aquí.

—Abre la puta puerta o te juro que la tiro abajo.

La mujer maldijo entre dientes, cerró el ventanuco y a continuación corrió los cerrojos de la puerta. Al entrar en el piso, tres traficantes armados salieron de una habitación en la que había una mesa con montones de droga y varios hombres y mujeres mayores preparando pequeños sobres, ayudados por balanzas de precisión. Uno de los traficantes, el que sin duda era el jefe, un gitano de unos cuarenta años sin camiseta y plagado de tatuajes, sonrió al verle y sus dientes de oro brillaron.

—Ya estabas tardando, compadre.

—¿Dónde está, Ray?

—Tu hermano se ha metido lo que tenía que vender, Jotadé. Me ha hecho perder mucha guita.

—Menos de la que te habrá hecho ganar. ¿Dónde está? ¡Rafa!

Jotadé apartó a Ray de un empujón y este tuvo que contener a uno de sus matones, que apuntó al policía con un subfusil MP7 mientras este recorría un pasillo abriendo las puertas que había a ambos lados y llamando a su hermano.

—Baja eso, coño.

Al abrir la última puerta, a Jotadé se le cayó el alma al suelo cuando encontró a Rafael tirado en un colchón putrefacto. La cantidad de droga que había consumido hacía que apenas conservase un hilo de vida.

—Eres un hijo de puta, Ray.

—Cuidado con lo que dices, Jotadé. Si tu hermano no está ya enterrado en el campo es porque te respeto. No hagas que eso cambie.

Como Rafael apenas pesaba cincuenta kilos, Jotadé lo sacó en brazos de aquel lugar. Cuando se lo entregó a sus padres, llamaron de inmediato al médico, pero este solo pudo decirles que debían hacerse a la idea de que el mayor de los Cortés ya había perdido la batalla y era cuestión de días que muriera.

27

A veces el universo se empeña en complicarnos la vida, en ponernos la tentación delante de las narices para obligarnos a caer en ella. Y eso es lo que le ocurre a la inspectora Ramos cuando, debido a unas obras que están haciendo en el aparcamiento de la comisaría, tiene que ir a estacionar a varias calles de distancia y encuentra sitio frente a un restaurante, en cuyo interior el inspector Moreno lee un informe sentado a la mesa pegada a la ventana. Solo. El sentido común le dice que disimule y se marche, pero desde hace unas horas no es su cabeza la que toma las decisiones.

—Iván, ¿qué haces aquí?

—Hola, Indira —responde él sorprendido al verla—. Pues estaba...

—No te importa que me tome un café contigo, ¿verdad? —le corta sentándose frente a él, sin esperar su permiso y sin fijarse en su cara de compromiso—. Anoche no pegué ojo y hoy me voy durmiendo por los rincones.

—No, claro. ¿Con leche?

—Por favor.

Iván le pide el café por señas a un camarero y mira a Indira, que le observa con una expresión extraña, como si estuviese librando una terrible batalla en su interior.

—¿Pasa algo?

—Nada... –disimula, y se fija en el informe–. ¿Alguna novedad?

—Hemos estado investigando el entorno de Eduardo Soroa: empresarios, productores, artistas... en general gente de mucha pasta.

—¿Alguno tiene antecedentes penales?

—La mayoría, pero casi todos por asuntos fiscales. Verónica y Lucas están comprobando si alguno tiene delitos de sangre.

—Seguro que encuentran algo pronto. Tus chicos parecen muy espabilados.

—Lo son... ¿Qué tal el nuevo?

—Jotadé... –La inspectora suspira–. Hoy se ha pedido la tarde libre porque es el cumpleaños de su hijo.

—Pronto empieza.

—En los pocos días que lleva en el equipo ha demostrado ser un buen policía, pero también un grano en el culo. En ese aspecto me recuerda a ti.

Ambos se sonríen con complicidad. Cuando el camarero le trae el café y regresa a la barra a atender a una pareja que acaba de entrar en el local, Indira aprovecha para llevar la conversación a un terreno más personal.

—¿Tienes algún plan mañana a primera hora?

—En principio, no, ¿por qué?

—He quedado para desayunar en casa con una canguro a la que quizá contrate para ocuparse de Alba y me gustaría que tú también la conocieras. Ahora que no está mi madre, debemos buscar a alguien.

—¿Es de confianza?

—La tengo más que fichada. Es una chica filipina que trabaja en varias casas del barrio y hablan maravillas de ella. Cuidará de Alba mientras Alejandro y nosotros trabajamos, y lo mejor de todo es que hablarán en inglés. Yo creo que es la manera de que aprenda el idioma sin demasiado esfuerzo.

—Suena bien.

—¿A las nueve?

—Allí estaré.

Indira vuelve a mirarle sonriente; está claro que empieza a perder la batalla. Cuando le va a decir que, ya que están en ese sitio del que tan bien hablan en la comisaría, podrían aprovechar para comer juntos, llega una chica de unos veintiséis años, guapísima y vestida con un traje de chaqueta bajo el que se adivina un cuerpo de modelo trabajado a diario en el gimnasio. Iván sonríe al verla y se levanta para recibirla.

—Patricia...

—Perdona por el retraso, Iván —se disculpa—. He tenido mucho lío en el trabajo.

Ambos se saludan con un beso discreto, lo que hace que Indira se abochorne por completo. Se pone en pie, dispuesta a salir pitando de allí.

—Indira, me gustaría presentarte a Patricia Suárez —dice Iván—. Patricia, ella es la inspectora Indira Ramos.

—Es un auténtico honor, Indira. —Patricia le va a dar dos besos, pero Indira la frena en seco y le tiende la mano. Ella se la estrecha, cortada, aunque sin perder su espectacular sonrisa—. En los juzgados se habla mucho de ti.

—¿Trabajas en los juzgados? —pregunta Indira con cara de circunstancias.

—Es una de las juezas más jóvenes de España —contesta Moreno con orgullo—. La semana pasada salió en el dominical de *El Mundo*.

—Le dieron más importancia a lo que llevaba puesto que a lo que había tenido que estudiar para llegar hasta donde estoy —dice resignada—. Vamos, que todavía queda mucho trabajo por hacer.

Indira la mira, sintiéndose insignificante, pero consigue mantener la dignidad y reacciona a tiempo.

—Me alegra ver que, aunque a muchos todavía les pese, las mujeres empezamos a ocupar los puestos que nos corresponden. Enhorabuena, Patricia.

—Gracias. Si necesitas cualquier cosa, ya sabes dónde encontrarme.

—Claro. Te debo el café, Iván —le dice a Moreno—. Que lo paséis bien.

Indira se escabulle con la mirada clavada en el suelo y la joven jueza ocupa su lugar a la mesa. Al salir a la calle y pasar frente a la ventana, se esfuerza por no mirar, pero no puede evitarlo y observa con el rabillo del ojo cómo Iván y Patricia charlan y ríen muy animados, ajenos a su presencia. La humillación que ha sentido enseguida se transforma en rabia. Ella sabía que Moreno tenía varias relaciones y que era el centro de atención en las actividades extraescolares de Alba, pero verle junto a esa mujer, que aparte de guapa es inteligente, le ha dolido en el alma.

Está a punto de volver al coche para presentarse de nuevo en la consulta de su psicólogo y decirle que se olvide de todo lo que hablaron en su última sesión, que no había sido más que un arrebato y que ver a Iván con otra mujer es lo mejor que ha podido pasarle, porque ella con quien tiene que estar es con Alejandro, con quien es muy feliz. Pero Adolfo la conoce mejor que nadie y sabría que miente como una bellaca.

28

Ya han pasado varios días desde que dieron por televisión la noticia del hallazgo de los cinco cadáveres en la obra de Getafe, pero la actriz Sara Castillo no ha conseguido quitárselo de la cabeza. A su marido le ha dicho que su repentino insomnio e irritabilidad se deben a problemas en el trabajo, y lo cierto es que empieza a tenerlos al no lograr concentrarse: es difícil ser la imagen de la felicidad cuando acabas de descubrir que la sensación de amenaza que experimentas desde hace meses es muy real. En el plató, cada movimiento que se produce detrás de las cámaras la pone en alerta, aunque el sentido común le dice que no será allí donde la ataquen. Porque si algo tiene claro a estas alturas es que tarde o temprano lo harán.

—¿Se puede saber qué te pasa, Sara? —le pregunta la directora del programa—. No es normal que tú tengas que repetir una entradilla y con esta ya van cuatro veces.

—Perdona. Tengo la cabeza en otras cosas y necesito que lo dejemos por hoy.

—Ni hablar. Esto tiene que quedar terminado para pasarlo a montaje.

—Seguro que hay más planos que puedas grabar sin mí, Susana.

—No me hagas esto, Sara.

—Si no fuera importante, sabes que no me marcharía.

Por mucho que la directora proteste y le ruegue que se quede una hora más, Sara recoge sus cosas y sale del estudio prometiéndole que pronto compensará su ausencia. Se dirige al aparcamiento en alerta, temiendo que la sombra aparezca cuando menos se lo espera. A lo largo de sus años como actriz ha interpretado estar aterrorizada un sinfín de ocasiones, pero ahora que es real, se da cuenta de que se trata de una sensación mucho más incapacitante de lo que se imaginaba. Entra en el coche y no acierta a meter la llave en el contacto. Unos golpes en la ventanilla le dan un susto de muerte. Al ver que es el vigilante, resopla y baja la ventanilla.

—¿Qué pasa?

—Disculpe que la moleste, señora Castillo —dice el vigilante mostrándole con timidez una foto suya y un bolígrafo—. Ya le comenté que mi sobrina estaba estudiando interpretación y la chiquilla no hace más que preguntarme si puede usted firmarle un autógrafo.

—Claro. ¿Cómo se llama?

—Jimena, con jota.

Sara escribe la misma dedicatoria que a todas las aspirantes a actriz que se cruzan en su camino —«Espero que tus sueños se hagan realidad. Trabaja duro y lo conseguirás»— y conduce hasta el centro de Madrid.

Deja el coche en un aparcamiento y busca en el maletero algo con lo que pasar desapercibida. El sombrero, las gafas de sol y la bufanda parecen exageradas para mediados de otoño, pero la bajada de temperatura de los últimos días hace que tampoco llamen demasiado la atención. Se detiene a unos metros de la entrada de la sede de uno de los principales partidos políticos del país, donde varios reporteros realizan conexiones en directo para sus respectivas cadenas informando sobre las elecciones generales, que se celebrarán en pocos días. Por suerte, están demasiado ocupados para fijarse en ella.

—¿En qué puedo ayudarla, señora? —pregunta una de las recepcionistas al verla acercarse al mostrador.

—Vengo a hablar con Bernardo Vallejo.

—¿Tiene usted cita?

—No.

La recepcionista la mira con suficiencia, como haciéndole ver que no todo el mundo puede reunirse con el que, según las encuestas, será el próximo presidente del Gobierno.

—El señor Vallejo no recibe a nadie sin cita previa. Y menos ahora.

—Dígale que Sara Castillo desea verle, por favor —responde bajándose la bufanda y quitándose las gafas para mostrar su cara.

La fama es incómoda en muchos momentos, pero sirve para conseguir mesa en un restaurante por muy completo que digan que está o para que una recepcionista decida anunciar a alguien que no tiene cita previa.

Sara lleva veinte minutos esperando en un despacho de la última planta. Se encuentra en la zona noble del edificio, pero entre la ausencia de ventanas y que por único mobiliario haya una mesa y dos sillas, tiene la sensación de estar en una sala de interrogatorios de la KGB. Han pasado siete años desde la última vez que vio a Bernardo en persona —quitando aquella ocasión en que coincidieron en la entrega de los premios Goya, cuando solo se saludaron por cortesía— y está más nerviosa de lo que creía. Saca un pañuelo del bolso para secarse las manos. Desde hace unos meses, esa sudoración excesiva se ha convertido en algo muy molesto, pero, según su ginecóloga, es debido a los cambios hormonales que anuncian una menopausia temprana. No tiene que esperar mucho más para que llegue un hombrecito trajeado y con gesto desconfiado que se presenta como Alberto Grau, consejero del señor Vallejo. Si no fuera porque lo conoce de haberlo visto en televisión acompañando siempre a Bernardo, jamás se fiaría de él.

—¿Me acompaña, por favor?

Sara le sigue a través de distintos pasillos hasta el último despacho. Se cruzan con varios hombres y mujeres y nota los típicos cuchicheos a su espalda de quien la reconoce. Es algo con lo que se ha acostumbrado a vivir. Al llegar al final del recorrido, la recibe la secretaria personal del presidente del partido, que todavía la hace esperar varios minutos hasta que la llaman al teléfono.

—Ya puede pasar, señora Castillo. El señor Vallejo la está esperando.

29

Cada minuto que el Manu pasa encerrado en casa le envenena más que una semana ingresado en el hospital. Los dolores ya son más llevaderos, pero mirar por la ventana y ver que los que creía sus amigos siguen haciendo su vida como si nada le tiene maldiciendo el día entero. No perdona que ninguno se interpusiese cuando Jotadé le atacó, pero menos aún que no hayan sido capaces de ir a visitarle para mostrarle su apoyo y su respeto. Salvo por las vendas que aún siguen cubriéndole prácticamente la totalidad de la cabeza, ya se encuentra mejor, pero cuando se ha atrevido a poner un pie en la calle, ha vuelto a escuchar las risas y las burlas y ha optado por pasar el día tumbado a oscuras viendo series de payos, soñando con el día en que todos se arrepientan por haberle dado la espalda.

Cuando advierte que sus antiguos amigos se marchan a ver uno de los partidos de fútbol que se juegan en el descampado y en los que se mueven grandes sumas de dinero, decide aprovechar su oportunidad; se calza unas zapatillas, se pone un abrigo y gafas de sol, se cala una gorra y sale a la calle. Se aleja todo lo que puede del barrio, escondiéndose entre las sombras y evitando cruzarse con nadie —como si fuese un maldito chivato—, y se sienta a tomar el aire en un parque que ha sido invadido por toda clase de atracciones infantiles. Recuerda que, cuando él era pequeño, también iba a ese mismo lugar a jugar, pero no para lanzarse desde un tobogán como hacen los niños ahora, sino para achuchar al perro que criaban entre todos los chavales con los de los barrios vecinos. «Mejor que se maten los perros que los críos», solía decir la policía cuando algún buen samaritano denunciaba la salvajada que se estaba cometiendo.

El Manu regresa de sus recuerdos al escuchar un sonido muy familiar que le causa ardor de estómago: el inconfundible motor de un Cadillac Eldorado del 89. Aprieta los dientes con rabia al ver que el coche aparca al otro lado del parque, y su indignación se multiplica cuando ve salir de él a Jotadé, a Lorena, a sus tres hijos y a su sobrino Joel. Los chicos y su esposa, más sonrientes que nunca, siguen al policía hasta el interior de una heladería.

—¿Y los niños? —pregunta el Manu cuando Lorena llega a casa cargada con bolsas de la compra.

—Yaneli y Corayma se han quedado jugando abajo e Ismael ha ido a casa de su amigo Pedro —responde ella guardando la comida en la nevera.

—¿Dónde habéis pasado la tarde? —vuelve a preguntar su marido, neutro.

—Hemos ido a la compra.

—¿Toda la tarde?

—Había mucho que comprar, ¿no lo ves?

Al mirarle a los ojos, Lorena se da cuenta de que lo sabe. No tiene ni idea de cómo ha podido enterarse, pero sin duda lo sabe. Siente un escalofrío al pensar que pueda cumplir su amenaza y llevarse a sus hijos de su lado.

—Hemos ido a tomar un helado.

—Con Jotadé, ¿no?

—Hoy es el cumpleaños de Joel —se justifica—. No podía dejar a los niños sin celebrarlo con su primo.

—Te dije que no quería que mis hijos volvieran a ver al bastardo de tu hermano, Lorena.

—Los niños quieren a su tío y tienen derecho a tomarse un helado con él, Manu.

—Para eso tienen un padre.

—Tú nunca haces nada con ellos. ¿Hace cuánto no les llevas a algún lado? Y si no los sacas tú, alguien tendrá que hacerlo.

—¿Qué coño estás diciendo? ¿Que no vas a obedecerme?

—Sí... —responde intentando mantenerse firme.

El primer guantazo es tan fuerte que lanza a Lorena contra la encimera con el tímpano roto, y el pitido que empieza a escuchar la acompaña ya durante toda la paliza. El Manu llevaba días conteniéndose, aguantando lo que él considera desprecios constantes de la desagradecida de su mujer, y, ahora que ha empezado, ya no puede parar. Se va a quedar a gusto para que se lo piense mejor antes de volver a desobedecerle. A los puñetazos e insultos le siguen las patadas cuando Lorena cae al suelo, ya medio inconsciente, pero él no se detiene ahí. Le lanza encima la comida que había comprado, varios cazos y sartenes, y remata la obra maldiciéndola a ella y a todos los muertos de su familia.

30

Desde que el oficial Óscar Jimeno murió, Lucía va a visitarlo un par de días al mes. Aunque cuando la culpa es insoportable, no es extraño verla por el cementerio todas las semanas. A veces, cuando llega, ve a la madre de su amigo poniendo flores o limpiando la lápida. En esas ocasiones se oculta hasta que ella se marcha. Solo una vez la sorprendió allí, y su encuentro fue tan incómodo que lo último que desea es que se vuelva a repetir. No es que la pobre mujer le recriminase la muerte de su hijo, pero aunque todos siguen pensando que fue un desgraciado accidente, notó en su mirada que la responsabilizaba de haber perdido a su niño. Al fin y al cabo, era ella la que conducía.

—Hola, Óscar...

Lucía retira las hojas que han caído sobre la tumba, mira la foto enmarcada de su compañero —una con el uniforme de policía y cara de pánfilo, nada más salir de la Academia de Ávila— y sonríe con tristeza; si hubiera podido elegir cuál poner, en lugar de la que está ella habría puesto otra que le hizo cuando, al poco de empezar a trabajar juntos, se fueron de copas y terminaron en un karaoke. Óscar no acostumbraba a beber, pero aquella noche se soltó la melena y tuvo que bajarle a la fuerza del escenario. Le hizo tanta gracia que le inmortalizó junto al Palacio de Oriente y, aunque en absoluto era su tipo, le besó. Él se enamoró al instante y la estuvo persiguiendo hasta que ella cedió. Sucumbió una noche, pero fue suficiente para que Jimeno la reconociera cuando vio las fotos eróticas que el arquitecto Héctor Ríos guardaba en su ordenador. En ellas no se le distinguía la cara, pero sí un pequeño tatuaje en la ingle que muy pocos conocían y que a Óscar se le quedó grabado a fuego.

—Creo que voy a intentarlo, Óscar. Cumplo los requisitos y me parece absurdo conformarme con ser una simple agente cuando puedo aspirar a ser inspectora. Inspectora Navarro, ¿te lo imaginas? —Sonríe, soñadora, pero enseguida suspira, desinflada—. Aunque supongo que no te hará gracia que tu asesina, en lugar de acabar en la cárcel, ascienda dentro de la policía, ¿no? Bueno, ya te contaré qué he decidido. Ahora te tengo que dejar, que tenemos un caso abierto que a ti te encantaría. Volveré la semana que viene.

Lucía se besa la mano y la apoya sobre la losa.

Cuando la agente Navarro llega a la comisaría y está sacando un café en la máquina de la entrada, Jotadé se acerca a ella.

—Buenas...

—Hola, Jotadé. ¿Tú no te habías pedido la tarde?

—No, solo un rato para convidar a un helado a mi hijo y a mis sobrinos. Hay demasiado curro para desaparecer por las bravas.

—No dejas de sorprenderme... —dice sonriendo—. ¿Alguna novedad?

—María y yo estamos repasando los informes de las cinco víctimas de Getafe para ver si encontramos una conexión, pero, de momento, no hay nada. Se parecen unos a otros como el hachís a la marihuana.

—Algo saldrá.

—Eso espero. Hablando de marihuana: ha venido un chico preguntando por ti que huele a porro que tira de espaldas. Lleva como una hora esperándote.

—¿Quién es?

—Un tal Marco no sé qué. Dice que sois amigos.

Lucía mira hacia la oficina y palidece al ver sentado frente a su escritorio al hacker que le ayudó a borrar de una página de citas sus conversaciones privadas con el arquitecto Héctor Ríos. A cambio de su silencio, ella le prometió que no le delataría como un colaborador de la policía capaz de vender a sus amigos cada vez que se metía en problemas. El chico sabía que aquello supondría su muerte, pero el que haya decidido venir a buscarla significa que, o ya le ha perdido el miedo a eso, o hay algo que le produce todavía más. Jotadé se da cuenta de su incomodidad.

—Si quieres le saco de aquí a collejas.

—No, está bien.

Lucía se marcha al encuentro de Marco. Cuando Jotadé va a sacar su café de la máquina, se da cuenta de que su compañera se ha olvidado del suyo.

—¿Qué haces aquí, Marco? —pregunta la policía conteniendo la voz.

—Tenemos que hablar.

—Yo no tengo nada que hablar contigo —responde irritada—, y menos aquí. ¿Cómo se te ocurre venir a buscarme a la comisaría?

—Tengo un problema.

Lucía le coge del brazo y le conduce con determinación a la sala de reuniones. Una vez dentro, cierra la puerta.

—¿Qué pasa? Tienes un minuto.

—Creo que el hermano del Chino sospecha que fui yo quien os dijo dónde se escondía y por eso murió cuando le fuisteis a detener. No tengo ni puta idea de cómo se ha enterado, pero lo ha hecho.

—¿Y a mí qué me cuentas?

—Si yo no he dicho nada sobre lo que borramos de la ficha

de ese tío en la página de citas es porque me amenazaste con contárselo tú. Pero si ya lo sabe, de nada me sirve callarme. Y si yo caigo, tú caes detrás, eso te lo juro.

—Yo no puedo hacer nada, Marco.

—Claro que puedes. Ve a hablar con él y convéncele de que está equivocado, que yo no tuve nada que ver con lo de su hermano.

—¿Y si no me cree?

—Entonces quítalo de en medio. Por lo que tengo entendido, no es la primera vez que lo haces.

—¿De qué hablas? —pregunta la policía, fulminándolo con la mirada.

—Hablo de que a ese tal Héctor Ríos se lo cargaron de un tiro en la boca y todavía no han cogido a su asesino. ¿Qué crees que pensarán tus compañeros si yo les cuento que la amante que estuvieron buscando durante meses eres tú?

Lucía le mira con dureza, pero comprende que el chico está entre la espada y la pared y no se va a dejar intimidar.

—Haz lo que sea, pero hazlo ya —continúa—. Ah, y como por casualidad me atropelle un coche o simplemente desaparezca, toda la comisaría recibirá un mail que explicará bien clarito de qué nos conocemos tú y yo.

Marco se marcha. Desde la mesa de la subinspectora Ortega, con quien continúa examinando las fichas de las víctimas de Getafe, Jotadé le sigue con la mirada hasta la salida. Después se fija en que, en el interior de la sala de reuniones, Lucía se sienta y se frota las sienes, descompuesta, como si estuviese sufriendo una repentina migraña.

31

Bernardo Vallejo tiene un carisma incuestionable, vista con el traje de varios miles de euros que lleva cuando acude al Congreso de los Diputados como líder de la oposición o con el chándal y las zapatillas que se pone al llegar a casa. Eso es precisamente lo que a Sara Castillo le enamoró de él hace tanto tiempo. Aunque se le nota el paso de los años, sigue estando en plena forma. Esa es una de las cosas que sus asesores le han dejado claras: a buena parte del electorado se le gana con los ojos y no con un programa que la mayoría de veces ni leen ni entienden.

A pesar de que no le hace ninguna gracia saber que su ex está allí, se arregla la corbata frente a un espejo de mano que saca del cajón. No lo reconocería por nada del mundo, pero también está nervioso por volver a verla. Cuando Sara entra en su despacho, Bernardo se levanta para recibirla con una amable sonrisa, sin poder evitar pensar qué primera dama se ha perdido el mundo. Junto a ella, su popularidad se hubiera multiplicado por mil, pero las circunstancias los obligaron a separarse a pesar de estar muy enamorados.

—Sara... qué sorpresa.

—Hola, Bernardo, ¿cómo estás? —pregunta ella saludándole con dos besos.

—Muy ocupado, como te puedes imaginar. Estos días de campaña previos a las elecciones son una locura de viajes y entrevistas. Me lo juego todo.

—¿Tienes alguna duda de que serás el próximo presidente?

—Nunca hay que confiarse —responde él con falsa humildad—. ¿Quieres tomar algo?

—Un whisky solo, por favor.

El político la mira sorprendido, pero se encoge de hombros como preguntándose por qué no y va a servir dos copas. Durante el tiempo que estuvieron juntos solían hacer muchas locuras, y ni la hora ni el lugar eran impedimento para beber o para hacer el amor, algo que ambos, instalados en sus rutinas, echan muchísimo de menos. Le entrega la copa a Sara y se sienta frente a ella con la suya, a la que ha añadido un cubito de hielo.

—Hace un par de semanas vi la película en la que interpretas a una reina. Estabas guapísima con esos vestidos.

—Los corsés son un martirio, pero hacen buena figura.

—Sigues estando preciosa, con corsé o sin él.

—Como comprenderás, de un político no me creo nada.

Bernardo sonríe.

—Tú tampoco estás mal —dice ella devolviéndole el cumplido—. Me hizo mucha gracia aquel reportaje en el que asegurabas que corrías desde joven todas las mañanas cuando los dos sabemos que no lo has hecho en tu vida.

—En tu profesión y en la mía, las apariencias lo son todo.

Los dos beben y se miran en silencio, con una complicidad que debería haberse esfumado hace ya mucho tiempo.

—¿Sigues con aquella arquitecta?

—Marta, sí. Esto todavía no lo sabe nadie, pero está embarazada de nuestro segundo hijo.

—Enhorabuena.

—Gracias... Tú también tienes dos, ¿no?

—Sí...

Bernardo la mira con curiosidad.

—Siempre es un placer recibir la visita de una mujer tan importante como tú, Sara, pero creía que habíamos quedado en que solo volveríamos a vernos a través de la tele. Si vienes a pedirme algún tipo de subvención para tu gremio...

—Ha pasado algo —le interrumpe.

—¿El qué?

—¿Has oído hablar de los cadáveres que encontraron hace unos días en una obra de Getafe?

—Refréscame la memoria, por favor. Lo único que leo últimamente son encuestas de intención de voto.

—Estaban removiendo la tierra para construir unos pisos y han aparecido varios cuerpos.

—Sí, ahora que lo dices, algo me suena. ¿Por qué debería interesarme?

—Porque los nombres de las víctimas son Lluís Bonfill, Carlos Guzmán, las hermanas Aurora y Noelia Soler, y Núria Roig.

A Bernardo Vallejo se le congela la sonrisa.

—¿Qué gilipollez es esa, Sara?

—Compruébalo tú mismo.

Bernardo se bebe la copa de un trago sin apartar la vista de Sara, deja el vaso sobre la mesa y coge su iPad de encima del escritorio. Escribe en el buscador y palidece al comprobar que es verdad.

—Mierda...

—¿Qué vamos a hacer?

—De momento, nada. No sabemos qué significa todo esto.

—No hay que ser muy listo, ¿no crees?

Él la mira con gravedad, sabiendo lo que va a decir ella a continuación.

—Alguien está matando uno a uno a todos los que estuvimos allí, Bernardo. Y los siguientes somos tú y yo.

32

Walter Vargas atraviesa la prisión escoltado por Samuel y por otros dos hombres armados con trozos de tubería arrancados de las duchas, lo que ha provocado una fuga de agua que ya cubre más de un palmo en algunas zonas de la planta baja. El sicario, tomándose más confianzas de las esperadas, conduce a su jefe agarrándolo por el cuello de la camisa, muy atento a lo que pueda pasar a su alrededor. Pero aunque el patrón proteste, su misión es llevarle a salvo hasta la cocina, y en cada esquina hay alguien a quien le convendría verlo muerto y que podría aprovechar el caos para quitarle de en medio. Son hombres acostumbrados a la violencia, pero algunas escenas que ven por el camino les hacen apartar la mirada: dos presos han atado a otro a una mesa y lo mutilan bajo la mirada aprobatoria de media docena más; un poco más allá, varios hombres llevan a rastras hasta el interior de la celda a un joven de facciones delicadas, cuyos lloros y súplicas no han hecho más que empezar; dentro del comedor, dos cadáveres arden en el suelo mientras un grupo de reclusos alimentan el fuego con la madera de mesas y de sillas. El humo negro y el olor a carne quemada hace que Vargas y sus hombres tengan que atravesar la enorme sala a gatas, cubriéndose la nariz y la boca con prendas de ropa. Una vez que llegan a la cocina, Samuel abre un armario y lo vacía de cazuelas y sartenes.

—Métase ahí, patrón.

—No pienso esconderme como una rata.

—Los policías están a punto de entrar. Si le encuentran aquí, se lo llevarán con los demás presos y al carajo todo el plan.

Walter Vargas sabe que su esbirro tiene razón y se mete en el armario a regañadientes.

—Enseguida regreso.

En cuanto Samuel cierra la puerta del armario, se escuchan gritos, golpes y carreras procedentes del comedor. La policía al fin ha tomado la cárcel, pero por el ruido de la batalla, se intuye que los amotinados no piensan ponérselo fácil. Vargas entreabre la puerta y ve pasar a varios hombres, que se arman con lo que encuentran a mano y salen con la idea de intentar escapar y embolsarse los cincuenta mil euros que les han prometido los colombianos.

En el comedor, una trinchera de fuego separa a los policías de los reclusos, cada vez más numerosos y con más sed de sangre. Enseguida se empiezan a escuchar los primeros disparos. Un preso coge la bombona de butano que hay junto a uno de los fogones y sale con ella. A los pocos segundos, una fortísima explosión hace que se tambaleen los cimientos de todo el módulo. Tres agentes se refugian en la cocina, sobrepasados por la situación.

—¡Hay que pedir más refuerzos! —exclama uno de ellos.

Antes de que sus compañeros puedan reaccionar, Samuel sale de detrás de una columna y lo degüella con el cuchillo que ha encontrado en un cajón al que ha reventado la cerradura. Los reclusos saltan encima de los otros dos policías, que se ven sorprendidos y apenas pueden defenderse de los golpes y pinchazos que reciben. Samuel le quita la pistola al policía herido, que intenta a la desesperada contener con sus manos la cascada de sangre que le brota del cuello, y ejecuta a los tres agentes. A continuación, abre el armario desde donde Walter Vargas ha sido testigo mudo de los asesinatos.

—Ya puede salir, patrón.

El colombiano sale de su escondite y observa con frialdad los cadáveres de los policías.

—Estos pendejos son demasiado flacos, no voy a caber en sus uniformes.

—Seguro que sí. Usted desvístase.

Vargas y Samuel comienzan a quitarse la ropa. Los otros dos secuaces se miran, desconcertados.

—Necesitamos otro uniforme más —dice uno de ellos—. Aquí solo hay ropa para tres.

Walter Vargas coge la pistola de Samuel y dispara contra el que ha hablado.

—Asunto arreglado.

—Ya tenía yo ganas de liquidar a este sapo —dice Samuel entre risas.

En el comedor, los reclusos han seguido avanzando y casi han logrado expulsar a los policías de nuevo al exterior. El fuego y la lluvia de sillas, piedras y todo tipo de objetos que caen sobre ellos hace que retrocedan, a la espera de refuerzos. Dos agentes salen de la cocina arrastrando a otro por los hombros. Los tres llevan los cascos puestos y están cubiertos de sangre, aunque el que va en el centro parece el más grave.

—¡Ayuda! ¡Agente herido! —grita uno de ellos.

Sus compañeros acuden en su auxilio, abriéndose paso a tiros.

—¡Por aquí!

Ninguno de los policías que los ayuda a salir y los lleva hasta una de las ambulancias que hay aparcadas en el exterior se da cuenta de que a uno de los heridos le falta la mano derecha.

33

—¿Cómo que ya la has entrevistado?

Iván mira sorprendido a Indira en la puerta de casa de la inspectora. A tenor de la dureza de sus miradas, la amabilidad y el buen rollo que había entre ellos los días anteriores parece haber desaparecido.

—No podíamos esperarte más, Iván. La chica tenía que irse a trabajar y yo a llevar a Alba al colegio.

—Me dijiste a las nueve y son menos cinco.

—Anoche me pidió si podíamos adelantar la entrevista media hora.

—¿Y no se te ocurrió avisarme? —pregunta molesto.

—Pensé que estarías ocupado con la jueza.

—Así que se trata de eso, ¿no? —Moreno de repente comprende—. No te hizo puñetera gracia verme con Patricia.

—A mí me dan igual tus novietas, entérate.

—Pues no lo parece.

—No te hagas pajas mentales, por favor. Y en lo que respecta a Evelyn, ya la conocerás más adelante. La chica es encantadora, limpia y muy profesional. Poco más puedo decirte.

—Entonces ¿la has contratado?

—Sí, lo que pasa es que no puede incorporarse hasta dentro de un par de semanas porque tiene programado un viaje a su país.

—¡Papá!

Alba baja las escaleras corriendo, deja la mochila del colegio tirada en el suelo y se lanza a los brazos de su padre, feliz.

—Hola, princesa —dice él cogiéndola en volandas y besándola—. ¿A que acabas de lavarte los dientes?

—¿Cómo lo sabes? —pregunta ella sorprendida.

—Porque se te ha olvidado limpiarte la boca por fuera...

Iván le quita con el dedo un trozo de pasta de dientes que Alba tiene pegado en la comisura de la boca y, para espanto de Indira y regocijo de su hija, se lo lleva a la boca como si fuese el manjar más exquisito.

—¡Qué cochino eres, papá! —dice la niña riéndose.

—Buenos días, Iván —Alejandro le saluda con educación desde la puerta del garaje, vestido con su mejor traje y el maletín en la mano.

—Alejandro —Moreno le devuelve el saludo con un gesto de cabeza—. Dispuesto a poner en libertad a los delincuentes que capturamos nosotros, ¿no?

—No empieces, Iván —le dice Indira, muy molesta.

—¿Qué? Como si no fuera verdad.

Indira se va a enzarzar en una nueva discusión con Iván, pero Alejandro se adelanta, poniendo paz.

—No pasa nada, cariño. Lo tomo como una broma recurrente.

—¿Qué significa «broma recurrente»? —pregunta Alba.

—Que la hace una y otra vez, hija —responde Indira—. Siempre la misma y sin darse cuenta de que no tiene ninguna gracia.

—Ah... —La niña se da por satisfecha con la explicación para enseguida mirar a su padre—. ¿Hoy me vas a acompañar al cole, papá?

—No me lo perdería por nada del mundo.

Indira traga quina. Alejandro se acerca y le da un beso cariñoso, frenando el arranque que sabe que está a punto de tener.

—Tranquila, ¿de acuerdo?

Ella asiente calmándose y su marido se agacha frente a Alba.

—Hoy te llevan al cole tus papás, Alba. Estarás contenta, ¿no?

—Sí... pero también me gusta que me lleves tú.

—Lo sé. Pásalo muy bien. —Alejandro la besa y se incorpora para despedirse de Iván—. Iván...

—Alejandro...

Este se mete en el garaje y, a los pocos segundos, sale conduciendo un Jaguar 4x4. Indira e Iván se dirigen al colegio unos pasos por detrás de Alba, que va dando los buenos días a todo el que se cruza y se asoma a la puerta de diferentes negocios para saludar a sus propietarios.

—Menos mal que ha salido a mí y es sociable —comenta Iván, con sorna.

—Sociable es, no te lo voy a negar. Pero también tiene dos dedos de frente, y eso lo ha heredado de mí.

—Ahora solo falta que decida hacerse jueza y tendremos a la hija perfecta.

Indira se muerde los labios, intentando que no se le note cuánto le ha molestado ese comentario. Iván disfruta, mirándola de reojo.

—¿No es un poco joven para ti, Iván?

—¿Patricia? Está en la edad perfecta.

—Perfecta para llevarla a Eurodisney y que te hagan un buen descuento, ¿no?

Cuando Iván va a responder, suena el teléfono de Indira. Al ver en la pantalla que se trata de la subinspectora María Ortega, contesta.

—Hola, María. No me digas. —Se sorprende—. Espera, que Iván está aquí conmigo. Te pongo en manos libres.

—Buenos días, María —dice Moreno.

—Hola, Iván. Perdonad que os moleste, pero creemos haber descubierto la relación que hay entre las víctimas de Getafe.

—¿Cuál es?

—¿Recordáis que Jotadé y Lucía nos contaron que la novia de Carlos Guzmán se suicidó después de volver de un viaje a Nueva Zelanda?

—Sí, claro.

—Pues hemos llamado a la amiga de las hermanas Soler y a los padres de Núria Roig y nos han confirmado que también estuvieron allí a principios de 2015.

—¿Y Lluís Bonfill?

—Su viuda no lo sabía, pero yo creo que en aquella época es cuando salía con Núria, y recuerda que su madre nos comentó que se dedicaban a gastarse una pasta en juergas y en viajes.

—Nueva Zelanda... —dice Indira pensativa—. Está claro que tuvo que pasar algo durante aquellas vacaciones.

—Algo lo bastante grave para que una chica aparentemente feliz se suicide —contesta María al otro lado de la línea.

—O para que también la mataran —sentencia Moreno.

34

Los días que el médico auguró que viviría Rafael Cortés fueron en realidad tres semanas. Los pucheros que le cocinaba su madre y el cariño que le daba su familia le hicieron revivir y todos empezaron a soñar con que podría producirse el milagro. Pero en un descuido, Rafa salió a consumir. A los pocos segundos de que la heroína entrase en contacto con su sangre, su corazón reventó. Cuando Paco y Flora regresaron de trabajar, encontraron el cadáver de su hijo mayor tirado en la puerta de su casa.

Al entierro, celebrado en el cementerio de Vallecas, asistió casi todo el barrio, pero, más que para mostrar su cariño al muerto —con el que casi nadie quería cruzarse en vida y al que todos pronosticaban ese destino desde hacía tiempo—, acudieron por respeto al tío Francisco y, sobre todo, a Jotadé. A pesar de que esperaban ese desenlace, nunca es fácil para unos padres enterrar a un hijo. Flora lloraba mientras Lorena y las demás mujeres de la comunidad la consolaban, todas ellas, al igual que los hombres, de luto riguroso. Paco, en cambio, tenía la mirada clavada en un grupo de gitanos de la edad de sus hijos que asistían a la ceremonia en última fila, muy respetuosos tanto en su vestimenta como en su actitud.

—¿Cómo va, papa? —le preguntó Jotadé.

—¿Son esos, hijo? —preguntó Paco a su vez—. ¿Esos son los que le vendían las drogas a tu hermano?

—Yo me encargo, ¿estamos?

Jotadé se acercó a Ray y a sus acompañantes, entre los que estaban varios de sus hombres —a los que se les adivinaban las armas debajo de las chaquetas—, el Fali y la mujer encargada de despachar las papelinas a través de la puerta del narcopiso.

—¿Hoy habéis cerrado el chiringuito?

—Te acompaño en el sentimiento, Jotadé —respondió Ray procurando no entrar en la provocación—. Tu hermano era un buen tío.

—Tú no tienes ni puta idea de cómo era Rafa, Ray, porque solo te aprovechabas de él, igual que de todos estos mierdas que van contigo.

—Hemos venido a mostrar nuestro respeto, primo —intervino Fali poniendo paz.

—Mejor muestra un poquito de cabeza y lárgate bien lejos de estos cabrones, Fali. Porque si no acabarás igualito que mi hermano.

—Comprendo tu dolor y el de tu familia —dijo Ray—, y por eso no tendré en cuenta tus palabras. Siento tu pérdida.

Ray dio media vuelta y sus amigos le siguieron. Jotadé regresó con su padre, que no perdió de vista al grupo hasta que desaparecieron por detrás de unos columbarios.

—Olvídate de ellos, papa.

Aunque Paco intentó seguir el consejo de su hijo, no podía quitarse de la cabeza que aquellos eran los culpables de la muerte de su primogénito, por mucho que todos le dijeran que la decisión de drogarse había sido suya. Se enteró de dónde operaban y vigiló durante días la entrada del portal. El principal escollo para acceder al interior era un gitano enorme que ejercía de portero. Gracias a uno de los yonquis que vio salir del portal y al que conocía desde niño, supo que el narcopiso estaba en la cuarta planta y que las drogas se dispensaban a través de un ventanuco. La puerta solo se abría cuando había cambio de turno de los que trabajaban en su interior o cuando Ray y sus hombres traían nueva mercancía. A las dos semanas, ya tenía claro cuál era el mejor momento para entrar en el lugar donde su hijo había sellado su destino.

Paco no acostumbraba a decirle a su mujer cuánto la quería, así que aquella mañana consiguió arrancarle una de las pocas sonrisas de los últimos tiempos. Ella se marchó feliz a trabajar, aunque con una sensación extraña que comentó con su hija Lorena mientras despachaban en el mercadillo. Una vez solo, Paco fue al garaje, conectó el tanque de combustible que había comprado en la ferretería al soplete y se dirigió al narcopiso. Aguardó escondido a unos metros a que el vigilante fuese a recoger su bocadillo de lomo con queso al bar de la esquina, como hacía todos los días, y entró en el portal. Subió tres pisos y se ocultó en uno de los recodos a esperar a que llegaran los hombres y mujeres que relevarían a los que llevaban horas dentro cortando y pesando la droga. Después de cuarenta y cinco minutos los vio llegar y subió el último tramo tras ellos. En cuanto la mujer encargada de dispensar la droga por el ventanuco descorrió el cerrojo de la puerta, Paco la abrió de una patada y entró en el piso. A ella no le dio tiempo más que a gritar dando la voz de alarma.

Ya en el interior, Paco vio que, al final del pasillo, había dos hombres mirándole extrañados. Reconoció a uno de ellos como Ray y, por su cara de sorpresa, intuyó que el traficante también le había reconocido a él.

—¿Qué coño buscas aquí, viejo?

Paco miró hacia su derecha y vio una habitación, donde había una gran mesa cubierta de paquetes de droga, de balanzas y de diversos frascos llenos de líquido. Corrió hacia allí.

—¡Fuera todo el mundo!

Los hombres y mujeres que trabajaban allí se dieron cuenta de que aquel viejo no estaba bien de la cabeza y salieron corriendo, entorpeciendo la llegada de Ray y de sus matones. Paco aprovechó su oportunidad y encendió el soplete. La llama que lanzó fue mucho más potente de lo que se esperaba y enseguida prendió fuego a la mesa y a los productos químicos que había sobre ella, que empezaron a producir pequeñas explosiones.

—¡¿Qué has hecho, hijo de puta?!

Ray golpeó a Paco y este cayó al suelo.

—¡Apagad ese fuego, me cago en Dios! —ordenó a sus hombres.

Estos intentaron apagar el fuego tirando mantas por encima. Cuando al fin lo consiguieron, las pérdidas eran de bastantes miles de euros. Ray miró al viejo con rabia, sacó su pistola y le apuntó a la cabeza.

—¡Te voy a matar!

Paco cerró los ojos, dispuesto a afrontar las consecuencias de su acto. Cuando Ray estaba a punto de apretar el gatillo entró Jotadé; su hermana Lorena, al hablar con su madre, había tenido la corazonada de que algo no iba bien y le había llamado. Él sospechaba desde hacía días que su padre podría cometer una locura y tenía claro en qué lugar sería.

—¡Suelta el arma, Ray! —dijo apuntándole con su pistola.

—¡¿Has visto lo que ha hecho tu padre, Jotadé?!

—¡He dicho que sueltes la puta pistola!

Los hombres de Ray, una vez apagado el fuego, encañonaron a Jotadé, que al ver que estaba en inferioridad numérica dejó de apuntar a Ray para dirigir el cañón de su pistola al depósito de combustible que había tirado junto a su padre.

—¡O soltáis las armas o nos vamos todos a tomar por culo!

—No tienes huevos —dijo Ray con cautela.

—Te juro por mi hermano que salimos ardiendo, Ray.

El delincuente dudó, pero al ver la determinación de Jotadé, se rindió.

—Está bien. Tirad las armas.

Todos obedecieron.

—Sal de aquí, papa.

—Yo me quedo contigo, Jotadé —respondió Paco incorporándose.

—Ya la has liado bastante. Espérame en la calle... ¡ya!

Paco obedeció.

—Sabes que esto no va a quedar así, ¿verdad? —le dijo Ray.

—Tendremos que encontrar una solución, Ray, porque como toques a alguien de mi familia, seré yo quien venga a buscarte con un lanzallamas.

Ray era consciente de que declararle la guerra a un policía no era buena idea, y menos a uno gitano que ya había demostrado en muchas ocasiones tener los huevos bien puestos. Miró a su alrededor y examinó los destrozos que había causado el viejo. Calculó las pérdidas por encima de cincuenta mil euros. Era una fortuna, pero nada que no pudiese recuperar en unos pocos días.

—Si tu viejo se queda en su casa y no se le vuelve a ver por el barrio, no le pasará nada. Pero si le da por salir, mis hombres le darán matarile. Y entonces, después de su entierro, tú y yo entraremos en una guerra en la que los dos saldremos malparados.

35

Cuando al Manu le quitan las vendas, comprueba que le ha cambiado la cara por las cicatrices. Se mira con curiosidad en el espejo que le tiende la enfermera; no puede decir que esté más guapo que antes, pero su aspecto ahora es mucho más amenazante, el de alguien a quien conviene respetar. Pocas veces un paciente se muestra tan satisfecho de unas marcas tan visibles, pero sabe que servirán para que en adelante se lo piensen mejor antes de burlarse de él.

Llega al barrio con intención de subir a casa sin entretenerse en hablar con nadie, como suele hacer desde el incidente con Jotadé, pero esta vez decide que antes se acercará a la floristería a comprarle unas rosas a Lorena. Está seguro de poder convencerla de que la paliza que le dio se debió a un momento de ofuscación que no se volverá a repetir. Para demostrárselo, piensa abrir un poco la mano con la prohibición de que sus hijos vean a su cuñado. Una muestra de buena voluntad, aunque en su interior siga queriendo vengarse de él. Ya llegará el día.

Cuando dobla la esquina, se encuentra a sus antiguos amigos trapicheando con unos estudiantes.

—Pero coño, mirad quién está aquí... —dice uno de ellos, sorprendido al verle aparecer.

—¿Ya te han quitado las vendas, compadre? —pregunta otro.

—¿Ya no soy el *enmierdao*?

—No te lo tomes así, hombre —dice el tercero quitándole importancia—. Cualquiera nos hubiésemos cagado encima si nos llevamos la misma paliza que tú.

Los otros dos ahogan una risa. El Manu coge un ladrillo del suelo y golpea una y otra vez en la cabeza al que se cree más gracioso, con todas sus fuerzas.

—¡Ríete ahora si tienes cojones! —grita desquiciado mientras el ladrillo se hace añicos en su mano y la sangre le salpica la cara.

Los otros dos le separan, asustados.

—¡¿Se te ha ido la pinza o qué, gitano?! ¡Que lo vas a matar!

—Al próximo que me falte el respeto, le saco las tripas —dice apuntándoles con el dedo—. ¿Ha quedado claro?

Sus amigos asienten sin atreverse a abrir la boca y el Manu sigue su camino hacia la floristería, limpiándose la sangre en los pantalones y esbozando una enorme sonrisa de satisfacción.

Entra en el portal con un ramo de rosas en la mano y va a mirar el buzón. Ve que hay una carta y busca la llave para abrirlo, pero entonces escucha un ruido a su espalda. Nada más volverse, la sonrisa se le congela. Suelta las flores y las llaves y levanta las manos.

—¿Qué haces?, ¿qué estás haciendo? Baja eso, por tus muertos —ruega aterrorizado.

La única respuesta que recibe es una detonación que resuena en cada rincón del edificio y que hace que sus sesos se dispersen por todos los buzones.

Tres pisos más arriba, Lorena, cuya cara sigue deformada a causa de los golpes, deja de pelar patatas cuando escucha el disparo, con la extraña sensación de que se ha quitado un problema de encima.

36

Dentro de la ambulancia, los policías aparentemente heridos en el motín de la cárcel de Alcalá de Henares viajan acompañados por un médico y una enfermera. Dos de ellos están sentados, y el tercero va tumbado en la camilla. Mientras sortean el tráfico a toda velocidad con las sirenas encendidas, la enfermera le quita el casco al que está más grave, le pone una mascarilla de oxígeno y trata de desabrocharle el chaleco.

—¿Dónde le han herido? —les pregunta a los otros dos.

—Ay, no sé, carajo —responde uno de ellos—. Mírelo usted misma, que para eso se hizo doctora.

En cualquier otro momento, les habría llamado la atención el acento colombiano y la manera de responder de ese policía, pero ahora solo tratan de salvar a un hombre que, por la cantidad de sangre que baña su uniforme, no parece que tenga muchas posibilidades de salir adelante. En cuanto consiguen despojarle de sus ropas, se dan cuenta de que no hay ninguna herida visible.

—Pero ¿qué narices? —dice el médico, desconcertado.

Al mirar hacia los otros dos policías, el médico y la enfermera ven el cañón de una pistola y, al instante, el fogonazo que les revienta la cabeza. El conductor y su acompañante se asustan cuando les encañonan.

—Sal por la siguiente salida —le ordena Samuel al conductor.

—No nos hagan daño, por favor.

—¡Si no quieres morir sal por la siguiente salida, güevón!

El conductor, atenazado por el miedo, da un volantazo para coger la salida que estaban a punto de pasarse, lo que provoca un accidente de tráfico en el exterior y que Walter Vargas se caiga de la camilla.

—¡Hijueputa! —exclama, levantándose contrariado.

—Lo siento —se excusa el conductor.

—Sigue por esta carretera hasta que te digamos —le ordena Samuel—. ¡Y apaga las sirenas de una vez!

El acompañante pulsa el botón y el silencio que les envuelve solo se ve interrumpido por los constantes avisos que emite la radio. Una simple mirada de Samuel le basta al conductor para comprender que es mejor apagarla. La ambulancia se dirige hacia una zona industrial, donde hay aparcado un coche de alta gama con dos hombres esperando fuera.

—No tienen por qué matarnos —dice el conductor levantando las manos cuando los presos fugados se disponen a salir de la ambulancia.

—Ya sé que no —responde Samuel apuntándole con la pistola—. Pero al señor Vargas no le gusta dejar testigos... Y eso también va por ti, hermano.

El primero en recibir el balazo es el colombiano que había conseguido escapar con Samuel Quintero y con Walter Vargas.

Cuando Vargas sale de la ducha, en la televisión están hablando del caos que aún reina en la cárcel y sus alrededores. La policía por fin ha conseguido sofocar la revuelta, pero todavía están haciendo el recuento de muertos y heridos que hay entre los presos y los policías. Lo que ya se ha confirmado es que hay cinco agentes y dos funcionarios fallecidos —sin contar el médico, la enfermera y los conductores de la ambulancia— y al menos cinco presos fugados.

—Averigua quiénes son los otros y les pagas a sus familias los cincuenta mil euros prometidos, Samuel.

—A sus órdenes, patrón.

Vargas y Samuel se refugian en un chalé de lujo situado en una urbanización de Boadilla del Monte, a unos treinta kilómetros de Madrid. El dueño de la casa es un funcionario del consulado de Colombia que se saca un sobresueldo facilitando documentación falsa a peces gordos que necesitan salir de España. El problema para él es que Walter Vargas no piensa ser un huésped discreto y recupera el tiempo perdido en los últimos años en lo que a mujeres se refiere, sin tener en cuenta que allí vive un matrimonio con una hija de doce años y un hijo de nueve. Cuando Samuel ha despedido a la media docena de prostitutas de la fiesta de esa noche, se sienta junto a su jefe.

—¿Desea que busque otra manera de regresar de una vez a Colombia, patrón?

—Antes tengo que resolver algo aquí en España...

—¿El qué?

—Algo en lo que llevo pensando desde que se me esfumó la mano, Samuel... —responde Vargas en tono vengativo.

37

Aunque los jueves le corresponde a Iván recoger a Alba en el colegio para llevarla a clase de natación, en esta ocasión también se presenta allí la inspectora Ramos. En cuanto la ve bajarse del coche, el inspector Moreno contrae el gesto y va decidido a su encuentro.

—¿Se puede saber qué haces aquí, Indira?

—Se me olvidó decirte que hoy a Alba le toca dentista.

—Muy bien, pues ya me lo has dicho. Dame la dirección y la llevo.

—Prefiero llevarla yo.

—Me da igual lo que prefieras. Según el acuerdo que tenemos, los jueves por la tarde a Alba le toca estar conmigo, así que puedes volver a tu casa a fregar los cubiertos hasta gastarlos o a limpiar las paredes en pelota picada, lo que más rabia te dé.

—Tú no tienes ni idea de lo que hay que hacerle a Alba, Iván.

—No soy yo quien tiene que saberlo, sino el dentista. Haz el favor de no inmiscuirte en mi relación con mi hija, Indira.

La inspectora crispa el gesto.

—Sabes que es un hombre, ¿verdad? Y la enfermera es su mujer.

—¿Qué quieres decir? —pregunta él.

—Que no te vas a encontrar a una doctora que suspire al verte ejercer de padre del año ni a una jueza que se derrita cuando

154

llegues a los juzgados, así que ahórrate el viaje y deja que yo me ocupe.

Iván va a entrar al trapo de la provocación, pero sonríe.

—¿Estás celosa, Indira?

—¿Celosa yo? —pregunta ella a su vez para después forzar una carcajada.

—Claro que sí. Desde que te presenté a Patricia, tu actitud conmigo ha cambiado. Te molesta que sea guapa, simpática e inteligente, reconócelo.

—Por mí como si además es millonaria.

—Lo es.

—Pues que te aproveche. Pero te recuerdo que yo soy una mujer felizmente casada.

—Casada sí, pero lo de felizmente...

La sonrisa de superioridad con que Iván la mira hace que a Indira le hierva la sangre.

—¿Tienes algo que decir al respecto?

—Ya que lo preguntas, en la comisaría se comenta que lo que antes tenías de rara ahora lo tienes de amargada. Y yo apostaría a que es porque tu pobre marido no querrá tocarte ni con un palo si le obligas a envolverse en celofán para acercarse a ti.

—Para que te enteres, mi vida sexual va de maravilla.

—Ya me imagino que harás unas guarrerías de la leche —responde con sarcasmo—. ¿Ya os besáis con lengua o estás esperando a las bodas de oro?

—Eres un gilipollas, Iván —le enfrenta.

—Que corra el aire, Indira —dice él sin dar un paso atrás.

—Inspectores... ¿va todo bien?

Indira e Iván aparcan por un momento el odio que se tienen para mirar a la directora del colegio, que les observa desde la entrada con incomodidad.

—Muy bien, gracias —responde Iván fingiendo que no pasa nada—. ¿Podría avisar a Alba, por favor? Tenemos cita con el dentista.

—Alba no está —dice la directora, desconcertada.

—¿Cómo que no está?

—Se la han llevado hace un rato.

—¿Quién?

—La chica que la cuida.

—¿De qué está hablando? —Indira se asusta—. A Alba no la cuida ninguna chica.

—Yo... no sé... —balbucea la directora—. Traía una autorización firmada por ustedes. La vi con mis propios ojos.

—¡Nosotros no hemos firmado nada, joder!

—Tranquila, Indira. —Iván trata de conservar la calma—. Quizá esa tal Evelyn no te entendió bien y ha pensado que tenía que empezar a trabajar hoy.

—¿Cómo era esa chica? —le pregunta Indira a la directora, agarrándose a esa posibilidad por muy absurda que resulte.

—Joven... morena... guapa...

—¿Filipina?

—No. Por su acento, yo diría que era colombiana.

Indira e Iván se miran con el corazón en un puño. Ambos son conscientes de que es la peor noticia que podrían recibir.

III

38

—Acaban de confirmarme que Walter Vargas es uno de los presos fugados durante el motín de la cárcel de Alcalá de Henares —dice con gravedad el comisario tras colgar el teléfono.

—No tenemos constancia de que ese hecho esté relacionado con el secuestro de Alba, comisario —replica Moreno.

—Según me habéis comentado, la chica que se llevó a vuestra hija del colegio era colombiana. Y nos consta que Vargas os odiaba con toda su alma porque le dejasteis manco, hasta el punto de tener pegada en la pared de su celda una foto vuestra.

La noticia hace que a Indira y a Iván se les caiga el mundo encima. Aunque tenían claro que la orden de llevarse a Alba había partido de alguno de los muchos enemigos que han dejado por el camino, saber que el responsable es Walter Vargas consigue que se pongan en lo peor. Iván la abraza, pero no le salen palabras de aliento porque también él está en shock.

—Ya he dado orden de poner patas arriba las calles —continúa el comisario sin poder ocultar su preocupación—. Todos nuestros confidentes están en alerta y haremos lo que sea necesario para encontrar a vuestra hija. Os doy mi palabra de que no pararemos hasta dar con ella.

Indira solo se permite unos segundos de desaliento, enseguida se separa de Iván y se seca las lágrimas. No hay tiempo que perder.

—¿Qué sabemos de la banda de Vargas?

—Cuando vosotros lo detuvisteis, se desarticuló. Casi todos sus miembros volvieron a su país o han pasado a formar parte de otras bandas.

—¿Y dentro de la cárcel? —pregunta Moreno, también tratando de recomponerse.

—Su mano derecha, Samuel Quintero, es otro de los fugados, junto con un tercer preso que ha aparecido asesinado con el personal de la ambulancia. Y otro colombiano ha sido hallado ejecutado dentro de la cocina de la prisión. Los demás que quedan dentro son drogadictos y pobres desgraciados que se limitaban a servir a Vargas prácticamente como esclavos.

—¿Creéis que pedirá un rescate? —pregunta Moreno.

—El dinero no es lo que le mueve —responde Indira—, sino la venganza. Quiere que suframos por haberle encarcelado.

—Y por haberle amputado la mano.

Las palabras del comisario hacen que los padres de Alba se estremezcan; esa clase de criminales suelen aplicar la ley del talión: ojo por ojo, diente por diente y, por supuesto, mano por mano. A ambos les resulta insoportable pensar que podrían recibir una caja con la pequeña mano de su niña en el interior.

—No nos pongamos en lo peor, Indira —dice Iván leyendo sus pensamientos—. Hasta donde nosotros sabemos, Alba está bien. Quizá solo la necesiten para intercambiarla por algo.

—¿Como qué?

—Para salir del país, por ejemplo.

Indira sabe que eso es absurdo, que hay maneras mucho más sencillas de cruzar la frontera que secuestrando a la hija de dos inspectores de policía, lo que hará que Walter Vargas se convierta en el hombre más buscado no ya solo de España, sino también de Europa. Pero necesita agarrarse a algo así para no pensar que quizá ya no vuelva a verla, que ni siquiera dejarán que encuentre su cuerpo para poder despedirla y tener un lugar al que ir a llorarla. Hasta este preciso momento, no había comprendido el dolor que sienten los padres de chicas desaparecidas que nunca llegan a saber a ciencia cierta si continúan vivas o llevan muertas desde la misma noche de su desaparición.

—Pida lo que pida, se lo daré —le dice Indira al comisario a modo de advertencia.

—Y si está en mi mano, yo os ayudaré a conseguirlo —responde este.

—¿La mujer y los hijos de Vargas siguen en España? —pregunta Moreno.

—Siguen en el mismo chalé en el que le detuvisteis hace cuatro años.

En la entrada del chalé de La Moraleja hay un zeta haciendo guardia desde que el colombiano se fugó de la cárcel. Indira e Iván saludan a los agentes y entran en el jardín. Aunque sigue habiendo bonsáis y un estanque con nenúfares y peces de colores, aquello ya no está tan cuidado como cuando vivía allí Vargas y entraba dinero a espuertas. Uno de los hijos del traficante, de dieciséis años, abre la puerta.

—¿Qué quieren?

—Somos los inspectores Ramos y Moreno —responde Indira mientras ambos le muestran sus placas—. Venimos a hablar con tu madre.

El chico les mira con odio al reconocerlos como los policías que detuvieron a su padre y le volaron la mano. Recuerda aquel momento como si hubiese sido ayer. Solo tenía doce años, pero jamás olvidará la imagen de su padre amputado.

—¿Tienen una orden?

—No, no tenemos una orden —responde Moreno—, pero como no la avises, nos la llevamos esposada y la tenemos detenida setenta y dos horas. ¿Quieres eso?

—Está bien, Juan Pedro.

La esposa de Vargas se anticipa a la respuesta de su hijo. La tristeza de sus ojos la delata como la típica mujer que se arrepiente cada día de haberse casado con un hombre como su marido, aunque lo más probable es que no tuviera otra opción.

—¿En qué puedo ayudarles, agentes? —pregunta tras invitarles a pasar al salón, que tanto Indira como Iván recuerdan del episodio sucedido cuatro años antes. Incluso sigue allí el agujero de la bala que disparó Indira y que, tras desintegrar la muñeca de Vargas, fue a incrustarse en el marco de una puerta.

—Queremos saber dónde se oculta su marido —responde Indira.

—No tengo idea, inspectora. Ya les he dicho a sus compañeros que ni siquiera me ha telefoneado desde que escapó de la cárcel.

—No pretenda que nos creamos eso, señora —dice Moreno con incredulidad.

—Mi madre ya ha respondido a su pregunta —le increpa Juan Pedro.

—¿No sabe quién podría haberle dado cobijo? —Indira ignora al chico para seguir interrogando a la madre.

—No.

—¿Algún amigo cercano que viva en España?

—Los amigos de mi marido desaparecieron en cuanto entró en prisión, inspectora. Que yo sepa, solo mantenía contacto con sus abogados, que son los que llevan sus negocios. Mis hijos y yo no sabemos nada más.

—Ha secuestrado a nuestra hija.

La mujer de Vargas lleva demasiado tiempo en ese mundo para saber lo que eso significa. Habla a su hijo sin dejar de mirar a Indira, cuya desesperación se ha hecho evidente en el tono de su voz.

—Acompaña al inspector al jardín, Juan Pedro.

—No pienso dejarte sola con ella, mamá.

—Obedece, hijo.

El chico tuerce el gesto y sale del salón. Moreno mira a Indira y esta asiente, pidiéndole que también se marche.

—¿Cuántos años tenía su hija? —pregunta la esposa de Vargas una vez que las dos mujeres se han quedado solas.

—Tiene —lo recalca— tres años. En unos días Alba va a cumplir tres años. Al igual que sus hijos, ella también es inocente. No tiene la culpa de lo que ha pasado entre su marido y yo.

—Si Walter quiere hacerle daño, y me consta que es usted la persona que más odia, lo hará con todo lo que tenga a mano.

—Ayúdeme a encontrarla antes de que sea tarde, por favor.

La angustia de Indira logra que se apiade. Ella también es madre y haría lo que fuera por salvar a cualquiera de sus hijos.

—No es cierto que no me telefoneara —confiesa—. La misma tarde que escapó de prisión se puso en contacto conmigo, pero supongo que sabía que vendrían a interrogarme y no quiso decirme dónde iba. Dijo que todo estaba bien y que se mantendría oculto una temporada.

—¿No sospecha dónde puede estar?

—Rodeado de colombianos, eso seguro. Walter no acostumbra a fiarse de nadie más.

—¿Me avisará si se entera de algo?

Indira le tiende una tarjeta. La señora duda, pero termina cogiéndola.

—Ya le he dicho más de lo que debería. Ahora márchese, por favor.

La inspectora necesita tenerla de su lado y decide no presionarla más. Asiente a modo de agradecimiento y se levanta para salir, pero antes de llegar a la puerta la mujer de Vargas la llama.

—Inspectora... —Indira se detiene y la mira—. Aunque no lo crea, deseo de corazón que encuentre a su niña. Pero, yo en su lugar, iría concienciándome de que quizá esta historia no tenga un final feliz.

39

Alba nunca había estado en un lugar tan sucio como ese. Si su madre estuviera allí, le daría uno de sus ataques. Las sábanas de la cama en la que se ha despertado están desgastadas y tienen un olor muy fuerte. Le recuerda a los fines de semana en que la abuela Carmen y ella llevaban comida a los pobres que duermen en el parque que hay cerca de su casa. Eran muy simpáticos, pero a veces también olían así de mal. Ella una vez se lo dijo y su abuela, que casi nunca la regañaba, aquel día se enfadó muchísimo. A los dueños de esas sábanas, sean quienes sean, no piensa decirles nada. Mira a su alrededor y ve que está en una habitación con el suelo marrón y las paredes desconchadas. Antes debió de estar pintada de rojo, pero ahora hay más huecos blancos, grises y verdosos. También se ve una marca de humedad muy grande con los bordes amarillos, que junto con la puerta pintada de azul, completa ese arco iris de la miseria. En una esquina, bajo una ventana con el cristal tapado por la parte exterior, hay una mesa de madera sin silla, y en la otra un váter nauseabundo. Tampoco había visto nunca un baño así dentro de una habitación.

Intenta recordar cómo ha llegado hasta allí, pero solo sabe que la recogió una chica muy simpática en el colegio. Era guapa y la llamaba todo el rato cariño y princesa. Ella no es tonta y desconfió, pero tenía una autorización firmada por sus padres y le prometió que la llevaría con ellos. Cuando entraron en su coche, le dio un zumo de naranja y de repente le entró mucho sueño.

—¿Mamá, papá?, ¿dónde estáis?

Al no obtener respuesta, Alba se baja de la cama y se acerca a la puerta. Intenta abrirla, pero está cerrada con llave. Pega la oreja y escucha unos pasos y a dos personas hablando. No son sus padres y no entiende lo que dicen. Hablan de la misma manera que la chica, pero no son tan cariñosos. Al ver que se acercan, corre de nuevo a la cama. La puerta se abre y entran un hombre y una mujer, ambos con la piel muy oscura, aunque no tanto como la de Sima, una niña senegalesa que va a su clase. Él va descalzo, con unos pantalones tan sucios como las sábanas y con una camiseta de tirantes que algún día fue blanca. Ella, aunque algo mejor vestida, tampoco es el colmo de la limpieza y está muy delgada. Lleva una bandeja con comida en las manos.

—¿Ya te despertaste? —pregunta con un marcado acento colombiano.

—¿Quiénes sois vosotros?

—Somos tus amigos.

—No, yo nunca os había visto. ¿Dónde están mis padres? —pregunta Alba, asustada al ver a esos dos desconocidos.

—Ahora olvídate de tus papás y come —responde la mujer colocando la bandeja sobre la cama—. Espero que te guste la bandeja paisa. Es una comida muy típica de nuestro país, aunque no todo el mundo se la puede permitir. Eres una niña muy afortunada.

Alba mira el plato repleto de ingredientes mezclados en aparente desorden. Algunos le gustan, como el arroz blanco, el huevo frito, el chorizo o el aguacate; otros no consigue identificarlos. Se da cuenta de que tiene hambre, pero sobre todo miedo.

—Quiero irme con mis padres —insiste, ya con los ojos empañados.

—Te seré clara, mijita —dice la mujer con firmeza, pero procurando no ser demasiado ruda—. No verás a tus papás hasta que nos lo ordene el patrón, así que lo mejor que puedes hacer es comer, dormir y portarte bien.

—¡Me quiero ir a mi casa! —Alba chilla, ya sin poder contener las lágrimas.

—Lo entiendo, pero eso no va a ser posible.

—¿Por qué no?

—Porque tu lugar ahora es este. Come.

La mujer se levanta y va hacia la puerta. Desde allí, se da la vuelta para mirar a Alba. La niña, aunque no deja de llorar, ha empezado a picotear de los diferentes ingredientes que hay en el plato. El hombre se fija en la cara de la mujer y descubre compasión en su mirada.

—Será mejor que no te encariñes. Los papás de esta niña son los enemigos del patrón.

40

Lucía no sabe qué pensar. Observa a Jotadé mientras este habla con su hermana. Ninguno de los dos parece muy afectado por el asesinato de Manuel Salazar, el hombre al que él había dado una paliza por maltratar a Lorena el día que Indira le ofreció formar parte de su equipo. Y por la cara de la chica, hinchada a causa de los golpes, se ve que el Manu siguió pegándole después de aquello. Un indicio más que apunta al oficial Cortés como el responsable de su muerte. Pero aunque realmente fuese culpable, Lucía no se siente con derecho de acusarle de nada, ya que ella ha hecho cosas mucho peores. Mientras un agente toma declaración a la viuda, se acerca a su compañero.

—Jotadé, ¿podemos hablar?

Le espera en el pasillo y se fija en una foto enmarcada del matrimonio con sus tres hijos. Es de la comunión de la hija mayor, pero no se les nota felices ni a la niña, ni a sus hermanos, ni mucho menos a sus padres. Incluso tiene la impresión de que el exceso de maquillaje de Lorena es para tapar algún moratón.

—¿Me puedes explicar qué coño ha pasado aquí? —pregunta una vez que Jotadé se reúne con ella.

—Creo que está muy claro —responde él con tranquilidad—. Alguien esperó a la víctima en el portal y le mató de un disparo en la cabeza.

—Y por casualidad no tendrás una idea de quién puede haber sido, ¿verdad?

—No.

—¿No?

—Si tienes algo que preguntarme, no te cortes.

—¿Has sido tú?

—No.

—Hace poco le mandaste al hospital por pegar a tu hermana, y según dicen en el barrio, le amenazaste con volarle la cabeza si volvía a hacerlo. Y no hay que ser muy observador para darse cuenta de que no te hizo mucho caso.

—Entonces alguien me ha ahorrado el trámite.

—Jotadé...

—Yo no he sido, Lucía —la interrumpe muy serio—. Habría disfrutado reventándole la cabeza, porque ese hijo de puta se lo merecía, pero no le he disparado. Aunque si te escama tanto, pide que me aparten del caso por sospechoso.

Lucía lo mira y duda, pero al final decide darle un voto de confianza.

—¿Tu hermana tiene algún sospechoso?

—El Manu era un gitano chungo. Se dedicaba a trapichear con drogas, con coches robados y a meterse en peleas. Según me han contado, justo antes de que lo liquidaran le había destrozado la cabeza a ladrillazos a otro camello del barrio.

—Quizá haya sido una simple venganza.

—Puede ser, aunque no ha sido ese gitano. Cuando despacharon al Manu, sus amigos lo estaban llevando al hospital y allí sigue, con la cabeza cosida.

—¿Crees que tu hermana...?

—No —la corta antes de que termine de hacer la pregunta—. Conozco bien a Lorena y sé que sería incapaz.

—Lo siento, Jotadé, pero tenemos que contemplar todas las posibilidades.

—Me parece muy bien, pero si crees que ha sido ella, vas por mal camino. Esto ha sido un ajuste de cuentas. En este barrio, las cosas se solucionan así.

—Si no quieres hacerte cargo del caso...

—Sí quiero, aunque sea para invitar a una copa al asesino.

—Eso no parece muy profesional.

—Estoy de coña, Lucía.

En la comisaría no se habla de otra cosa que del secuestro de la hija de Indira e Iván por parte del traficante colombiano Walter Vargas. A todos los agentes les ha afectado la noticia; a los que tienen trato con ellos porque saben la adoración que ambos sienten por Alba, y a los que no, porque temen que otros delincuentes tomen ejemplo y puedan hacerles lo mismo con sus propios hijos. Unos y otros se han puesto a disposición de los inspectores Ramos y Moreno, incluidos, por supuesto, sus respectivos equipos. El problema es que, aparte del asesinato del cuñado de Jotadé, también tienen abierto el caso de las cinco víctimas de Getafe y el crimen de la familia Soroa.

—Tenemos que organizarnos como sea y estar disponibles por si Indira e Iván nos necesitan para buscar a Alba —dice la subinspectora María Ortega.

—No sé cómo... —El agente Lucas Melero se encoge de hombros.

—Haciendo horas extras si es necesario —responde la oficial Verónica Arganza—. Como ha dicho la subinspectora Ortega, es cuestión de organizarse.

—Si os parece bien, Jotadé y Lucía os haréis cargo de investigar el asesinato de Manuel Salazar —resuelve la subinspectora Ortega—, aunque no quiero que os desvinculéis de lo de la obra de Getafe y del asesinato de la familia Soroa. Necesitaremos toda la ayuda posible.

—Descuida. ¿Hay alguna novedad?

—Estamos investigando el entorno de Eduardo Soroa, pero

169

por ahora no hay nada. Lo que cada vez tenemos más claro es que conocían a su asesino —dice la oficial Arganza.

—¿Y si también estuvieron en ese viaje a Nueva Zelanda? —pregunta Jotadé.

—Ya lo hemos comprobado y no. En aquel momento, Soroa estaba rodando una película en Buenos Aires y pasó allí casi un mes.

—Estamos seguros de que las cinco víctimas coincidieron de vacaciones en las mismas fechas, ¿verdad? —pregunta Melero.

—Completamente. Ya tenemos la confirmación de que las hermanas Soler, Carlos Guzmán y Paula Reyes viajaron entre el 13 y el 20 de abril de 2015.

—Un mes antes de que la chica se suicidara —señala Lucía.

—Así es. Ahora solo queda confirmar que también estuvieron allí Lluís Bonfill y Núria Roig, pero no nos quedan demasiadas dudas de que todos se alojaron en el mismo hotel. Y algo me dice que tuvo que pasar algo muy gordo...

41

Al joven político Bernardo Vallejo no le hacía ninguna gracia que su novia fuese el centro de atención allá donde fueran, pero por aquel entonces, Sara Castillo ya había protagonizado varias series de enorme éxito e incluso había ganado su primer Goya. Su sueño era llegar a ser presidente del Gobierno y sabía que tenía que prepararse para ser importunado con solo poner un pie en la calle, pero estar a la sombra de Sara le hacía sentir insignificante. Y eso, para alguien como él, era humillante. Casi siempre, para evitar el acoso de los fans, elegían irse de vacaciones fuera de España, pero ni siquiera en Nueva Zelanda conseguían pasar desapercibidos.

—Lo que tampoco es normal es que tú te pares a hablar con todo el mundo, Sara —le dijo Bernardo nada más subir de la piscina del resort de lujo en el que se alojaban en Paihia, al norte del país.

—Si me piden una foto, ¿qué quieres que haga?

—Decirles que estás de vacaciones y que tienen que respetarlo.

—Mientras no se pongan muy pesados hablando de mis películas, no me importa. Además, tanto a ti como a mí nos viene bien relacionarnos con gente de a pie; yo me tiro todo el día rodeada de actores y productores y tú de políticos que no han dado un palo al agua en su vida. Y si quieres llegar a algo, tienes que conocer a votantes normales.

—No creo que la gente que se aloja en este hotel sean votantes normales, Sara; esas dos hermanas de Marbella tienen más pasta que operaciones estéticas, y la pareja de catalanes tampoco van mal servidos.

—Los sevillanos que acaban de prometerse son muy majos.

—No te digo que no, pero yo prefiero que vayamos por nuestra cuenta.

—Pues hemos quedado todos para cenar en el restaurante de las langostas.

—No me jodas, cariño.

Sara se encogió de hombros y, para que no se enfadara, le propuso darse un baño de espuma en la inmensa bañera de la habitación. Por aquel entonces, tenía treinta y cinco años y, aunque ya no era una niña, todavía no había tenido hijos y seguía conservando un cuerpo perfecto. En los tres años que llevaba saliendo con Bernardo había llegado —en lo que a cuestiones sexuales se refiere— a donde jamás se hubiera imaginado, y menos aún al tratarse de una mujer que no pasaba desapercibida. Cuando estaban de vacaciones era habitual que invitasen a terceras personas a compartir su cama, tanto hombres como mujeres o transexuales, siempre de pago. De hecho, un par de días antes habían contratado los servicios de un mulato de casi dos metros extraordinariamente dotado. Si la gente en España se hubiera enterado de lo que ocurrió aquella noche, habría sido el final de la fulgurante carrera política de Bernardo Vallejo, por no hablar de las decenas de horas de televisión que se habrían llenado hablando de las osadas prácticas sexuales de una de las actrices más queridas y admiradas del panorama nacional. Pero, por temor a que sucediera algo así, tomaban todas las precauciones necesarias, y la primera de ellas era hacer aquellas fiestas en la habitación del hotel, donde no pudiera haber cámaras ni micrófonos, así como contratar a los afortunados sin que ni ellos ni la agencia que les representaba supieran a quién se iban a encontrar cuando fuesen a prestar sus servicios.

Después de cenar con sus nuevas amistades en el restaurante conocido como el de las langostas, aceptaron continuar la fiesta en el bar del hotel. A pesar de las reticencias iniciales de Bernardo, lo había pasado muy bien en compañía de aquellos extraños que apenas preguntaron por la carrera de Sara, no hablaron de política y no trataron temas polémicos, exceptuando cuando una de las hermanas cincuentonas decidió que sería buena idea enseñar sus pechos recién operados para que todos contemplasen la obra de arte del cirujano. Y, aunque aquello provocó cierta incomodidad, enseguida bromearon y pudieron seguir disfrutando. Bernardo y Sara nunca habían logrado estar tan relajados como con aquellos españoles con los que habían coincidido a miles de kilómetros de su casa y con quienes, sorprendentemente, tenían muchísimas cosas en común.

cuando, a eso de las tres de la mañana, decidieron que era hora de retirarse, apareció un hombre de unos cincuenta años y aspecto de surfero. Tenía el pelo largo y con ese tono de rubio que suele causar el sol en combinación con el mar. Se sentó en la barra y pidió una cerveza que procedió a beber directamente de la botella.

—Ese es el hombre del que os hablábamos —les dijo a sus acompañantes Aurora, la menor de las hermanas Soler.

—¿El pescador? —preguntó Paula Reyes, la joven sevillana que pocas semanas después decidiría ingerir una caja entera de somníferos.

—Más o menos —respondió Noelia Soler, que enseguida levantó la mano y le llamó—: ¡Pierre, siéntese con nosotros!

El hombre se acercó a la mesa que ocupaban los españoles y les saludó en un perfecto castellano, aunque con un deje francés. Se fijó en Sara un par de segundos más que en el resto, pero no comentó si era porque la había reconocido o solo admiraba su extraordinaria belleza, acentuada por el moreno que había conseguido tras más de diez días de vacaciones.

—Nuestras amigas nos han contado que se dedica usted a organizar excursiones por el mar —le dijo el catalán Lluís Bonfill una vez que las hermanas Soler le hicieron a Pierre un sitio entre ellas.

—Yo más bien lo llamaría «expediciones sin filtros».

—Pónganos un ejemplo —le pidió Bernardo.

—Si ustedes quieren ir a ver tiburones, les recomiendo que pregunten en la recepción de este mismo hotel, porque hay muchísimas empresas que se dedican a llevar a los turistas a verlos alimentarse de desperdicios que les tiran desde un barquito con neveras llenas de cerveza y bandejas de canapés. Pero si lo que quieren es ir al lugar donde cazan de verdad y no tienen reparo en presenciar cómo un grupo de orcas despedazan a una ballena de quince metros de largo, yo soy su hombre.

Todos se miraron, con una mezcla de rechazo y excitación.

—¿Eso no es un poco salvaje? —preguntó Núria Roig.

—La naturaleza siempre lo es —contestó el francés.

—Nosotros nos apuntamos —dijo Sara para sorpresa de todos, incluido su novio.

—¿Qué estás diciendo, Sara?

—Dentro de dos días volveremos a nuestra rutina y no tendremos otra oportunidad como esta, Bernardo. Quizá después me parezca repugnante y me arrepienta, pero quiero decidirlo por mí misma.

—Nosotras también vamos. —Las dos hermanas marbellíes se sumaron a la excursión.

—Y nosotros —dijo Carlos Guzmán tras consultarlo con su prometida.

Todas las miradas se posaron en la pareja de catalanes. Se notaba que Lluís tenía muchísimas ganas de ver algo tan primitivo, pero esperaba a que su novia se pronunciase.

—Está bien —dijo Núria rindiéndose—. Aunque lo más seguro es que vomite por la borda al verlo.

—Más comida para los peces... —remató su novio.

Todos se rieron e hicieron muecas de desagrado. Pierre los citó a la mañana siguiente en el puerto, les comentó que lo único que tenían que llevar eran bañadores, que de todo lo demás ya se ocupaba él, y se retiró a dormir. Los ocho españoles, a pesar de que pensaron hacer lo mismo para estar descansados al día siguiente y poder disfrutar de la aventura, pidieron un par de botellas de champán para celebrar la inesperada amistad que había surgido entre ellos.

42

Iván Moreno jamás había estado tan asustado. Trata de disimular, de hacerse el fuerte frente a Indira y de parecer convincente cada vez que le asegura que pronto encontrarán a Alba. Pero lo cierto es que ni él mismo se lo cree: alguien como Walter Vargas no hace prisioneros. Aunque conserva la esperanza de que la mantenga con vida para utilizarla como moneda de cambio, no se le ocurre para qué. Lo único que le faltaba era la libertad, y la ha conseguido organizando un motín con más de veinte muertos. Quien también le preocupa es Indira. La observa a su lado en la sala de espera de la cárcel. Está ida, y se arranca los pelos de las cejas de manera inconsciente. No es la primera vez que manifiesta esa conducta tan dañina con su propio cuerpo llamada tricotilomanía. Durante los siguientes meses después de caer en aquella fosa séptica, no paró hasta quedarse sin un pelo.

—Para, Indira —dice retirándole la mano de la cara con suavidad—. Vas a terminar sin cejas.

La inspectora vuelve en sí irritada.

—¿Por qué estamos aquí parados con todo lo que tenemos que hacer?

—Aquí todavía se están recuperando del motín y supongo que les costará organizar las visitas.

—Me importa una mierda, Iván. Parece que se te ha olvidado que nuestra hija está en peligro en algún lugar.

Por un segundo, a Iván se le cae la careta y deja ver lo destrozado que está. Indira se da cuenta.

—Perdóname...

—Tranquila. Lo que tenemos que hacer es mantener la cabeza fría, ¿de acuerdo?

Indira asiente y le aprieta la mano. Ambos se miran a los ojos. Sienten la misma conexión que cuando engendraron a Alba o se acostaron en el hotel de Cuenca mientras buscaban la manera de atrapar a Antonio Anglés, pero lo que les une ahora no es deseo, sino un miedo muy profundo. La puerta se abre y entra un funcionario acompañando a Matías, un colombiano con cara de susto y signos evidentes de adicción a las drogas.

—Aquí lo tienen, inspectores. Matías es el único preso de la banda de Walter Vargas que queda aquí dentro.

—Yo no pertenezco a ninguna banda, señor —protesta el preso—. Solo me encargaba de lavarle la ropa y tenerle limpia la celda.

—Lo que tú digas... —El funcionario mira a los policías con complicidad—. Si creen que pueden averiguar dónde se ha llevado ese cabrón a su hija, no se corten. Nadie les estará observando.

Moreno se lo agradece con un gesto y el funcionario sale. Indira se fija en el colombiano, que tiembla como una hoja.

—Tranquilo, si colaboras, no te vamos a hacer nada. Solo queremos que nos respondas a unas preguntas. Siéntate.

Matías obedece y los policías se sientan frente a él.

—Así que limpiabas la celda de Vargas, ¿no?

—Sí, señora.

—¿A cambio de qué?

—De droga.

—Entonces pasabas mucho rato a su lado. Seguro que te enterarías de cosas.

—Yo iba a lo mío y no escuchaba nada, señora.

—Habías empezado muy bien, Matías —interviene Moreno con dureza—. Pero si nos tocas los cojones, nosotros te los vamos a tocar a ti, ¿queda claro?

Matías asiente.

−Bien. Pues vuelve a pensarte la respuesta.

−A veces sí escuchaba cosas, señor, pero siempre estaban relacionadas con los negocios del señor Vargas aquí dentro. Cuando hablaba con Samuel, a mí me hacían esperar afuera.

−¿No te enteraste de que estaban preparando su fuga?

−Algo supuse por lo nerviosos que parecían los días anteriores, pero ni me comentaron nada ni me ofrecieron escapar con ellos.

−Seguro que también escuchaste dónde se esconderían al salir de aquí.

−No, señor.

Moreno se levanta de un salto y su silla cae hacia atrás golpeando el suelo. Rodea la mesa y le agarra del cuello.

−Habíamos quedado en que no nos tocarías los cojones, Matías.

Este intenta coger aire mientras busca la ayuda de Indira con la mirada, pero la inspectora no parece que vaya a hacer nada por él. En cualquier otro momento, condenaría sin ambages la violencia durante un interrogatorio, pero no cuando está en juego la vida de su hija.

−Yo en tu lugar diría todo lo que sé, Matías.

El colombiano intenta hablar, pero es tal la presión que Moreno ejerce sobre su cuello que apenas se le escucha.

−Suéltale, Iván. Creo que ya ha entendido el mensaje.

El policía le suelta y Matías intenta recuperar el resuello tomando grandes bocanadas de aire. Los policías aguardan unos segundos hasta que se repone.

−Ahora dinos dónde se esconde Walter Vargas, Matías.

−No lo sé, palabra... −Se encoge al ver que Moreno va a volver a agarrarle del cuello−. Aunque no me extrañaría que hubiera buscado la ayuda de alguien.

−¿De quién?

−No sé cómo se llama, solo que trabaja en el consulado de Colombia. Cada vez que necesitan hacer según qué trámites, recurren a él.

El funcionario Camilo Mejía palidece al ver entrar a la inspectora Indira Ramos y al inspector Iván Moreno en el despacho del cónsul. Temía que sucediese algo así desde que tiene escondido a Walter Vargas en su casa, pero no se esperaba que fuese a ocurrir tan pronto. Les dice a sus subordinados que tiene una cita con el médico y pone rumbo a Boadilla del Monte.

–¿Qué carajo dices de que tenemos que marcharnos, güevón? –le espeta Vargas después de darse un baño en la piscina.

–Esos policías, los padres de la niña, han estado hoy en el consulado.

–¿Han preguntado por ti?

–No, pero no tardarán en relacionarme con usted y venir de visita.

Vargas crispa el gesto. No tenía pensado moverse tan pronto de un lugar en el que tiene todo cuanto necesita, pero el funcionario está en lo cierto. Es demasiado arriesgado quedarse allí; conociendo a Ramos y a Moreno, no tardarán en descubrir quién es corrupto en el consulado. Entra en la casa sin importarle mojar el suelo y baja a la sala de billar, donde Samuel Quintero tiene sexo con dos prostitutas que apenas han cumplido los dieciséis años.

–Largo.

Las dos chicas recogen su ropa y suben las escaleras a toda prisa.

–¿Qué mosca le ha picado, patrón? –pregunta Samuel cubriendo su erección con un cojín.

–Tenemos que marcharnos ahora mismo. Esos policías hijueputas van más rápido de lo que esperábamos y no tardarán en dar con nosotros. Prepáralo todo para trasladarnos.

–¿Y la niña?

–De momento, déjala donde está. Allí no la encontrarán.

–Me pregunto por qué no acabamos con esto y nos regresamos a Colombia a seguir con nuestra vida.

—¿Cómo así?

—Esos pinches policías ya se cagaron, patrón. Si les devolviésemos a la cría, nos ayudarían a largarnos. ¿No se dice siempre aquello de que a enemigo que huye, puente de plata?

—¿Tú qué ves cuando me miras, Samuel? —pregunta Walter Vargas mostrándole los dos brazos—. ¿Ves a un hombre completo o a un engendro que a poco no puede ni limpiarse el culo solo?

Samuel calla, consciente de que no le conviene responder.

—Si estoy tullido es por esa malparida, y no tengo intención de que todo quede en un susto, porque mi mano ya no vuelve a crecer. ¿Queda claro?

—Sí, patrón.

—Bien. Y en cuanto a esto —añade mirando con frialdad a su alrededor—, asegúrate de no dejar cabos sueltos.

—Comprendido.

43

Jotadé ha convencido a Lucía de que, para hacer determinadas preguntas en el barrio, hay que ser de allí, y además gitano. Después del incendio que provocó su padre en el narcopiso de Ray, este decidió cambiarlo de sitio —porque, como les decía a todos en tono de guasa, aquel ya estaba quemado— y se han trasladado a otro portal a menos de cien metros. Los únicos beneficiados han sido los vecinos honrados que ya no tienen que convivir con drogadictos a diario, y los perjudicados son los que han tenido que empezar a hacerlo.

—¿Qué quieres? —pregunta una chica a través del ventanuco de la puerta. A la anterior la sustituyeron por su adicción y no es raro verla ahora comprando las mismas micras de heroína que ha despachado durante años. La nueva es tan joven que no tiene ni idea de quién es ese gitano.

—Dile a Ray que Jotadé quiere hablar con él.

—Ray no recibe visitas.

—No me toques los huevos, niña. Dile que salga.

La chica le mira con desprecio y cierra el ventanuco con un golpe seco. Dos chavales con mochilas a la espalda llenas de libros suben la escalera y hacen cola detrás de Jotadé. El policía les mira de arriba abajo.

—Hoy no se despacha.

—¿Eso quién lo dice? —pregunta el que parece más espabilado.

A Jotadé le basta con retirarse la chaqueta y dejar a la vista su arma para que los dos chavales echen a correr despavoridos escaleras abajo.

Se vuelve a abrir el ventanuco y se asoma Ray con cara de malas pulgas.

—¿Qué coño quieres, Jotadé?

—Hablar contigo. Te espero en el bar de abajo.

Lucía ha aprovechado que su compañero está haciendo pesquisas por el barrio donde fue asesinado su cuñado para solucionar el chantaje al que la somete Marco, el hacker que la ayudó a borrar las pruebas que la relacionaban con la muerte del arquitecto Héctor Ríos. El chaval sigue viviendo en el mismo trastero. Tras preguntar quién llama, abre la puerta con cara de susto y la hace pasar, vigilando que nadie la haya seguido. Por la cantidad de desperdicios que hay acumulados alrededor de los ordenadores y de la cama, se ve que Marco procura salir lo menos posible; ni siquiera va a tirar las decenas de cajas de pizza, las latas de refrescos y las bolsas de papel con restos de hamburguesas y patatas fritas.

—Veo que te va de puta madre, Marco —ironiza Lucía—. Vives rodeado de lujos.

—Mejor me irá cuando me quites de encima al hermano del Chino. ¿Ya has hablado con él?

—No.

—¡¿Y a qué esperas, zorra?! —explota—. ¡Sabe que yo delaté a su hermano y va a venir a por mí!

—En primer lugar —Lucía le mira con dureza—, a mí me hablas con respeto, porque si no, la vida que te quede, sea mucha o poca, se te hará muy cuesta arriba, ¿queda claro?

El chico asiente, sabiendo que no bromea.

—Bien. Y en segundo lugar, ¿cómo sabe que fuiste tú?

—Porque desde que la poli mató al Chino ha estado haciendo preguntas y yo noto que cada vez está más cerca.

—¿Te has ido de la lengua con alguien?

—No.

—Entonces ¿qué temes, Marco? Cuando venga a preguntarte, le dices que no tienes nada que ver y se acabó.

—Me lo va a notar.

—Ese es tu problema. Porque aunque yo pueda convencerle de que no fuiste tú quien nos contó dónde estaba escondido el Chino, algo que, por cierto, te pondría en el punto de mira, en cuanto te vea esa cara de gilipollas se va a dar cuenta de que mientes y entonces sí que no te va a salvar ni Dios.

—Pues caeremos los dos.

Lucía mete la mano en su chaqueta y, con un movimiento rápido, saca su pistola y le pone el cañón en la frente.

—¿Qué haces, tía? —se alarma el chico.

—¿Sabes que con esta misma pistola maté a ese hombre, Marco? ¿Quieres ser el siguiente?

—Si me disparas, prepárate para que se descubra lo que hiciste.

—Si se va a descubrir de todas maneras, me da igual que me encierren por una muerte que por dos.

—Está bien, vale. —Marco se rinde—. Quítame esa puta pistola de la cara.

Lucía guarda la pistola en su cartuchera y habla con tranquilidad.

—Escucha bien lo que voy a decirte, Marco. Vas a destruir ahora mismo todas esas pruebas que dices que tienes contra mí, porque si no lo haces, me presento en casa del hermano del Chino y le digo que le entregaré al chivato, pero con una condición. ¿Quieres saber cuál?

Marco aguanta la respiración, acongojado.

—Con la condición —continúa— de que no te mate de un tiro. Le diré que te encierre en un sótano y te haga todas las perrerías que se le ocurran hasta que tú mismo supliques que acaben contigo. ¿Te apetece morir así?

Marco niega, tragando saliva.

—Entonces ya sabes lo que tienes que hacer. Quiero ver cómo te deshaces de las pruebas.

—En realidad no tengo nada —confiesa empequeñecido—. Se me había ocurrido mandar un mail diciendo que me habías pedido que borrase de una web las conversaciones que habías tenido con Héctor Ríos, pero ni siquiera lo he redactado.

—Tiene narices...

—Tía, ayúdame…—ruega desesperado.

La fragilidad del chico hace que Lucía se ablande.

—Lo haría, pero lo único que se me ocurre es aconsejarte que le eches huevos y salgas de esta cloaca. Cuando el hermano del Chino hable contigo, que lo hará, te mantienes entero y te lo quitas de encima. Eso sí, como tengas la misma cara que ahora, estás muerto, Marco.

—Bien muerto está —dice Ray dándole un trago a su cerveza—. Ese cuñado tuyo estaba hasta el cuello de mierda.

—Lo sé —responde Jotadé—, y me la suda que lo hayan liquidado, de hecho, lo agradezco, pero necesito saber si lo ordenaste tú.

—No.

—¿Y no sabes quién?

—A lo mejor no ha sido una orden.

—¿Qué quieres decir?

—Que a veces la peña se cobra sus propias deudas sin necesidad de que alguien se lo ordene, Jotadé —responde ambiguo—. Yo en tu lugar lo dejaría estar.

—Soy poli.

—Di que se lo cargaron en un ajuste de cuentas y no te hagas mala sangre. Si quieres, te busco a un yonqui que dirá que vio salir a tres negros del portal, que se metieron en un coche y se largaron. Es lo mejor para todos, hazme caso —remata antes de apurar su cerveza y salir del bar.

Jotadé regresa a la comisaría con una sensación extraña tras la conversación con Ray. Sobre su mesa encuentra la autopsia preliminar de su cuñado. Cuando lee el tipo de arma que utilizaron para asesinarle, le recorre un escalofrío y entiende al instante lo que quería decirle el traficante.

44

—Confirmado —dice el agente Melero entrando en la sala de reuniones, donde se encuentran la oficial Arganza y la subinspectora Ortega—. Los catalanes también estuvieron de vacaciones en Nueva Zelanda la misma semana que el resto y se alojaron en el mismo hotel.

—No teníamos muchas dudas al respecto, Lucas —responde María Ortega—. Ahora solo nos queda averiguar qué pasó allí.

—Y a cuántos les pasó —señala Verónica Arganza—. Fuera lo que fuese, sabemos que esos seis españoles estaban involucrados, pero nadie nos asegura que no hubiese unos cuantos más.

—Joder, es verdad —dice Melero—. No había pensado en que lo mismo siguen apareciendo muertos durante un huevo de tiempo.

—Para eso estamos nosotros aquí —resuelve la subinspectora Ortega—, para evitarlo. Hay que averiguar si las víctimas se relacionaron con más turistas durante aquella semana.

—Después de ocho años, va a ser jodido enterarse —señala Melero.

—Seguro que hay algún camarero, la recepcionista, alguien, que se acuerde de ellos. Y más si, como sospechamos, pasó algo extraordinario. Ocupaos cuanto antes de eso, por favor.

La oficial Arganza y el agente Melero asienten.

—¿Y en cuanto a los Soroa?

—Ahí estamos perdidos —responde Arganza—. Parece que eran una familia normal. Eduardo Soroa ni siquiera tenía antecedentes.

—¿Y su mujer?

—Tampoco. La única vez que pisó el juzgado fue cuando una asistenta la denunció por despido improcedente.

—¿Eso cuándo fue?

—Hace dos o tres años.

—Hay que hablar con ella para que nos cuente qué pasó y si realmente eran una familia tan ideal como creemos.

—Ya lo hemos intentado, pero se largó de vuelta a Ecuador con el dinero de la indemnización y no hemos podido localizarla.

A través del cristal, María ve a Indira entrando en la comisaría.

—Seguid intentándolo.

Sale de la sala de reuniones y va a su encuentro.

—Indira...

La inspectora mira a su amiga y se derrumba, incapaz de contener por más tiempo las emociones.

—No sabemos adónde puede habérsela llevado, María. —Indira está destrozada—. Ni siquiera si todavía sigue viva.

—Vamos al vestuario.

La subinspectora la coge de la mano y la lleva a los vestuarios. Allí, aguarda a su lado mientras Indira se lava la cara y se tranquiliza.

—Entonces ¿no habéis encontrado nada? —pregunta cuando la inspectora ha conseguido calmarse.

—Iván está siguiendo la pista de un funcionario del consulado de Colombia por si estuviera ocultando a Walter Vargas, pero en realidad no, no tenemos nada —suspira desolada—. Yo he venido para estudiar otras posibles conexiones de Vargas en España. Necesito examinar los archivos de todos los delincuentes con los que haya podido relacionarse y estoy perdiendo el tiempo.

—Espera, Indira. —María la detiene sujetándola de la mano con suavidad—. No puedes ir a ninguna parte en este estado.

—Lo que no puedo hacer es quedarme de cháchara mientras Alba está secuestrada Dios sabe dónde, María.

—Solo serán unos minutos. Te vendrán bien.

Indira cede y se sienta con su amiga en el banco de madera que hay frente a las taquillas.

—¿Cómo está Iván?

—Mal. Intenta mantenerse entero, pero yo sé que está destrozado. Y no te puedes imaginar lo que me duele verle así.

—¿Ya no le odias?

—¿Cómo voy a odiarle cuando los dos estamos pasando por el momento más difícil de nuestras vidas, María? Además... —Se calla.

—¿Además?

—Que tampoco creo que le haya odiado alguna vez. Él a mí sí, por la muerte de su amigo Daniel.

—Te odia y te quiere a la vez.

—Es algo raro.

—No tanto. Yo creo que con Iván es así. Por eso está siempre tan desquiciado. Ojalá que esto sirva para que dejéis de hacer el gilipollas de una vez. Porque te guste o no, tú a él también le quieres.

—Yo estoy casada, María.

—Ya...

Las dos amigas se miran. A Indira no le hace falta escuchar nada más para entender lo que su ayudante quiere decirle, pero no cree que sea un tema del que se tenga que ocupar ahora y se levanta.

—Ya hablaremos cuando acabe esta pesadilla. Ahora voy a bucear en los archivos. Seguro que Vargas le ha pedido ayuda a alguien que tengamos fichado.

—Te acompaño.

45

—¿Ha pasado algo que no me hayas contado, Sara?

Sara Castillo mira a su marido a través del reflejo del espejo frente al que se desmaquilla. Por muy buena actriz que sea, a él es incapaz de engañarle haciéndole ver que todo va bien. Desde que visitó a Bernardo Vallejo en la sede de su partido para desvelarle la identidad de los cadáveres encontrados en la obra, no puede quitarse de la cabeza lo sucedido ocho años atrás durante aquel viaje a Nueva Zelanda. Tardó varios años en lograr vivir con ello, pero ahora los recuerdos han regresado con más fuerza que nunca.

—No quiero preocuparte.

—Ya lo has hecho. Dime qué pasa.

Sara suspira y se vuelve para mirar a José Miguel.

—Ni me ha pasado nada ni me he sentido amenazada, eso que quede claro, pero desde hace unos días he vuelto a notar que alguien me vigila.

—Tenemos que denunciarlo.

—No quiero que se filtre y salga en prensa, cariño. Me basta con evitar asistir a actos públicos.

—Deberías limitar tus salidas durante un tiempo, Sara.

—Ya lo he hecho, tranquilo. No me moveré de casa si no es necesario. Y ahora no quiero hablar más de esto. ¿Han elegido ya los niños la película para esta noche?

—Sí, una de Spiderman.

—¿No la vimos hace un par de semanas?

—Es una nueva.

Sara resopla, armándose de paciencia, y ambos se reúnen con sus hijos en la sala de proyección que han montado junto al garaje y en la que no falta de nada; hay una pantalla que ocupa toda la pared, potentes altavoces distribuidos por toda la estancia, cómodas butacas de cuero y hasta una máquina de palomitas. Una vez a la semana, los cuatro ven juntos una película elegida por uno de los miembros de la familia. Suele ser un rato de relax en el que todos dejan sus problemas en la puerta, pero en esta ocasión, Sara no consigue olvidarse de que quizá sea la siguiente en la lista de un asesino que no parece que se vaya a detener ante nada.

Tampoco para Bernardo Vallejo resulta sencillo procesar lo que está pasando. En unos días se celebrarán las elecciones generales y nadie duda de que saldrá elegido, así que debería estar preparándose para convertirse en el próximo presidente del Gobierno. Pero lo cierto es que no consigue olvidarse de Sara y de aquel maldito viaje y centrarse en la campaña.

—El mejor momento es justo después de que se anuncien los resultados —le dice su consejero y mano derecha consultando un calendario.

—¿El mejor momento para qué?

Alberto Grau mira a su jefe con preocupación. Lleva años a su lado y nunca le había visto tan despistado. Y ahora, cuando están a punto de lograr el objetivo que persiguen día y noche desde hace años, no pueden cometer errores.

—Para anunciar el embarazo de Marta, Bernardo. A la gente le encantará saber que llevas una vida estable y que volverás a ser padre a los pocos meses de convertirte en el nuevo presidente.

—No pienso dar ninguna exclusiva en una revista para que después todo el mundo se me eche encima, Alberto.

—Enviaremos un comunicado de prensa, tranquilo.

Bernardo asiente y se afloja el nudo de la corbata, cansado.

—Deberías irte a casa a descansar. Recuerda que mañana por la tarde tienes la entrevista en televisión. Como vayas con esas ojeras, perdemos cien mil votos.

—¿No hay manera de librarse?

—Ni de coña. Llevan detrás de ti casi un año. Si ahora nos echamos atrás, nos quedaremos sin el apoyo de la cadena.

—Tampoco es que nos hagan muchos favores.

—Pero al menos no nos atacan y contrastan todas las informaciones que les llegan de nosotros. Por cierto, espero que nunca les llegue nada sobre ti y esa mujer.

—¿A qué mujer te refieres?

—A la actriz, Sara Castillo. Todavía no me has contado a qué vino la visita del otro día.

—Era algo personal.

—Eso es lo que me da miedo, Bernardo. Una infidelidad a estas alturas podría desmoronarlo todo, pero si además es con una actriz tan mediática, cuando tu mujer está embarazada de tres meses, sería el fin.

—Sara solo es una vieja amiga con la que ni tengo ni tendré nunca nada, Alberto.

—Me alegra escucharlo. ¿Nos vamos ya?

—Vete tú. Yo me marcho enseguida.

Alberto Grau se despide de su jefe y sale del despacho. Antes de irse a casa volverá a estudiar los resultados de las últimas encuestas de intención de voto y a hacer un barrido por los diferentes periódicos y redes sociales, que es donde se decide todo. Él siempre ha sido un hombre ambicioso, pero también realista; su físico no es el de alguien que transmita confianza y sabe que jamás tendría el apoyo del pueblo en las urnas, pero sí el de sus compañeros de partido, quienes no tienen otra que reconocer su valía. Y junto a Bernardo puede llegar muy alto, incluso a ser vicepresidente del Gobierno. Con eso, él daría por pagados tantos sacrificios como ha tenido que hacer en todo este tiempo.

Bernardo va a servirse un vaso de whisky y se sienta en el sofá de su despacho. Recuerda los viejos tiempos, cuando era feliz junto a Sara y todo era mucho más sencillo. Sabe que arrepentirse de algo no tiene ningún sentido, pero ha pensado cientos de veces que, si pudiese volver atrás, jamás se habría subido a aquel barco...

46

Antes de irse a dormir aquella noche, Bernardo apostó con Sara a que sus nuevos amigos se rajarían y no irían a aquella excursión que el marinero francés había definido como «expedición sin filtros». Estaba convencido de que se presentarían solo ellos dos y que tanto las hermanas marbellíes como la pareja de catalanes y los sevillanos recién prometidos alegarían una resaca de campeonato para librarse de aquella locura. Pero para su sorpresa, se los encontraron en el desayuno. A pesar del cansancio y de que todos hubiesen agradecido dormir tres o cuatro horas más, estaban emocionados por presenciar aquel espectáculo tan brutal que Pierre les había prometido.

Cuando llegaron al puerto, el francés les estaba esperando junto a un yate de treinta y seis pies de eslora con una zodiac anclada en la popa. Cobró a cada pareja lo que habían acordado la noche anterior —más del doble de lo que hubieran tenido que pagar a cualquiera de las agencias locales dedicadas al avistamientos de tiburones— y se pusieron en marcha. El barco no era como los que las amistades de las hermanas Soler solían tener amarrados en Puerto Banús, ni como los que alquilaban los amigos actores de Sara para dejarse ver en Ibiza todos los veranos, pero cumplía su función y no carecía de comodidades. Además de unas colchonetas en la proa que enseguida ocuparon las tres mujeres más jóvenes para tomar el sol, tenía unos cómodos asientos en la popa en torno a una mesa que pronto se llenó de bebidas y de aperitivos. Y en el interior del barco, junto a unos sofás, una cocina muy apañada y dos baños completos, había tres camarotes para que los clientes pudiesen retirarse a descansar si les apetecía, y la mesa de cartas con la radio y el panel de control.

—Los animales que nos interesan están lejos, en el peor de los casos a unas dos horas y media, así que acomódense y disfruten de la travesía.

El primer indicio de que aquello era algo más que una simple excursión que Pierre había exagerado para poder cobrarles de más se produjo a las dos horas de viaje, cuando ya habían perdido de vista tierra y encontraron varios caparazones de tortuga flotando despedazados, con trozos de carne colgando que atraían a peces pequeños. Una de las tortugas, aunque malherida, continuaba con vida. Le faltaba medio cuerpo, así que el aleteo hacía que nadase en círculos.

—¡Qué horror! —exclamó la sevillana Paula Reyes ocultando la cara entre las manos y buscando el abrazo de su novio.

Aunque a los demás también les impresionaba la escena, no podían apartar la mirada de la tortuga, cuyo aleteo cada vez era más desesperado.

—¿Qué la ha atacado? —preguntó Bernardo Vallejo.

—Por la mordedura, yo diría que un tiburón blanco —respondió Pierre.

—¿Significa eso que están cerca? —Sara Castillo oteaba excitada el horizonte.

—Mucho más cerca de lo que piensan. Seguramente ahora mismo haya un gran blanco debajo de nosotros.

Como si fuese un número ensayado entre Pierre y el tiburón, en aquel instante las fauces de un enorme escualo emergieron tratando de engullir la media tortuga, pero lo hizo con tanta violencia que, en lugar de tragársela, la golpeó con el morro y esta salió volando para ir a parar a la proa del barco, sobre las colchonetas que hacía escasos minutos ocupaban las tres españolas. Tanto ellas como las hermanas Soler y los tres chicos gritaron despavoridos al ver el animal descuartizado y cómo luchaba por sobrevivir. Pierre se acercó a ella con tranquilidad, la cogió y la tiró por la borda.

—¿Por qué ha hecho eso? —preguntó Núria espantada.

—Esa tortuga ya estaba muerta y me imagino que no querrán olerla durante lo que queda de día para después enterrarla en la playa.

El tiburón volvió a emerger y, esta vez con mucho más tino, devoró a la tortuga y se perdió en las profundidades. Todos asimilaron durante unos segundos lo que acababan de presenciar.

—¿Y ahora qué? —preguntó Aurora Soler.

—Eso depende de ustedes —contestó Pierre—. Si aún desean ver aquello por lo que han pagado, estoy seguro de que tendremos la oportunidad.

—Yo prefiero volver a puerto —dijo Paula descompuesta.

—Pues yo no —protestó Lluís Bonfill—. Ya que hemos llegado hasta aquí, me gustaría continuar. ¿A vosotros no?

Todos, excepto el prometido de Paula, asintieron con diferentes grados de culpabilidad en la mirada. Noelia Soler sintió compasión por la chica:

—Si quieres —dijo—, te acompaño a un camarote y te echas la siesta hasta que volvamos al hotel.

—Te lo agradezco, Noelia. ¿Vienes, Carlos?

—Yo prefiero quedarme en cubierta, Paula. Ahí dentro seguro que me mareo.

Paula le dedicó una mirada de reproche al comprender que su recién prometido, como todos los demás, seguía teniendo ganas de sangre, y bajó al camarote acompañada de la mayor de las hermanas.

—Mirad... —dijo Pierre observando a lo lejos.

Todos se volvieron, pero no distinguieron nada más que agua.

—Yo no veo nada. —Sara utilizó una mano como visera para protegerse del sol.

—¡Allí! —señaló Bernardo nervioso—. ¡He visto una aleta!

Al volver a mirar, los demás también percibieron algo, aunque parecía la espuma que se produce cuando las olas golpean contra las rocas. Pero Pierre les aclaró que las rocas de aquel lugar, en muchas millas a la redonda, estaban a cientos de metros de profundidad.

—Entonces ¿son tiburones? —Aurora Soler se estremeció.

—Orcas... —respondió Pierre dirigiéndose hacia la cabina de mando.

—No me jodas que se están comiendo a una ballena. —Lluís Bonfill no se podía creer que fuesen a ver lo que les había prometido el francés.

—Habéis tenido suerte.

Pierre arrancó el motor y puso rumbo hacia allí. Según se acercaban, los españoles comprendieron por qué este les consideraba tan afortunados, y era porque un grupo de seis u ocho orcas acosaba a una ballena jorobada, que luchaba desesperada mientras le arrancaban trozos de carne y teñía el agua de rojo. Al escuchar los gritos de horror y de excitación, Noelia Soler regresó del interior del yate y los siete turistas contemplaron sin apenas parpadear cómo continuaba la persecución. La ballena daba violentas sacudidas con la cola, que en ocasiones alcanzaban a las orcas y que los españoles celebraban como el gol de Iniesta en el mundial de Sudáfrica.

—¿Podrá escapar? —le preguntó Núria a Pierre.

—No lo creo. Acaba de llegar el resto de la familia.

En efecto, otro grupo de orcas se sumó a la cacería. La ballena nadaba a toda velocidad, pero no era suficiente para escapar de sus perseguidoras. Pierre siguió de cerca a los animales para que sus clientes no se perdieran detalle. Lo había hecho decenas de veces y nunca había tenido ningún percance, pero en esta ocasión, la ballena hizo un giro inesperado y saltó, como intentando huir aunque fuera por aire. Al igual que la tortuga, cayó encima del barco, pero sus treinta mil kilos de peso fueron demasiado para el casco de fibra de vidrio, que quedó destrozado. La enorme vía de agua que se abrió al instante provocó que el barco empezase a escorarse sin remedio.

47

Indira examina en el ordenador las fichas de posibles cómplices de Walter Vargas. Va apuntando sus nombres en un papel, pero son demasiados y se agobia con solo mirar la larga lista de sospechosos, temiendo que vaya a ser imposible investigarlos a todos. Lleva ya muchas horas al pie del cañón, y el cansancio empieza a hacer mella en ella cuando Iván entra en el despacho.

—¿Cómo vas?

—Mal —responde Indira resoplando—. Vargas estaba metido en todo tipo de negocios y ha podido tener contacto con la mayoría de los delincuentes fichados.

—Habrá que hacer una selección.

—Sí, pero no sé ni por dónde empezar. ¿Tú has conseguido algo?

—Los del consulado de Colombia están colaborando, pero hay demasiada burocracia y todo va muy lento. Han quedado en avisarme si encuentran algo.

—Tenemos que estar encima de ellos. No quiero que Alba siga en manos de esos malnacidos ni un minuto más del necesario.

—Yo tampoco, créeme. Y en cuanto a los abogados de Vargas, me han dicho que no tenían conocimiento de la intención de fugarse de su cliente y que no han sabido de él desde que huyó.

—¿Les crees?

—No nos queda otra. Si admitieran que sabían algo, podrían ser acusados de encubrimiento y de un montón de delitos más. Pero aun así, yo creo que les ha sorprendido tanto como a nosotros que se haya atrevido a llevarse a Alba.

Indira le mira, luchando por no romperse.

—¿Cómo crees que estará, Iván?

—Viva, eso seguro. Lo noto.

—Yo también —responde Indira convencida—. Lo que me aterroriza es pensar cómo la pueden estar tratando.

—Nuestra hija es dura como una roca. Y sabe hacerse querer. No me extrañaría que a estas alturas ya hubiera vuelto locos a los secuestradores con sus preguntas.

—Lo que se estará preguntando es por qué no hemos ido ya a buscarla.

Indira se frota la nuca, cansada.

—No tienes buen aspecto, Indira. Deberías irte a descansar.

—Solo estoy un poco cargada. ¿No tendrás por ahí un relajante muscular?

—Tengo algo mucho mejor. Déjame.

Iván se coloca a su espalda y le masajea el cuello y los hombros. Aunque el primer contacto provoca que Indira se tense aún más, enseguida se relaja y se deja hacer, cerrando los ojos. Se siente culpable por disfrutar de esa situación, pero las manos de Iván hacen que se estremezca.

—Estás como una piedra. ¿Hace cuánto que no vas a un buen fisio?

—Mucho...

—Si quieres, te paso el teléfono del mío.

—Gracias, pero los fisios y yo no nos llevamos demasiado bien. Solo con mis protocolos de entrada, se me pasa la hora.

A pesar de la terrible situación que atraviesan, imaginar lo que Indira puede tocarle las narices a cualquier fisioterapeuta, dentista o peluquero le arranca una sonrisa a Iván. Continúa masajeándola unos segundos mientras ella se relaja, pero se detiene de pronto.

—¿Qué haces? No pares —protesta.

—Indira... —dice él apurado.

Indira abre los ojos y se encuentra a Alejandro mirándoles con cara de circunstancias desde la puerta del despacho. El marido de la inspectora carga con una bolsa isotérmica portalimentos.

—¡Alejandro! —Indira se incorpora avergonzada—. ¿Qué haces aquí?

—Te he traído algo de comer —responde él mostrándole la bolsa.

La situación es incómoda hasta para Iván. En cualquier otro momento, habría disfrutado haciendo sangre, pero ahora decide quitarse de en medio.

—Os dejo para que habléis de vuestras cosas.

Iván va hacia la puerta y se detiene frente a Alejandro, que le mira durante unos segundos con ganas de partirle la cara, pero al fin se retira para dejarle pasar.

—No sé lo que te habrás podido imaginar, Alejandro —dice Indira dirigiéndose hacia su marido—, pero olvídate, ¿de acuerdo? Solo estaba un poco tensa e Iván se ha ofrecido para...

—Para destensarte, ya lo he visto. —Alejandro termina la frase disimulando su irritación—. Hablaremos de esto más tarde, pero ahora necesito saber si habéis encontrado alguna pista de dónde puede estar Alba.

—Nada en firme. Sospechamos que a Walter Vargas le esconde alguien del consulado de Colombia, pero no es más que una especie de intuición.

—Tus intuiciones suelen ser bastante acertadas, así que síguela.

—Lo estoy haciendo.

—Y otra cosa —continúa Alejandro —. Tu madre ha llamado varias veces y ya no sé qué decirle.

—Hablaré con ella.

—Hazlo cuanto antes, por favor. Está empezando a mosquearse.

Iván regresa al despacho apresurado, con el teléfono en la mano.

—Indira, tenemos algo.

La inspectora coge su chaqueta y su arma y corre hacia la puerta.

—Te llamo después, Alejandro.

El abogado se queda plantado mientras ve a través del cristal cómo Indira se va con el hombre que más odia. Ella debe de darse cuenta porque se detiene, regresa al despacho y le da un beso volado que le parece más por compromiso que por otra cosa.

—Recuerda que te quiero.

Alejandro asiente e Indira se marcha corriendo. Una vez solo, arroja con violencia la bolsa portalimentos a la papelera.

48

Paco vuelve a estar arrodillado frente a sus tomateras, maldiciendo en voz baja mientras quita los pequeños huevos amarillentos de las hojas.

—Otra vez la puta araña roja...

Jotadé sale de la casa y lo observa durante unos segundos en silencio. Aunque nunca se le ha ocurrido decírselo, siempre ha sentido admiración por su padre, por cómo sacó adelante a la familia cuando las cosas se torcieron y por cómo ayudó a los gitanos que siempre venían a pedirle consejo. Incluso admiró cuando, un par de años atrás, fue con un lanzallamas casero a prender fuego al laboratorio donde cortaban la droga que había acabado con su hijo mayor. El viejo sigue despotricando, muy disgustado por la plaga que afecta a sus plantas y que le va a hacer perder una vez más parte de la cosecha.

—Sigo pensando que lo mejor es comprar los tomates en la frutería de la Encarni —le dice al fin—. Da menos faena.

—¿Y qué hago entonces aquí encerrado todo el santo día? —responde Paco.

Por una vez, Jotadé se acerca a él y le ayuda a levantarse.

—Ven, sentémonos ahí.

—¿Hoy no tienes que trabajar?

—Sí, pero antes necesito hablar contigo.

Jotadé le lleva del brazo hasta unas viejas sillas de mimbre apoyadas contra la pared y ambos se sientan. Desde niño, su padre le tiene dicho que las cosas importantes hay que decirlas a las claras, sin andarse con rodeos, así que lo hace.

—¿Te vio alguien, papa?

Paco aguanta la mirada de su hijo. Tenía claro que Jotadé terminaría averiguándolo, pero nunca imaginó que fuera a ser tan pronto.

—¿Cómo lo has sabido?

—Porque lo has matado con la pistola que me regaló el tío Curro cuando cumplí dieciséis años, una Smith and Wesson del calibre 40. Y no hay muchas iguales por aquí.

—No me arrepiento —responde el viejo, manteniendo la dignidad.

—Ya llegaremos a eso. Ahora quiero que me digas si te vio alguien, papa.

Todavía no eran la siete de la mañana cuando sonó el teléfono fijo. Flora se estaba preparando para una nueva jornada en el mercadillo, que ese día la llevaría a ella y a su hija a Alcobendas, así que fue Paco quien contestó. Le bastó con escuchar la voz de Lorena para saber que el Manu le había vuelto a pegar, y esta vez una paliza de las gordas, porque era difícil entenderla. La chica llamaba para avisar de que, debido a su estado, no podría ir a trabajar, y para pedirles que, pasase lo que pasase, Jotadé no debía enterarse. En cuanto Flora se marchó, Paco se dedicó a su pequeño huerto, pero solo llevaba un par de horas trabajando cuando, casi sin pensarlo, fue a la habitación de su hijo, cogió la pistola que sabía que guardaba en el armario y, tras cargarla y guardársela en la chaqueta, salió con ella de casa. Llevaba meses sin pasearse por el barrio, desde que Ray le había impuesto esa especie de arresto domiciliario, pero no notó nada cambiado; todo seguía igual de miserable que antes. La casualidad hizo que fuera precisamente Ray quien, desde su coche, le viese doblar la esquina.

—Me cago en sus muertos... —masculló.

Estuvo a punto de avisar a sus hombres para que se encargasen de él, pero dio la vuelta y fue a su encuentro.

—¿Se puede saber qué haces, viejo? —preguntó bajándose del coche—. Te dije clarito que no quería verte por mi barrio.

—Si tienes que matarme, hazlo —respondió Paco con una extraña serenidad—, pero antes deja que me ocupe de un asunto.

—¿Qué asunto es ese? —preguntó Ray con curiosidad.

—Tú me quitaste a mi hijo mayor y yo no pude hacer nada por evitarlo, pero no voy a permitir que también me quiten a mi hija.

Ray estaba al tanto de lo que pasaba en el barrio y sabía que el Manu solía maltratar a Lorena, aunque pensaba que, después de la paliza que le había dado Jotadé hacía unos días, no se atrevería a volver a ponerle una mano encima.

—¿Le ha vuelto a pegar?

Paco asintió.

—¿Y qué piensas hacer? Dudo mucho que el Manu te escuche por mucho que intentes razonar con él.

—Se acabó el tiempo de razonar.

Paco le enseñó la pistola y Ray leyó en sus ojos que estaba dispuesto a hacerlo.

—Sube al coche.

El viejo obedeció y Ray le llevó en silencio hasta el portal donde vivía su hija. Aparcó a unos metros y le miró.

—¿Y ahora qué?

—Mi mujer me ha dicho que ha ido al hospital a que le hagan una cura. Le esperaré en el portal y le mataré.

—Con dos cojones —dijo Ray entre risas—. Pues hazlo y después te llevo a casa.

—¿Por qué me ayudas?

—Porque en el fondo me caes bien, viejo. Me gusta la gente que se juega el cuello por defender a los suyos. Si de verdad lo haces, tú y yo estaremos en paz, que a mí el Manu también me parece un hijo de puta.

Jotadé no debería sentirse orgulloso de que su padre se haya convertido en un asesino después de toda una vida respetando la ley, pero es lo que siente y le aprieta el hombro con fuerza para demostrárselo.

—Si tienes que detenerme, no me voy a resistir.

—No me jodas, papa. ¿Cómo te voy a detener? Lo que voy a hacer es ayudarte a salir de esta. Aparte de Ray, ¿te vio alguien más?

—Creo que no.

—¿La mama lo sabe?

—Tu madre no es tonta, Juan de Dios. En cuanto se enteró, noté en sus ojos que lo sabía, pero no ha dicho nada.

—Bien, pues así tenéis que seguir. Tú calladito, ni una palabra a nadie, ¿estamos? Ni a la mama, ni a Lorena, ni a ningún policía que venga a preguntar. ¿Dónde está la pistola?

—La volví a guardar en tu armario.

—Yo me ocupo de ella.

Jotadé desmonta la pistola y se deshace de los trozos en diferentes puntos de Madrid. Lo que quizá no sea tan sencillo es conseguir que Lucía no meta las narices. Llevan poco tiempo trabajando juntos, pero aunque su intuición le dice que hay algo oscuro en ella, sabe que es una policía muy astuta.

49

Indira e Iván aparcan frente al chalé de Boadilla del Monte, ahora tomado por varios agentes uniformados, por el equipo del forense, por la Policía Científica y por media docena de funcionarios del consulado colombiano que discuten con una parcja de policías que les impiden el paso. Los dos inspectores le enseñan sus placas a un tercer agente, que les abre la barrera y les acompaña hasta la entrada de la vivienda.

—¿Dónde los han encontrado? —pregunta Indira.

—Al hombre en el salón y a la mujer en su habitación, ambos ejecutados de un disparo en la cabeza.

—¿Y los niños?

—Nadie los recogió en el colegio y por eso nos avisaron. Se han hecho cargo de ellos los servicios sociales.

Indira e Iván respiran con alivio: si también los hubieran matado, conservar la esperanza de que Alba siga viva sería cada vez más difícil, pero quizá sus secuestradores tengan algo de corazón. Al llegar al salón, encuentran el cadáver del funcionario colombiano Camilo Mejía en el sofá, mientras varios policías recopilan pruebas a su alrededor. Está sentado, con los brazos extendidos a ambos lados del respaldo, como si le hubieran sorprendido viendo la tele, pero esta está apagada. Sus esfínteres se han relajado y las heces se han mezclado con la orina, formando un charco alrededor de su cuerpo que produce un hedor insoportable. Sin embargo, Indira, que en cualquier otro momento se hubiera tapado como si fuese a batallar en la primera línea de una guerra química, en esta ocasión no hace ni amago de ponerse una mascarilla. Sus preocupaciones ahora son mucho más importantes que microbios u olores. El forense se acerca a ellos.

—Inspectores —dice a modo de saludo, respetuoso—. Si mi equipo o yo podemos colaborar de alguna manera en encontrar a vuestra hija, no dudéis en decírmelo.

—Lo tendremos en cuenta, gracias —responde Indira para inmediatamente centrarse en el caso—. ¿Estamos seguros de que esto es obra de Walter Vargas?

—Los de la científica están recopilando pruebas, pero parece ser que sí. En uno de los baños han encontrado productos de aseo llenos de restos orgánicos, prendas de ropa y huellas que ya están comprobando. No se han preocupado demasiado de ocultar su paso por aquí.

Tras examinar los indicios de la presencia de Vargas y de Samuel Quintero en aquella casa, los inspectores hablan de nuevo con el agente que encontró los cadáveres.

—¿Los Mejía no tenían servicio?

—Según los vecinos, aquí trabajaban un jardinero, una chica que se ocupaba de los niños y otra de la cocina y de la limpieza, pero hace días que no los ven. O los despidieron o se los cargaron. No me extrañaría que también apareciesen ejecutados en cualquier parte.

—¿Alguno de los vecinos podría reconocer a Vargas?

—Seguramente, aunque no parecen muy por la labor de colaborar.

—Tendrán miedo —dice Moreno—, y es normal. Lo que me parece difícil es que sepan dónde han podido ir.

—Los vecinos no, pero quizá los hijos de las víctimas sí hayan escuchado algo.

Indira e Iván no están dispuestos a seguir los cauces legales que les piden los de servicios sociales para interrogar a los hijos del matrimonio asesinado, una niña de doce años y un niño de nueve. Cuanto más tiempo pase, más difícil será encontrar a Alba, y no piensan perder el tiempo con formalidades, aunque después tengan que asumir las consecuencias.

—¿Es verdad que nuestros padres están muertos? —pregunta la niña.

—Por desgracia, sí —responde Indira apretándoles la mano—. Pero si nos ayudáis, nosotros detendremos a los culpables, os doy mi palabra.

El niño retira la mano mirando con desconfianza a los policías, se acerca a su hermana y le dice algo al oído.

—¿Pasa algo? —pregunta Iván.

—Mi hermano no quiere que hable con ustedes.

—¿Por qué no?

La niña se encoge de hombros.

—Entonces ¿no queréis que detengamos a los asesinos de vuestros padres?

Los niños guardan silencio.

—Entiendo que les tengáis miedo, pero...

—No tenemos miedo —la interrumpe el niño con una dureza impropia de su edad—, pero no somos unos chivatos.

—Elige, chaval —dice Moreno con crudeza—: o eres un chivato o un cómplice de los asesinos de tus padres y también de nuestra hija.

—Iván, contrólate —le pide Indira.

—Estoy hasta los huevos de perder el tiempo, Indira. —Se vuelve hacia los niños, que le miran impresionados—. Me vais a decir ahora mismo si los hombres que estaban viviendo en vuestra casa eran estos dos. Mirad bien las fotos.

Moreno coloca una foto de Walter Vargas y otra de Samuel Quintero sobre la mesa. Los niños les echan un vistazo, se miran el uno al otro y al fin se rinden.

—Sí —confirma la niña.

—Muy bien. Ahora contadnos todo lo que sepáis.

—Solo sabemos que eran amigos de nuestro padre, pero no nos dejaban hablar con ellos.

—¿Y tenéis idea de dónde han podido ir?

—No.

—Pensadlo, por favor —insiste Indira—. Tal vez les escuchasteis hablar sobre algún lugar o sobre...

—Ávila —interviene el niño.

—¿Qué?

—La otra noche bajé a beber agua a la cocina y estaban esos dos hombres hablando. Dijeron que tenían que ir preparando la casa de Ávila por si las cosas se ponían feas, pero eso fue todo lo que escuché.

Indira e Iván hablan unos minutos más con los niños, pero parecen haberles contado todo lo que saben y tampoco los quieren presionar después del trauma que han sufrido y que ya les acompañará para siempre.

—Hay que buscar hasta en el último puto rincón de Ávila —le dice Indira a Iván al volver al coche—; seguro que la casa a la que se referían está a nombre de alguno de sus socios.

—Ya sabemos la manera de reducir la lista que has hecho.

Indira asiente con esperanzas renovadas. En ese momento, comienza a sonar su teléfono. Contrae el gesto al ver que quien llama es su madre.

—Mierda...

—Deberías contestar. A mí también me ha llamado varias veces. La pobre mujer tiene que estar subiéndose por las paredes.

Indira sabe que Moreno tiene razón y, tras armarse de valor, descuelga.

—Mamá...

—¿Se puede saber qué narices está pasando, Indira? —pregunta la abuela Carmen muy preocupada a través del manos libres del coche–. Llevo dos días intentando hablar contigo y con Alba y no hay manera.

–Perdona, mamá. Tienes razón, pero no quería asustarte.

–¿Asustarme por qué?

–A Alba la han tenido que operar de apendicitis. Está mejor, pero lo ha pasado muy mal.

–¿Y cómo no me lo cuentas, Indira? –le reprocha–. Ahora mismo cojo un autobús y me presento allí.

–¡No! Prefiero que te quedes en tu casa, mamá. Aquí ya estamos Alejandro, Iván y yo, y en el hospital no dejan entrar a más gente. Te prometo que, a partir de ahora, te mantendré informada de todo.

–Pero ¿seguro que Albita está bien, hija?

–Te doy mi palabra. En un par de días le darán el alta y podrás hablar con ella. Quédate tranquila, ¿de acuerdo?

–De acuerdo. –Carmen se tranquiliza–. Pero llámame a primera hora, ¿vale?

–Te lo prometo. Ahora tengo que dejarte, mamá. Hablamos mañana.

Indira cuelga. Iván la mira con censura.

–¿No deberías contarle la verdad?

–Si le cuento lo que ha pasado, mi madre se muere, Iván. Y yo jamás podría perdonármelo.

50

A Sara Castillo no le gusta mentir a su marido, pero ha tenido que decirle que hoy se quedaría en casa para que él se marchase tranquilo al trabajo. Salir a la calle ahora le provoca una inseguridad que roza el pánico. Mira con miedo a cada conductor que se detiene a su lado en algún semáforo o a cada peatón que cruza frente a su coche, temiendo que pueda ser el asesino que tarde o temprano la fijará como objetivo, si es que no lo ha hecho ya hace meses.

Tal y como le ha indicado Alberto Grau, la mano derecha de Bernardo Vallejo, da un par de vueltas a la manzana antes de entrar en el aparcamiento público y va hasta la tercera planta, donde tiene instrucciones de estacionar y esperar. Al cabo de cinco minutos, llega un Tesla negro con los cristales tintados, del que se baja un chófer que abre la puerta trasera sin decir una palabra. Sara duda, pero también se baja. Se queda junto a su coche, observando al recién llegado con desconfianza. Este sigue sujetando la puerta, invitándola a entrar. A los pocos segundos, cuando el silencio se prolonga demasiado, el chófer decide hablar:

—Puede pasar, señora.

—Nadie me ha dicho que tuviera que subirme en un coche.

—La llevaré a un lugar seguro.

Sara tiene la sensación de que entrar en ese coche es la mayor estupidez que va a hacer en su vida, y más cuando siente el peligro rondándola, pero al fin se decide. El chófer cierra la puerta y conduce en silencio durante quince minutos, hasta que entra en otro garaje, esta vez privado, de un edificio de lujo. Se detiene frente a un ascensor. Cuando Sara se apea, el chófer mete una llave en una cerradura circular y las puertas se abren.

—Este ascensor la llevará hasta el ático, señora.

Sara se monta en el ascensor, pulsa el único botón que encuentra, en el que no pone nada, y este asciende varios pisos. Cuando llega a su destino, sale a un vestíbulo. Allí hay un guardaespaldas, que se limita a saludarla con un gesto de cabeza y a abrir la puerta de la vivienda. Pasa a un ático decorado con mucho gusto en el que destaca una terraza con vistas a la sierra de Madrid. Bernardo aparece en mangas de camisa para recibirla con una franca sonrisa y un par de besos.

—Bienvenida, Sara.

—¿A qué ha venido el numerito a lo James Bond?

—Perdóname, pero tanto tú como yo somos personajes públicos y lo último que queremos es llevarnos un susto.

—Bonito picadero —dice ella mirando a su alrededor.

—Aunque no lo creas, no está destinado a ese fin. Aquí se han alojado personalidades muy importantes que viajan a España de incógnito.

—¿Del tipo Michelle Pfeiffer?

—Más bien del tipo Michelle Obama. ¿Una copa de vino blanco?

Sara acepta y sale a la terraza mientras Bernardo se la sirve. Cuando se la entrega, se coloca a su lado, tan cerca que seguramente ni al marido de ella ni a la mujer de él les haría demasiada gracia. Pero ninguno de los dos se siente incómodo aunque sus cuerpos estén rozándose.

—Estas eran las típicas vistas que tú y yo soñábamos con tener cuando nos fuésemos a vivir juntos —dice Sara mirando las luces que, a lo lejos, van salpicando poco a poco las montañas.

—Hace no mucho vi tu casa en una revista y no tienes ningún motivo para quejarte.

—¿Ahora lees revistas del corazón?

—Un aspirante a la presidencia del Gobierno tiene que estar al tanto de todo.

Sara sonríe y le mira con la misma admiración con que suelen mirarle muchas de las mujeres que Bernardo se cruza a diario.

—Nunca dudé de que lo conseguirías.

—Todavía no lo he conseguido.

—¿Qué podría impedirlo?

—Que se haga público lo que ocurrió hace ocho años, por ejemplo.

A Sara se le ensombrece el semblante. Por un momento, se había olvidado de lo que les ha vuelto a reunir.

—Quizá deberíamos contárselo a la policía.

—Ni hablar.

—¡Alguien nos está cazando uno a uno, Bernardo! —dice angustiada—. Quién sabe si no me estarán esperando en el puto aparcamiento donde me habéis obligado a dejar mi coche.

—Tranquilízate, Sara. Nadie va a hacerte daño.

—¿Eso cómo lo sabes? No pienso vivir siempre asustada temiendo que ese maldito asesino logre llegar hasta mí. Aunque quizá sea peor que no lo consiga y decida ir a por nuestros hijos.

—Tarde o temprano le cogerán. Por lo que tengo entendido, se está ocupando de este caso el equipo de la inspectora Indira Ramos, una de las mejores policías que tenemos.

Escuchar eso la tranquiliza, pero sigue sin tenerlas todas consigo.

—Quizá, si les contamos que todo fue un accidente y...

—Es que no fue solo un accidente, Sara —Bernardo la corta—. Lo de la ballena, tal vez sí, pero no lo que pasó después. ¿Es que ya no te acuerdas?

Sara le mira y asiente. ¿Cómo podría olvidarse de algo así?

51

Aunque Pierre les pedía a los españoles que mantuviesen la calma, era difícil hacerlo cuando se encontraban a bordo de un barco que se hundía en mitad del océano, y más aún cuando a su alrededor una docena de orcas asesinas daban caza a la ballena jorobada que, al tratar de escapar, había destrozado el casco. El francés bajó a pedir ayuda por la radio y se cruzó con Paula, que salía aturdida del camarote para ir a reunirse con sus amigos.

—¡Dios mío, nos estamos hundiendo! —gritó la chica en pleno ataque de pánico.

—¡No ayudas mucho diciendo esas putas obviedades, ¿sabes?! —replicó Bernardo.

—A mi novia no le hables así —le enfrentó Carlos Guzmán.

—¿O qué?

—¡Ya basta! —Sara se interpuso entre los dos hombres—. No es un buen momento para pelearos, ¿no os parece?

—¿Qué ha pasado? —preguntó la sevillana al contemplar el desastre.

—La ballena ha golpeado el casco —respondió Noelia Soler.

—¡Os dije que teníamos que volver al puerto!

—Tranquila, cariño. —Su prometido la abrazó—. Todo saldrá bien.

Por unos segundos, los ocho turistas se callaron e intentaron convencerse de que aquella pesadilla tendría solución, pero bastaba con mirar el estado en el que había quedado la embarcación —que se hundía un poco más cada minuto que pasaba— para darse cuenta de la dimensión del problema.

—¿Vosotros creéis que esos bichos podrían comernos? —preguntó Aurora Soler.

Todos miraron al grupo de orcas, que se daban un festín con la ballena como si fuesen pirañas devorando enfebrecidas una pata de cordero. Las olas de sangre, que cada vez se adentraban más en la cubierta y teñían de rojo lo que quedaba del casco, no ayudaban a conservar la esperanza. Tampoco lo hizo que Pierre saliera del interior despotricando para sí en francés, sin poder ocultar su nerviosismo. En la mano llevaba una pistola de bengalas.

—¿Ha avisado ya para que vengan a rescatarnos? —preguntó Sara.

—La radio ha quedado inutilizada.

—¿Qué significa eso?

—¡Que no funciona, joder! El agua la ha averiado antes de poder pedir ayuda.

—Entonces ¿estamos aquí abandonados?

—Confiemos en que algún barco vea la bengala.

Pierre apuntó al cielo y disparó. Una bengala se elevó más de cien metros dejando un rastro luminoso y quedó suspendida en el aire durante unos diez segundos. Todos contuvieron la respiración mirándola, pero al apagarse, regresaron los nervios.

—Dispare otra —dijo Carlos Guzmán.

—Hay que esperar —respondió Pierre.

—¿Esperar a qué? ¿A que nos hundamos del todo y nos coman las orcas?

—Las orcas y los tiburones... —matizó Paula Reyes con un hilo de voz.

Al mirar hacia el agua vieron que varios tiburones blancos ayudaban a las orcas a despedazar la ballena. El pánico se instaló en la mirada de todos, incluida la del experimentado marinero francés.

—¡La zodiac! —exclamó el catalán—. Tenemos que alejarnos de aquí con ella hasta que alguien nos rescate.

—Somos nueve, y esa zodiac no aguantaría el peso ni de seis —respondió Pierre.

—Sara y yo vamos —dijo Bernardo decidido, llevando a su novia de la mano hacia la barca hinchable.

—Nosotros también. —Lluís Bonfill le imitó.

Enseguida les siguieron las hermanas Soler y la pareja de sevillanos. Trataron de desenganchar la zodiac con torpeza, apresurados, mirándose unos a otros e intentando decidir quiénes tendrían que quedarse a bordo de un barco al que ya le quedaba muy poco tiempo en la superficie.

—A un par de millas de aquí hay un pequeño farallón —resolvió Pierre—, una roca a la que puedo llevar a cinco de vosotros para después volver a buscar a los otros tres.

—¿Quién crees que puede ser tan gilipollas para quedarse aquí esperando, Pierre? —preguntó Bernardo, desconfiado.

—Es la única solución —respondió—. Llevaré a las mujeres y volveré a por vosotros tres cuanto antes.

—¿Y por qué no las llevo yo y tú te quedas aquí?

Los dos hombres se retaron con la mirada. Hacía años, cuando supo que su destino era llegar a lo más alto en política, Bernardo había aprendido a leer las intenciones de los demás con solo mirarlos a los ojos. Y los de aquel francés le decían que no debía fiarse.

—Porque yo conozco las corrientes y sé dónde está esa roca. Tú podrías tardar horas en encontrarla.

Pierre terminó de desenganchar la zodiac, la dejó caer al agua y procedió a instalar el pequeño motor en la parte trasera. Carlos Guzmán y Lluís Bonfill parecían haberse resignado a su suerte y lloraban abrazados a sus parejas mientras las olas de sangre empezaban a cubrirles hasta las rodillas. La expresión de Bernardo Vallejo, en cambio, no era la de alguien que pensara rendirse así como así. Vio en el suelo la manivela de metal con la que Pierre había bajado el toldo al empezar la persecución de

las orcas, la agarró con fuerza y le golpeó en la cabeza violenta-
mente. El francés se protegió con las manos, soltando el motor
de la barca, que cayó al agua y se hundió.

—¡¿Qué haces, Bernardo?! —exclamó Sara, asustada.

—Este hijo de puta no pensaba llevaros a ninguna roca, ni
mucho menos venir a buscarnos después a nosotros. Iba a dejarnos morir.

—¿Y eso cómo lo sabes? —preguntó Carlos Guzmán.

—¿No os acordáis de lo que dijo cuando pensábamos que la
espuma que veíamos a lo lejos la provocaba el mar al chocar con
las rocas?

—Que en esta zona no hay rocas en muchas millas a la redonda —respondió Aurora Soler.

Los demás también recordaron las palabras del francés y le
miraron. Pierre se había recuperado del golpe y, aunque sangra-
ba abundantemente por la cabeza, logró incorporarse y apuntar
al político con la pistola de bengalas.

—Suelta esa barra o disparo. No sabes los agujeros que pueden
hacer estas armas.

—¿Nos vas a matar a todos, Pierre?

—Al contrario. Estoy hablando de salvar a cinco de vosotros.
Por desgracia, en esta zodiac no cabemos todos y yo soy el único que conoce estas aguas y las corrientes que nos llevarán a
tierra firme.

—¡No, no puedes hacernos esto! —protestó Núria Roig entre
sollozos—. ¡Tiene que haber otra solución!

—Ojalá la hubiera, pero por desgracia este barco se hundirá
en menos de diez minutos, y no seré yo el que se dé un baño
con esos tiburones tan cerca.

—¿Qué hay de aquello de que el capitán es el último en abandonar el barco?

—Puro romanticismo.

Una de las orcas saltó muy cerca de lo que quedaba de embarcación y, cuando Pierre desvió la mirada, Bernardo aprovechó

para lanzarle la manivela de metal. El capitán la esquivó y consiguió disparar la pistola. La bengala rozó el cuerpo del político y se perdió en el mar. Carlos Guzmán se lanzó contra él, pero Pierre era un hombre acostumbrado a luchar y consiguió repeler el ataque sin problemas. Lluís Bonfill se sumó a la pelea y un empujón le hizo caer por la borda.

—¡Lluís!

Núria, las hermanas Soler y Sara Castillo le ayudaron a regresar al barco antes de que los tiburones se dieran cuenta de que había una nueva presa que cazar. Durante esos minutos, Pierre tomó ventaja y consiguió someter a los dos españoles. Cuando estaba a punto de golpear a Carlos con la manivela, sintió una detonación y, de inmediato, un terrible dolor en la espalda. Al girarse, vio a Paula Reyes apuntándole con la pistola de bengalas, de cuyo cañón salía una estela de humo. Intentó arrancarse la luminaria que le estaba produciendo unas terribles quemaduras, pero Bernardo Vallejo le dio una patada y Pierre cayó en el interior de la cabina, que ya estaba totalmente inundada.

—¡Vámonos! ¡Hay que salir de aquí ya! —gritó Sara.

—Pero... no cabemos todos en la zodiac —dijo una de las hermanas Soler.

—Tendremos que caber, porque yo no pienso dejar a nadie atrás. Vamos subiendo antes de que esto se hunda del todo.

52

Cuando Jotadé llega a la comisaría, se encuentra a su ex esperándole junto al hijo de ambos, Joel, de doce años. El chaval, con la cabeza afeitada por los lados y un color de piel mucho más oscuro que el de sus padres, se pasa la lengua por un profundo corte en el labio. Aunque por fuerza tiene que dolerle, no hace amago de quejarse.

—Lola, ¿qué hacéis aquí?

—Pregúntale a tu hijo, Jotadé.

El policía mira al chico con gesto inquisitivo. Él aguanta su mirada, desafiante.

—No me jodas que te han vuelto a echar del colegio, Joel.

—Claro que le han echado del colegio —responde Lola por él—. Y espérate que esta vez no sea para todo el curso, porque ha mandado a un chico a la enfermería.

—Tú qué sabrás. —Joel mira a su madre con desprecio.

—Como te vuelva a oír hablar así a tu madre —dice Jotadé—, el que termina en el hospital eres tú, ¿te has enterado bien? A una madre se la respeta, así que pídele perdón ahora mismo. ¡Vamos!

El chaval masculla un «perdón» y fija la mirada en el suelo.

—Ahora explícame por qué hostias te has peleado, Joel.

—Porque soy el único gitano en el puto colegio de pijos en el que me habéis metido, papa. ¿Tú sabes lo que es eso?

—¿Cuántos gitanos aparte de mí ves en esta comisaría?

—Aquí arriba ninguno, pero seguro que los calabozos están petados.

Jotadé no puede evitar sonreír.

—Encima tú ríele las gracias —le reprocha Lola.

—Es que ha tenido gracia... —Jotadé se justifica para enseguida volver a ponerse serio con su hijo—. Lo que te quiero decir es que yo también estoy aquí solo y sé que es una mierda, pero si te mandamos a ese colegio es por tu bien.

—¿En qué me hace bien que me separéis de mis colegas, papa? Lo que os pasa a vosotros es que os avergonzáis de ser gitanos.

—No digas gilipolleces, Joel. Nos gusta que te relaciones con la comunidad, pero también que conozcas otras cosas y te abras al mundo.

—Al mundo de los payos.

—Al mundo que nos ha tocado vivir, hostia. ¿Cuántos de tus amigos del barrio tendrán la oportunidad de ir a la universidad y ser médicos, abogados o lo que les salga de los huevos?

—Yo no quiero ser ni médico ni abogado. Quiero trabajar en el mercadillo, como mis primos, la abuela o la tía Lorena.

—Eso será cosa tuya, pero la diferencia es que podrás elegir. Si cuando crezcas quieres ganarte la vida vendiendo, ole tus cojones, pero tu madre y yo queremos que también puedas ganártela en los despachos.

Joel rezonga, pero ya está mucho más calmado.

—¿Y quién era el chaval ese al que has dado de hostias?

—Un mierdaseca que se llena la boca llamándome gitano.

—¿No dices que estás orgulloso de serlo? Pues respóndele que a mucha honra. Ahora venga, de vuelta al cole y a apechugar con lo que decida el director. Esta tarde te llamo y me dices si te han echado o no. Y respeta a tu madre, coño.

—Que sí, papa...

Jotadé besa a su hijo en la frente y va a hacer lo mismo con Lola, pero esta se aparta. Madre e hijo se marchan ante la mirada frustrada de Jotadé. Una vez solo, ve que la inspectora Ramos y Moreno trabajan en el despacho de este último, cada vez con peor aspecto y con la misma ropa del día anterior. Va hacia allí y llama a la puerta con los nudillos.

—¿Se puede? —pregunta, asomándose.

—Ahora no es buen momento, Jotadé —responde Indira sin apartar la mirada de la pantalla del ordenador, donde sigue examinando fichas de delincuentes.

—No os entretendré demasiado. He venido a… ofreceros mi ayuda.

Los dos inspectores le miran con curiosidad.

—¿En qué crees que podrías ayudarnos? —pregunta Iván.

Jotadé entra en el despacho y cierra la puerta a su espalda. Al acercarse a ellos, nota lo cargado que está el ambiente y arruga la nariz.

—Está claro que todavía no habéis encontrado al cómplice de ese colombiano, ¿no?

—Sospechamos que se ha podido esconder en la provincia de Ávila y estamos estudiando las fichas de delincuentes que se mueven por allí.

—Ávila es muy tocha.

—Jotadé —dice Indira, seca—, ya te he dicho que estamos a tope y no podemos entretenernos. Agradecemos tu ayuda, pero...

—Aún no os he dicho cómo puedo ayudaros.

—¿Y bien?

—Si algo hay por estos mundos de Dios, son gitanos. Aunque la mayoría se gana la vida honradamente, muchos se dedican a trapichear con drogas, con coches o con lo que se tercie. El problema es que, tanto unos como otros, prefieren tener a la pasma lejos. Por eso, yo soy una especie de garbanzo negro en mi comunidad.

—¿Adónde quieres ir a parar, Jotadé? —Indira se impacienta.

—A que, esté donde esté vuestra hija, seguro que hay un gitano cerca.

Las palabras de Jotadé consiguen la total atención de los padres de Alba.

—Continúa.

—Poco más tengo que decir. Solo hay que hablar con las personas adecuadas para que le pidan a su gente que mantenga los ojos abiertos. Estoy seguro de que alguien ha visto algo, pero a la poli no se lo va a decir.

—¿Y a qué esperas para hablar con quien sea, Jotadé? —pregunta Indira—. Cuanto más tiempo pase, menos posibilidades tenemos de encontrar a Alba.

—La gente que nos interesa no hace nada gratis.

—Pagaremos lo que haga falta —dice Moreno.

—No se trata de dinero, jefe. Los gitanos a los que me refiero son chungos y quizá cualquier día quieran que les devolváis el favor.

—Si nos dicen dónde está Alba, haremos lo que sea por ellos. —Indira no titubea—. Lo que sea. Llama a quien consideres cuanto antes, por favor.

—Eso haré.

Jotadé se dispone a salir del despacho, pero antes de hacerlo, se detiene en la puerta y les mira.

—Una última cosa: deberíais ir a casa a ducharos y a cambiaros de ropa, que los payos, cuando oléis malamente, tiráis de espaldas.

53

La oficial Verónica Arganza y el agente Lucas Melero tienen todavía menos cosas en común de las que puedan tener Indira y Jotadé; ella es una mujer comprometida con su trabajo y con el colectivo al que pertenece, mientras que Lucas es policía porque no pasó las pruebas de bombero y para él las lesbianas no son más que una fantasía sexual recurrente. Y, sin embargo, se entienden de maravilla.

Verónica supo que le gustaban las chicas desde los cinco o seis años, pero no fue hasta los diecisiete cuando conoció a la que sigue siendo el amor de su vida, aunque ella no sepa que existe y ni siquiera recuerde que un día fueron compañeras en una academia de idiomas. Después, solo coincidió con Laia Romero en una ocasión, cuando Verónica iba de vacaciones con su novia a Tenerife y supo que pilotaba el avión que las llevaba. Pasó el viaje entero tratando de reunir el valor suficiente para saludarla, pero finalmente no lo hizo. Decidió que era mejor dejarlo como un simple amor platónico y le dijo a su pareja que los nervios de aquel día se debían a un repentino terror a volar, algo que, desde entonces, tuvo que exagerar cada vez que se iban juntas de vacaciones. En cuanto a aquella novia, tampoco forma parte ya de su vida. Verónica empieza a no tener claro que haya una media naranja esperándola en algún lugar del mundo, pero tampoco sufre por ello: es una chica sana y libre que disfruta de su sexualidad. Y el amor, si tiene que llegar, ya llegará.

Lo de ser poli le viene por su padre, jefe de la Policía Local de un pueblecito de Palencia del que Verónica se marchó en cuanto pudo, dejando atrás las burlas y la incomprensión por su orientación sexual, que desde siempre se negó a ocultar por mucho que sus padres se lo pidieran. Cuando llegó a Madrid descubrió un mundo nuevo y estuvo a punto de desviarse de su objetivo, pero nada más aprobar la selectividad, se presentó en la Academia de Ávila dispuesta a cumplir su sueño. Tampoco allí se veía bien su homosexualidad abierta —sobre todo por los viejos mandos—, pero poco a poco los prejuicios quedaron atrás y varios compañeros decidieron que ya no disimularían nunca más.

—El día que un futbolista del Madrid o del Barça salga del armario —solía decir uno de ellos—, van detrás todos los demás. Porque por estadística hay varios gais en cada plantilla, igual que en cada comisaría.

Durante su estancia en la academia oyó hablar de varios casos resueltos por el inspector Iván Moreno y la inspectora Indira Ramos y decidió que iba a intentar trabajar junto a ellos. El problema era que no se podían ver el uno al otro, y tuvo que elegir. Le hubiera encantado formar parte del equipo de una inspectora tan perspicaz como extravagante, pero la oportunidad se la dio Moreno; le bastó con charlar diez minutos con ella para quererla a su lado. Ya llevan un año trabajando juntos, y aunque es difícil bregar con sus cambios de humor —motivados casi siempre por su complicada relación con Indira—, está contenta de poder aprender de uno de los mejores.

Al igual que Verónica, Lucas Melero tampoco ha logrado una gran estabilidad sentimental, sobre todo porque, a diferencia de su compañera, está lleno de complejos; no es ni guapo ni feo, ni alto ni bajo, ni gordo ni flaco, y esa falta de singularidad le tiene instalado en la mediocridad. Ha tenido varias novias, pero no cree haberse enamorado; ha sentido deseo, melancolía y hasta celos, pero aquello de las mariposas en el estómago, nunca. A pesar de eso, desde hace ya casi un año mantiene una relación con una compañera. Martina es una mujer atractiva, inteligente y con carácter, pero el problema es que está casada. Y, para más inri, con un inspector de Estupefacientes de su propia comisaría. Lo más sensato sería no acostarse con la mujer de alguien con varios expedientes abiertos por sus arranques violentos, pero eso es precisamente lo que le hace sentir vivo.

Lo de hacerse policía le vino por casualidad, cuando se lo comentó un compañero que tampoco pasó las pruebas para ser bombero y él se dejó llevar. Durante las primeras semanas en la Academia de Ávila estuvo a punto de abandonar casi a diario, pero siempre había algo que le hacía posponer la decisión hasta la mañana siguiente. Y, cuando se quiso dar cuenta, ya estaba licenciado. Su primera intención fue pedir un destino de oficina, lo más alejado posible del peligro y lo más cercano al funcionariado, que es lo querían sus padres. Pero escuchó al inspector Moreno dar una charla sobre cómo él y la inspectora Ramos habían perseguido a Antonio Anglés y quiso parecérsele, y no solo como policía, sino también como hombre, pues era evidente la atracción que suscitaba entre todas las mujeres que tenía a su alrededor.

Las peticiones para formar parte del equipo de Moreno se amontonaban sobre su mesa y Lucas no tenía ninguna esperanza de ser uno de los elegidos, pero la fortuna quiso que se lo encontrase de frente cuando fue a llevar su solicitud. El inspector la cogió y la examinó con detenimiento.

—¿Por qué crees que deberías ser tú quien entre a formar parte de mi equipo, Melero? Eres mediocre en todo.

—Yo eso lo veo como una virtud, señor.

—¿Ah, sí? —preguntó Iván, sorprendido.

—No soy el mejor en nada, es cierto, pero tampoco el peor. Por ejemplo —dijo cogiendo al azar una de las solicitudes de encima de la mesa—, este tal Jaime Esparza. El tío es la hostia en Penal y Procesal, y un Rambo en Defensa Personal... pero pídale que entienda un informe de los de la Científica escrito como el culo, que haga una llamada internacional y no quede como un gañán o que lleve a cabo un interrogatorio. Se caga por las patas abajo.

—¿Y tú no? —Moreno no pudo ocultar que el chaval le hacía gracia.

—Póngame a prueba.

Moreno le observó de arriba abajo y finalmente accedió.

—Empiezas mañana, pero no te acomodes demasiado porque lo más seguro es que no aguantes ni una semana.

Un año después, Moreno sigue diciéndole cada lunes a primera hora que lo más seguro es que esa sea su última semana en el equipo.

54

—¿Un ajuste de cuentas? —pregunta Lucía en tono neutro.

—Eso es —responde Jotadé—. Se ve que el Manu llevaba tiempo trapicheando con unos africanos y se había retrasado en los pagos. Le dieron un par de avisos hasta que decidieron matarlo.

—¿Sin más?

—Estas cosas funcionan así. En el barrio se comenta que vieron rondar a dos negros más o menos a la hora del asesinato.

—Necesitamos una declaración oficial y que venga alguien a intentar identificarlos.

—Nadie va a declarar nada oficialmente, Lucía. Allí le tienen la misma ojeriza a la poli que miedo a los traficantes.

—Entonces ¿nos olvidamos?

—Yo seguiré preguntando a ver si saco algo, pero lo mejor es que nos centremos en lo de Getafe y en ayudar a los jefes a encontrar a su hija.

Lucía asiente aparentando estar conforme, pero lo cierto es que, desde que dispararon contra Manuel Salazar, no ha parado de hacer pesquisas por su cuenta. Su primer sospechoso siempre ha sido Jotadé, sin embargo, ha podido comprobar que, a la hora del asesinato, él estaba en la galería de tiro de la comisaría. En cuanto a su hermana Lorena, aunque motivos no le faltaban para querer ver muerto al hombre que llevaba años maltratándola, no cree que decidiera hacerlo volándole los sesos en el portal de su casa. Otra posibilidad —aparte del más que factible ajuste de cuentas— es que contratase a un sicario. El problema es que será difícil demostrarlo sin una confesión, y está segura de que, en caso de ser cierto, su compañero ya tiene aleccionada a su hermana. Cuando se dispone a decirle que necesita interrogar a Lorena antes de dar el caso por cerrado, un grito en la entrada de la comisaría hace que todos los presentes se sobresalten.

—¡Tírate al suelo con las manos en la nuca!

Al mirar hacia allí, Lucía palidece: un policía veterano y muy fuera de forma apunta con su arma a Marco. El joven hacker tiene las manos, la cara y la ropa completamente manchadas de sangre.

—¡He dicho que te tires al suelo!

Varios policías más desenfundan y le apuntan mientras gritan órdenes en el mismo sentido, que el chico, en estado de shock, es incapaz de entender. Al ver que la tensión podría estallar, Lucía corre para interponerse entre Marco y sus compañeros.

—¡Tranquilos! ¡Bajad las armas! —dice mientras intenta calmarlos—. ¡El chico está conmigo!

Todavía pasan un par de minutos hasta que consigue convencerlos de que dejen de gritarle y depongan las armas, pero el estado de Marco hace que nadie se mueva del sitio, a la espera de sus explicaciones. Lucía comprueba que el chico no tiene ninguna herida a la vista.

—¿De quién es esa sangre, Marco?

—Le he... matado —atina a contestar.

—¿A quién has matado, chaval? —Jotadé se suma al interrogatorio.

—Al hermano del Chino.

Marco, ya duchado y con ropa limpia, aguarda en la sala de interrogatorios. Tiene una infusión frente a él, pero se limita a mirarla, absorto. Lucía le observa desde el otro lado del cristal con gesto de preocupación, consciente de que su vida se ha vuelto a complicar. Necesita hablar con él a solas y decirle que esté tranquilo y que no comente con nadie la relación que les une, pero ha estado vigilado en todo momento. Jotadé no tarda en llegar.

—Aquello es una puta escabechina.

—Entonces ¿es cierto? ¿Lo ha matado?

—Le cortó la yugular y hay sangre hasta en el techo de la pocilga donde vive —responde, y mira a Marco con curiosidad—. Tiene pinta de cualquier cosa menos de asesino.

—Es que no lo es. Si ha matado a alguien, ha sido en defensa propia.

—¿Tan claro lo tienes?

—El muerto era el hermano del Chino, un traficante al que Marco delató hace un par de años. Desde hacía semanas estaba convencido de que le había descubierto y temía que fuese a por él. Y por lo que parece, acertó.

—A lo mejor se lo quitó de en medio antes de tener que darle explicaciones.

—No. Simplemente se defendió.

La seguridad de Lucía hace que Jotadé desconfíe, igual que ella desconfía de él cuando asegura que a su cuñado lo mataron unos camellos africanos. La mira con cierta suspicacia y, una vez más, tiene la sensación de estar ante alguien sombrío, una persona que se esfuerza en poner barreras para que jamás se la llegue a conocer.

—Se ve que te cae bien el chico...

—Tampoco tanto —responde Lucía intentando atajar la curiosidad de su compañero—. Es un simple confidente que nos ha ayudado en algunos casos. Pero no le creo capaz de matar a nadie a sangre fría.

—Hasta que no se está en una situación extrema, no se sabe cómo podemos reaccionar.

Tanto Lucía como Jotadé tienen ejemplos muy cercanos de la veracidad de esas palabras. La agente Navarro le mira, intentando adivinar si lo ha dicho con alguna intención oculta. Tras unos segundos, decide obviar el comentario.

—Voy a tomarle declaración, ¿vienes?

—Te lo dejo a ti. Yo voy a ver si han avanzado algo con lo de Getafe...

Lucía asiente y entra en la sala de interrogatorios. A pesar de lo que ha dicho, Jotadé no se mueve del sitio y asiste a la declaración a través del cristal, poniendo especial atención al lenguaje no verbal que sin duda existe entre la policía y el hacker. Aunque la versión que da Marco es la misma que le acaba de dar su compañera, hay algo en toda esa historia que al agente Cortés le empieza a escamar.

55

—¡Hay que achicar agua!

Los ocho turistas españoles habían conseguido subirse a la zodiac justo antes de que el barco de Pierre se hundiese con él dentro. Durante la pelea, el motor se había caído al agua y remaban con las manos para alejarse de las cada vez más numerosas orcas y de los tiburones, que, aunque seguían dando buena cuenta de la ballena, pronto podrían cansarse y querer probar otro tipo de carne. El problema, como les había avisado el francés, era que esa lancha solo tenía capacidad para seis personas y el exceso de peso hacía que cualquier ola, por pequeña que fuese, terminara colándose en su interior.

—¡Como no saquemos agua nos iremos a pique! —Las voces que daba Bernardo Vallejo no tranquilizaban a sus compañeros, en especial a Paula, que había disparado la bengala contra el capitán y temblaba de la cabeza a los pies por un ataque de nervios.

—Tranquilízate, Paula —le dijo Sara intentando calmarla.

—Le he matado —balbuceó sin dejar de llorar.

—No, cariño. —Carlos la abrazó—. Lo que has hecho es salvarnos a nosotros tres y evitar que Pierre nos matara. Recuerda que quería dejarnos aquí.

—¿Quién tiene la pistola de bengalas? —preguntó Lluís Bonfill.

—La he guardado en el bolso.

Aurora Soler la sacó con dos dedos y se la entregó a Núria Roig.

—Queda un cartucho. ¿Lo gastamos ya o esperamos?

—Yo lo gastaría ya —contestó Noelia Soler—. No creo que la zodiac aguante demasiado con tanto peso.

En cuanto la catalana recibió la aprobación de los demás, levantó el arma como había hecho Pierre unos minutos antes y disparó. La bengala se elevó más de un centenar de metros, iluminó el cielo unos segundos —durante los cuales hasta los menos creyentes rezaron en voz baja para que algún barco estuviese viendo la señal— y se apagó sin más. Núria tiró la pistola al agua y esta se hundió.

—Tenemos que quitarnos peso de encima —dijo Sara—. Todo lo que no necesitemos hay que tirarlo.

Sus compañeros estuvieron de acuerdo y se deshicieron de bolsos, cinturones, zapatos y chaquetas, pero aun así, seguía entrando más agua en la lancha de la que podían sacar con las manos.

—Esto no aguanta... —dijo Bernardo con preocupación—. Dos de nosotros tenemos que bajar e ir nadando junto a la zodiac.

—¿Te has vuelto loco? —Carlos Guzmán se asustó—. ¿Y los tiburones?

—Con un poco de suerte, estarán saciados con la ballena.

—¿Y si no?

—Es un riesgo que deberemos correr, Carlos. Si no lo hacemos, todos terminaremos en el agua. Nos iremos turnando hasta que nos vea un barco. ¿Quién empieza conmigo?

Los otros siete se miraron, sin terminar de decidirse. Al fin, tras unos segundos de tensión, Noelia Soler suspiró.

—Iré yo. Si a un tiburón se le ocurre comerme, seguramente se envenene con todo el bótox y la silicona que tengo.

A pesar de las circunstancias, la mayor del grupo logró arrancar una sonrisa a sus compañeros. Su hermana la abrazó y todos los despidieron como si se fueran a la otra punta del mundo, cuando en realidad iban a estar a menos de un metro de distancia.

—¿Alguien se ha quedado un reloj? —preguntó Bernardo.

—Yo —respondió Núria Roig mostrando un pequeño reloj que conservaba en la muñeca.

—Empieza a contar una hora y nos dais el relevo.

Núria asintió. En cuanto Bernardo y Noelia se tiraron al agua, la lancha se niveló y dejó de entrar agua.

—Aprovechemos para achicar.

Durante la siguiente hora, achicaron el agua y vigilaron por si se acercaba algún tiburón, pero, por fortuna, no hubo percances, aunque sí mucha tensión. Los primeros en darles el relevo fueron Sara Castillo y Lluís Bonfill, y los siguientes, Aurora Soler y Carlos Guzmán. Las dos últimas, Núria Roig y Paula Reyes, lo hicieron al final de la tarde, a pesar de que sus respectivos novios se ofrecieron para sustituirlas. Pero los demás estuvieron de acuerdo en que aquello se podía prolongar durante muchas horas y todos debían colaborar y descansar por igual.

—¿Qué haremos cuando anochezca? —preguntó Sara.

—Seguir con los relevos, no nos queda otra —respondió Lluís.

—¿Y después? —preguntó Paula Reyes desde el agua—. Si salimos de esta, ¿qué le diremos a la policía?

—Lo que ha pasado —respondió Noelia Soler.

—Yo no diría nada —dijo Bernardo.

Todos le miraron, esperando a que se explicara.

—Imaginaos qué ocurriría si contamos que tuvimos una pelea con el capitán del barco, que le disparamos con la pistola de bengalas y que le dejamos hundirse mientras nosotros nos largábamos con su zodiac.

—¡Fue en defensa propia! —protestó Carlos Guzmán—. Si Paula no le llega a disparar, estaríamos todos muertos.

—Yo eso lo tengo claro, Carlos, pero las autoridades quizá no tanto.

—Si decimos la verdad, nos creerán —afirmó Noelia Soler.

—Aunque así fuera, ¿os habéis parado a pensar en lo que supondrá para todos nosotros quedarnos aquí y dar explicaciones durante los meses que dure la investigación? Y después tendremos que testificar en un juicio.

—Juicio que, estando yo involucrada, tendría repercusión en todo el mundo —apuntó Sara, consciente de que su carrera se resentiría.

—Yo lo único que quiero es volver a Sevilla y casarme con Paula —dijo Carlos Guzmán.

—Pues haceos a la idea de que, si contamos lo que ha pasado, eso no sucederá hasta dentro de mucho tiempo. Y eso en el caso de que no presenten cargos contra nosotros.

El silencio que los envolvió se prolongó durante más de cinco minutos. Al fin, Núria hizo la pregunta que todos tenían en la cabeza.

—¿Y qué podemos decir que pasó?

—No hay que cambiar la versión hasta que la ballena se abalanzó sobre nosotros, pero deberíamos declarar que Pierre bajó a la cabina para pedir ayuda por radio y que ya no consiguió subir. Solo tenemos que ahorrarnos el numerito de la pistola y la pelea. Cuando vimos que no salía y que el barco se hundía, cogimos la zodiac y nos echamos al mar en busca de ayuda.

—¿Y cuál es la diferencia entre decir eso y la verdad? —preguntó Lluís Bonfill.

—Un homicidio, aunque haya sido en defensa propia, no es lo mismo que un accidente, Lluís. Si no nos salimos de esa versión, nos creerán, y si lo hacen, en veinticuatro horas podremos marcharnos y no volver en la vida. Con un poco de suerte, ni siquiera trascenderá en España. A mí, sinceramente, no me gustaría enfrentarme a un tribunal ni a unas leyes que desconozco. Ahora somos turistas que han sufrido un accidente, de la otra manera seríamos sospechosos de asesinato.

Un nuevo silencio se instaló entre todos ellos.

—Por nosotros, adelante —dijo al fin Carlos Guzmán.

—Y por nosotras también —se sumaron las hermanas Soler.

Cuando Lluís y Núria también estuvieron de acuerdo, Bernardo extendió la mano invitando a los demás a juntar las suyas, algo que hicieron.

—Daremos esa versión y nunca hablaremos con nadie de lo que ha pasado aquí —dijo con solemnidad—. Seguiremos con nuestras vidas y no volveremos a comunicarnos entre nosotros. ¿Estamos de acuerdo?

Todos asintieron, convencidos de que aquello jamás saldría a la luz. A la mañana siguiente, cuando ya empezaban a pensar que no conseguirían sobrevivir, un carguero procedente de China los divisó a cincuenta millas al norte de Nueva Zelanda.

56

Sara Castillo habla por teléfono con su marido desde la terraza del apartamento.

—Estoy bien, cariño —dice, calmándole—. La cadena me ha mandado un coche con alguien de seguridad. Quédate tranquilo porque en unas horas estaré de vuelta en casa sana y salva.

Tras prometerle que le mantendrá informado de todos sus movimientos, la actriz cuelga y regresa al salón con un terrible sentimiento de culpa. Bernardo la espera con la comida que el guardaespaldas ha traído de un restaurante cercano: una suculenta bandeja variada de sushi y sashimi, un cuenco de ramen, otro de edamame, un tercero de arroz y una bandeja de brochetas de pollo con salsa teriyaki.

—Espero que te siga gustando la comida japonesa.

—Me encanta.

—¿Puedes sacar platos de esa estantería mientras yo abro una botella de vino?

Sara pone la mesa y, a los pocos minutos, están comiendo como si no hubieran pasado ocho años y no cargasen con la muerte de un hombre a sus espaldas. Hablan de los viejos tiempos, de amigos comunes a los que perdieron la pista cuando se separaron y de sus respectivas carreras, pero ninguno se puede quitar de la cabeza aquel fatídico viaje a Nueva Zelanda.

—¿Sabes que pensaba pedirte matrimonio? —le confiesa Bernardo.

—¿Qué?

—Llevaba el anillo en la maleta. Iba a hacerlo aquella misma noche, en cuanto estuviésemos en el hotel. Pero tardamos en llegar más de la cuenta y, cuando regresamos, la situación ya no era la misma.

—Quizá fuese lo mejor. —Sara disimula cuánto le duele escuchar que rozó con la yema de los dedos aquello que tanto deseaba—. Habíamos hablado muchas veces de que a tu carrera no le convenía alguien como yo.

—Habría renunciado a ella.

—Mientes. De hecho, me hubieses pedido a mí que renunciase a la mía.

—¿Lo habrías hecho?

—Eso ya nunca lo sabremos...

Ambos se miran con nostalgia y Bernardo le roza la mano por encima de la mesa. Sara se da cuenta de lo peligroso de ese juego y la retira con suavidad. Decide que es hora de volver al tema que le quita el sueño desde hace días.

—¿Quién crees que puede haber matado a los demás?

—No lo sé, Sara —responde Bernardo resoplando—. Llevo varios días pensando en si ese hijo de puta no lograría sobrevivir y ahora está aquí cazándonos uno a uno.

—¿Sería posible?

—Cosas más raras se han visto, pero estaba herido y vimos cómo se hundía el barco. Si sobrevivió, habría tenido que salir a respirar. Y no lo hizo.

—¿Entonces?

—Quizá un hermano, un hijo, su pareja... Aunque se supone que nadie, salvo los que estuvimos allí, sabía lo que pasó realmente. Las autoridades creyeron nuestra versión y el caso se cerró como un accidente.

—Puede que alguno hablase de más.

—Puede. Pero si es alguien del entorno de Pierre, lo atraparán. Tengo un contacto en el Ministerio del Interior revisando si en los últimos meses ha entrado alguien en España que tuviera alguna relación con él.

—Y mientras tanto, a esperar.

—No queda otra, Sara. Debes exponerte lo menos posible y no salir a la calle más que en caso de necesidad, ¿de acuerdo?

—Esto es una mierda.

—Estoy de acuerdo, aunque... —Se calla.

—¿Aunque?

—Aunque al menos ha servido para que tú y yo volvamos a vernos. Y puestos a sincerarnos, debo decir que me encanta.

Sara le sonríe. Quizá sean las tres copas de vino que ha tomado desde que llegó al apartamento, o que después de mucho tiempo está haciendo algo que se sale del guión, pero ahora es ella la que le coge la mano por encima de la mesa. Bernardo no desaprovecha su oportunidad y se acerca para besarla. Ella hace amago de retirarse, aunque tras un primer momento de duda, sucumbe. Se dejan llevar, incapaces de reprimir el deseo que han seguido sintiendo cada vez que se veían a través de una pantalla de televisión. Bernardo la lleva a la habitación en brazos, como cuando la invitó a pasar el fin de semana en un hotel de Mijas y ella se torció un tobillo subiendo por las empinadas cuestas del pueblo.

—Sigues siendo la mujer más atractiva que he visto en mi vida —dice él mirándola excitado cuando ella ya está en ropa interior.

—Ya te he dicho que no me creo nada de lo que diga un político.

—Ahora no soy un político, sino un hombre que lleva mucho tiempo fantaseando con este reencuentro.

Ambos se quitan precipitados lo que les queda de ropa y caen sobre la cama desnudos. Tras buscarse con las manos y con la boca los pequeños lunares y marcas que no han olvidado por más que lo hayan intentado, ella se da la vuelta, invitándole a hacer lo que él siempre le hacía y que después jamás se atrevió a pedirle a José Miguel. Bernardo sonríe y le besa la espalda hasta llegar al culo, al que las horas de gimnasio mantienen en plena forma. En cuanto le separa las piernas y Sara siente su lengua pugnando por entrar en su interior, sufre una sacudida de los pies a la cabeza. Apenas llevan unos minutos en la cama y ya ha llegado al orgasmo.

—Joder, no pares...

Sara presiona la cabeza de Bernardo contra su cuerpo y ahoga los jadeos en la almohada, tan desinhibida como cuando invitaban a otras personas a su cama. Ninguno de los dos es consciente de que ahora tampoco están solos.

A varias manzanas de allí, en un apartamento mucho más modesto, Alberto Grau mira a su jefe y a la actriz Sara Castillo hacer el amor a través de una pantalla. Lleva meses grabando a escondidas todo lo que sucede en esa habitación. Su intención no es chantajear a nadie, pero necesita tener un as en la manga por si, una vez que llegue a la Moncloa, Bernardo se olvida de todo lo que ha hecho por él en estos últimos años. Ni siquiera se ha permitido formar una familia para no distraerse de su objetivo, y eso pocos lo valoran. Con el ceño fruncido, observa a los dos amantes retozar en la cama. Si eso saliese a la luz, el futuro de Bernardo Vallejo y, por tanto, el suyo propio, pendería de un hilo.

57

La habitación de Alba permanece como la dejó cuando se fue al colegio por última vez. Si Walter Vargas no se hubiese cruzado en su camino, Indira la regañaría por no haber recogido las pinturas que utilizó la noche anterior para colorear un dibujo que iba a enviarle a su abuela, pero lo único que desea es abrazarla y jurarle que ya nunca más las volverán a separar. Se sienta en la cama y busca su pijama debajo de la almohada. Sonríe al comprobar que tampoco en eso ha salido a ella y, en lugar de dejarlo doblado, está hecho un gurruño, más escondido que guardado. Lo coge y se lo lleva a la cara, aspirando el inconfundible olor de su niña.

—Te juro que te encontraré, mi amor. Aunque sea lo último que haga en esta vida.

Dobla el pijama con los ojos empapados en lágrimas y vuelve a colocarlo debajo de la almohada. Se levanta de la cama, estira el edredón, estampado con la cara de la oveja Shaun, y sale de la habitación. Intenta relajarse bajo la ducha, permitiéndose por primera vez desde hace días unos minutos para sí misma. Mientras se seca el pelo, repasa todo lo que han averiguado y se le encoge el corazón al darse cuenta de que en realidad no es mucho: creen que Walter Vargas se ha refugiado en Ávila, pero sería un milagro que encontrasen a quien le pueda estar ayudando gracias únicamente a las fichas policiales. Ella, por si acaso, regresará a la comisaría para seguir estudiándolas después de descansar un par de horas, y está segura de que Iván también lo hará. Otra de las pocas cosas que le hace conservar un rayo de esperanza es la ayuda que les ha ofrecido Jotadé. Sabe que el precio que tendrán que pagar será muy alto, pero le da igual. Mataría sin dudarlo por proteger a Alba. Ahora lo importante es encontrarla; después, ya se verá. Al salir del cuarto de baño, se encuentra a Alejandro esperándola sentado en la cama.

—Alejandro... ¿Qué haces aquí a estas horas?

—Protección total, ¿recuerdas? —responde enseñándole su móvil—. El teléfono me ha avisado de que estabas en casa y he querido aprovechar para verte. ¿Habéis descubierto algo nuevo?

—De momento nada, pero siento que empezamos a cerrar el círculo en torno a Vargas. No creo que tenga a mucha gente a la que pedir ayuda. Y si damos con él, encontraremos a Alba.

—Me alegra escucharlo.

Indira se acerca a besarle y Alejandro la corresponde, aunque con muy poca efusividad. Ella se extraña.

—¿Pasa algo?

—Eso deberías decírmelo tú, Indira. Si he de serte sincero, no me gustó un pelo lo que vi ayer entre Iván y tú.

—Olvídate de eso, Alejandro. Solo fue una tontería.

—Para mí fue mucho más. Y no, Indira, no pienso olvidarme de nada. Llevamos semanas retrasando esta conversación y no me da la gana de dejarlo pasar más tiempo.

—¿Estás hablando en serio?

—¿Me ves cara de estar bromeando?

—¡No me puedo creer que me vayas a montar una escenita de celos precisamente ahora, cuando mi hija está secuestrada por uno de los asesinos más peligrosos que hay en España! —explota, sin molestarse en ocultar su irritación.

—Son cosas distintas.

—Eres un egoísta, Alejandro —le espeta con dureza—. Me importa una mierda que te sentase mal, entérate. ¡Era un simple masaje porque tenía los hombros cargados después de pasarme horas buscando a Alba!

—No se trata solo de lo de ayer, Indira. ¿Tú te crees que soy gilipollas y no me doy cuenta de cómo os miráis cada vez que estáis juntos?

—Gilipollas eres, eso me lo estás demostrando ahora mismo. Me parece increíble que no sepamos si Alba sigue viva y a ti solo te preocupe si Iván y yo nos miramos.

—Estás hablando de mi matrimonio.

—Si esa es tu única preocupación, descuida que te la quito. Hasta aquí hemos llegado. ¡Que te den!

—Tranquilízate, Indira.

—No, no pienso tranquilizarme. Estoy harta, ¿te enteras?

—¿Harta de qué?

—De tener que fingir que todo nos va de maravilla cuando ambos sabemos que no es verdad, que no hablamos de nada, que no nos divertimos con nada, ¡que ni siquiera discutimos por nada, joder!

—Ahora lo estamos haciendo.

—Pues has elegido el peor momento.

Indira saca una pequeña maleta del armario, la abre sobre la cama y empieza a llenarla de ropa, sin pararse a ordenarla.

—¿Se puede saber qué haces?

—Largarme a un lugar en el que pueda concentrarme al cien por cien en lo único que me importa ahora, que es encontrar a mi hija.

El nerviosismo de Indira hace que Alejandro se acerque a ella, arrepentido.

—Perdóname. Ambos estamos alterados y decimos cosas que no pensamos. ¿Por qué no intentas calmarte y lo hablamos, Indira?

—Ya no tengo nada de qué hablar contigo, Alejandro. Jamás imaginé que podría verte como te estoy viendo ahora. Fíjate qué imbécil soy que pensé que tú a Alba la querías como a una hija.

—Y la quiero.

—No es lo que me acabas de demostrar. Y por ahí sí que no paso.

—Entonces ¿vas a mandar todo esto a la mierda así?

—Has sido tú quien lo ha mandado a la mierda, no yo.

Indira coge la maleta y se dirige decidida hacia la puerta, pero Alejandro la sujeta del brazo con suavidad.

—No te vayas, por favor.

—Suéltame, Alejandro.

Alejandro no tiene otra que soltarla e Indira sale.

58

Por más que Alba llora y suplica que la devuelvan con sus padres, la pareja que le lleva una bandeja con comida dos veces al día no parece ablandarse. O quizá sí lo hacen, pero están atados de manos. Como le ha repetido la mujer en varias ocasiones, ellos solo cumplen órdenes. Desde que está encerrada en aquel horrible lugar, no ha visto a nadie más que a ellos dos, aunque eso cambia esa tarde. La ventana que hay sobre la mesa está tapada por fuera con un vinilo opaco para que la niña esté completamente aislada, sin embargo, Alba se da cuenta de que alguien ha despegado una de las esquinas para vigilarla.

—¿Hola?

La presencia del exterior se marcha. Aunque ha vuelto a colocar el vinilo en su sitio, este se despega. Alba se levanta de la cama y va hacia allí con cautela. Se sube a la mesa y se pone de puntillas para llegar a asomarse por el pequeño triángulo que ha quedado en la esquina de la ventana. Distingue un patio en el que hay apiladas cajas de cerveza con botellas vacías, barriles plateados, mesas y sillas de plástico con el logo de una marca de refrescos y varias sombrillas viejas amontonadas en un rincón. Para la hija de Indira e Iván no son más que objetos colocados sin sentido, pero se trata del almacén de un bar tan sucio y caótico como la habitación en la que ella se encuentra retenida. De pronto, ve a un chico que sale de entre las sombras y la mira en silencio. Es mayor que ella, de unos diez o doce años, con algún tipo de discapacidad intelectual. A Alba se le ilumina la cara.

—¡Ayúdame, por favor!

El niño se incomoda. Sabe que no debería hablar con esa niña y que, si sus tíos le descubren, le darán una buena tunda. Pero, a pesar de no escucharla, la desesperación que ve en ella hace que se acerque y abra la ventana un par de centímetros.

—Tienes que dejar de llorar —le dice muy serio—. Mi tío no lo soporta.

—¿Puedes ir a buscar a mi mamá?

—Yo no sé quién es tu mamá.

—Se llama Indira. Y mi papá Iván. Son policías.

El niño se queda callado, calibrando lo que eso significa. Cuando les ha preguntado a sus tíos por esa niña, solo le han dicho que no se puede acercar a ella, que no es su problema y que pronto se la llevarán de allí. Como siempre, le tratan como a un estúpido, aunque él es más listo de lo que se creen. Pero no le dijeron nada de que los padres de la pequeña son policías y teme que ellos puedan terminar en la cárcel. Si así fuera, él tendría que volver al orfanato en el que le ingresaron cuando murió su madre, al poquito de llegar de Colombia. Con sus tíos no es que esté mucho mejor, pero al menos son su familia.

—¿Cómo te llamas?

—Alba, ¿y tú?

—James —responde marcando la jota—, como el futbolista.

—¿Puedes llamar a mi mamá? —insiste la niña.

—Yo no sé dónde está. Ahora será mejor que te portes bien. Toma.

James saca un caramelo del bolsillo y se lo pasa a través de la rendija. En cuanto la niña lo coge, cierra la ventana y coloca el vinilo en su sitio. Alba le ruega que no se vaya, pero vuelve a estar aislada. Se baja de la mesa y se sienta en la cama para comerse el caramelo. Aunque solo ha pasado unos minutos con ese niño, le alivia saber que no se encuentra tan sola como pensaba.

59

Debido a su condición de confidente de la policía, algo que, tras la muerte del hermano del Chino, ya se ha hecho público entre todos sus conocidos, el juez ha considerado que enviar a Marco a prisión era un riesgo innecesario y ha aceptado la petición de los investigadores de mantenerle en el calabozo de la comisaría hasta que finalice la instrucción preliminar. El chico lleva catatónico desde que se entregó, convencido de que, vaya donde vaya —ya sea a prisión o a la calle—, su vida ya no vale nada.

Para Jotadé no ha pasado desapercibido que Lucía está muy pendiente del chaval, así que aprovecha que su compañera ha tenido que ir a declarar a los juzgados por un caso anterior para bajar a hablar con él. Lo primero que le hace recelar es que los agentes de guardia ponen demasiadas pegas a su visita, asegurando que han recibido órdenes de no dejar pasar a nadie, lo que incrementa sus ganas de estar un rato a solas con el detenido. Él nunca ha sido de utilizar su rango para conseguir algo, pero tras una persistente negativa, tira de su condición de oficial.

Marco está sentado sobre el mismo catre de la celda que ocupó Jotadé cuando le detuvieron por darle una paliza a su cuñado. Se tensa cuando le ve llegar, como si estuviese esperando que fuesen a ejecutarlo en cualquier momento.

—Hola, Marco.

—¿Tú quién coño eres? —pregunta desconfiado.

—Soy el oficial Cortés, aunque puedes llamarme Jotadé. Solo he venido a preguntarte si necesitas algo.

—Necesito salir de aquí y largarme a la otra punta del mundo.

—Supongo que pronto podrás hacerlo. Aunque algunos policías no piensan lo mismo, yo estoy seguro de que a ese tío lo mataste en defensa propia.

—Claro que sí. Era él o yo.

—Te creo. El tal Eusebio tenía a sus espaldas un huevo de antecedentes y tú un par de delitos informáticos. Para mí está claro.

Aunque Marco sigue sin fiarse, la proximidad de ese poli hace que se relaje. Jotadé saca un paquete de tabaco y le ofrece un cigarrillo.

—¿Aquí se puede fumar? —se sorprende el chico.

—No creo que vayan a detenerte por eso...

Jotadé le da fuego y se sienta en la silla de plástico que hay frente al catre. Mira la bombilla del techo, que resplandece como si la alimentase toda una central nuclear.

—El hijoputa que puso esa bombilla se quedó a gusto, ¿eh? Cuando me han detenido, yo aquí nunca he podido pegar ojo.

—¿No decías que eras poli?

—Lo soy, pero a veces me meto en líos. Con la pinta que tengo, cada vez que saco la pipa la peña se piensa que les estoy atracando.

Marco sonríe, bajando casi por completo la guardia. Jotadé decide que es hora de conducir la conversación hacia donde le interesa.

—Me ha dicho Lucía que te conoce desde hace tiempo. ¿Sois muy colegas?

—Colegas no —responde de nuevo a la defensiva.

—Tranquilo. Ella ya me lo ha contado.

—¿Te lo ha contado? —Marco le mira entre sorprendido e incrédulo.

—No todo, pero sí que te debe una bien gorda. Por eso me ha pedido que te cuide mientras está fuera, para no dejarte en bragas cuando hay tanta peña con ganas de cerrarte la boca.

—¿Cómo que Lucía está fuera? —se asusta.

—Llevamos unos días jodidos en la comisaría. No sé si te has enterado de que han secuestrado a la hija de dos inspectores.

—Algo oí decir a los guardias.

—Una jodienda. Ella está ahora con eso y lo mismo no le ves el pelo. Solo quiero agradecerte lo que hiciste, sea lo que sea. Lucía es una poli cojonuda y una tía de puta madre.

El ligero arqueo de cejas del chico hace comprender a Jotadé que no está muy conforme con esa afirmación.

—¿No piensas lo mismo?

—Lo jodido es que lo pienses tú siendo poli como ella.

—A veces hay que tomar decisiones complicadas, Marco —tantea a ciegas—, pero no por ello tienen que ser malas.

—Eso díselo a la familia del arquitecto ese, no te jode...

Jotadé sube en el ascensor con un nudo en el estómago. No le ha hecho falta preguntar más para saber que se refería al arquitecto Héctor Ríos, el caso en el que trabajaba Lucía en la época del accidente que causó la muerte de Óscar Jimeno. Lo primero que se le pasa por la cabeza es que su compañera descubrió algo que, por algún motivo —aunque normalmente detrás siempre hay una motivación económica—, decidió ocultar. Lo que no entiende es qué pinta el hacker en todo esto.

Entra en el ordenador de la sala de reuniones y abre el expediente: Héctor Ríos fue ejecutado de un disparo en la boca en un loft del Paseo de la Habana de Madrid, propiedad de su estudio de arquitectura. Estaba desnudo, y tanto el apartamento como el cuerpo habían sido limpiados con detenimiento, incluso le habían hurgado en el cerebro para recuperar la bala. El único error que cometió su asesino fue dejarse una pequeña esquirla del proyectil utilizado, que, según el forense, pertenecía a una Heckler and Koch de 9 milímetros. Jotadé siente un escalofrío al darse cuenta de que es la pistola de un policía. Lo siguiente que lee tampoco le tranquiliza mucho: según la declaración del camarero de un restaurante de moda, el arquitecto solía ir a cenar allí con su amante, descrita como una mujer mucho más joven que él, guapa y fuerte físicamente, la que creen que fue su asesina. En una nota superpuesta, el oficial Jimeno había escrito unas palabras entre interrogaciones: «¿la dueña de la pistola?».

Lo último que encuentra son cuatro fotografías de contenido sexual halladas en el ordenador de Héctor Ríos. Se trata de imágenes de una mujer en diferentes situaciones: en una está desnuda, pero de espaldas a la cámara, por lo que es imposible identificarla; en otra, tumbada en la cama, también sin ropa, pero con la cara tapada por una almohada; en la tercera viste un conjunto de cuero y tiene en las manos una fusta y unas esposas, pero cubre su cara con una máscara; y en la última, la más explícita de todas, se ven sus genitales expuestos sin pudor, aunque tampoco se la puede identificar. En esta, además, se distingue un pequeño tatuaje de una media luna en la ingle. A pesar de que Jotadé se ha imaginado varias veces a Lucía desnuda, nunca la ha visto y no sabe si ese tatuaje le pertenece. Pero es algo que, en vista de los acontecimientos, le cuesta descartar.

60

El agente Melero va en el ascensor con cara de circunstancias, sin atreverse a respirar; está seguro de que un inspector de Estupefacientes con tanta experiencia podría oler que el joven agente que está a su lado se acaba de acostar con su mujer en un hostal a dos manzanas de la comisaría. Al mirarle, Lucas no comprende por qué le ha elegido para ponerle los cuernos: su marido es más guapo, más fuerte y más alto. Aunque sabe que uno siempre desea lo que no tiene, confirma que su amante es de las raras por preferirle a él. El inspector levanta la vista del móvil y percibe que Lucas lo observa con disimulo.

—¿Pasa algo, chaval?

—No, ¿qué va a pasar?

—Eso dímelo tú, que desde que he entrado en el ascensor no has dejado de mirarme.

—Será casualidad.

—¿Tú no eres del equipo de Moreno?

—Sí.

—¿Ha encontrado ya a su hija?

—Todavía no.

—Espero que no le hagan nada, porque como aparezca en una cuneta, las calles se van poner muy feas. Y con razón.

Las puertas del ascensor se abren y el inspector sale sin mediar palabra. El agente Melero respira aliviado por que no haya descubierto su secreto, pero con mal cuerpo al pensar en la posibilidad más que real de que Alba ya jamás aparezca con vida. Si eso sucediera, tiene claro que su jefe perdería la cabeza. Apenas se sienta en su mesa cuando María Ortega se asoma a la puerta de la sala de reuniones y le llama. Al entrar, descubre en el rostro de la subinspectora Ortega y la oficial Arganza tanta sorpresa como preocupación.

—Qué cara más chunga tenéis, ¿no?

—Acabamos de hablar con el encargado de animación que trabajaba en el hotel de Nueva Zelanda donde se alojaron las víctimas. Es un español que estuvo viviendo allí unos años hasta que volvió después de la pandemia.

—¿Y?

—Se acuerda de ellos. Por lo visto se conocieron mientras estaban allí alojados y se hicieron amigos. Aparte de los que ya sabemos, reconoció a dos más.

—Pues sí que tiene buena memoria.

—Cuando escuches sus nombres, te darás cuenta del motivo por el que no se ha olvidado de ellos.

Lucas mira a sus compañeras expectante. La subinspectora Ortega le cede el honor a la oficial Arganza.

—Nada más y nada menos que Bernardo Vallejo y Sara Castillo, la actriz.

—Estáis de coña, ¿no?

—Me temo que no. Hemos hecho una búsqueda en internet y hemos descubierto que estuvieron saliendo una temporada.

—El caso es que me suena. A mí es que ella me ponía muchísimo en la peli aquella en la que hacía de periodista deportiva. Me pilló en plena pubertad y...

—No nos importa con quién te la hayas cascado, Lucas —le interrumpe Verónica.

—Solo era un apunte. ¿Y el tipo ese del hotel no os ha contado lo que les pudo pasar allí?

—Dice que en aquel entonces el hotel estaba lleno de turistas y que no se enteró de nada.

—Pues habrá que ir a hablar con el político y la actriz, ¿no?

—Quizá este fin de semana se convierta en el próximo presidente del Gobierno, Lucas —responde Ortega sin ocultar su preocupación—. No nos podemos presentar a interrogarle en la sede de su partido, y menos sin hablarlo antes con Indira e Iván.

—Los jefes no creo que estén ahora para estas cosas, María —dice Verónica—. Lo mismo te toca subir a hablar con el comisario.

—No me va a quedar otra. Vosotros averiguad todo lo que podáis de ellos dos. Si nos dan permiso para visitarlos, cosa que dudo, tenemos que ir mejor preparados que a unas oposiciones. Y, por supuesto, no habléis de esto con nadie.

La subinspectora Ortega sale para hablar con el comisario. La oficial Arganza y el agente Melero se dedican a recopilar toda la información que encuentran en internet sobre Bernardo Vallejo y Sara Castillo. Son conscientes de que, si se filtrase a los medios que el político y la actriz quizá estén relacionados con los asesinatos de la obra de Getafe, pasaría a ser una de las noticias del año, algo que podría llevarse por delante a mucha gente.

61

Iván también pasa un rato en la habitación de Alba, mucho más desordenada que la que la niña tiene en casa de su madre, y también se le escapan las lágrimas al recordar la última vez que estuvo allí. A diferencia de a Indira, cuando sale de la ducha a él quien le espera es su perro. Hace tiempo que dejó de ser un cachorro, pero sigue conservando el lomo atigrado, la boca torcida, la cresta blanca y una oreja caída, motivos por los que Alba y él decidieron llamarle Gremlin. La intuición del animal le hace sospechar que pasa algo y, en lugar de enredar y de pedir a base de brincos que le saque a la calle, permanece sentado mirándole. No es la primera vez que nota esa tristeza en su amo, pero debe de ser muy grave para que pueda oler el miedo que desprende desde tanta distancia.

—Tú también la echas de menos, ¿eh?

Iván se sienta en la cama derrotado y el perro apoya la cabeza en su pierna.

—Te prometo que estoy haciendo todo lo posible para traerla de vuelta, Gremlin —dice rascándole la cabeza—. Aunque no me vendría mal tu olfato para seguir su pista.

Cuando llaman a la puerta, se pone una camiseta y va a abrir. Se queda de piedra al encontrarse a Indira en el umbral con una maleta a sus pies.

—Indira... ¿qué haces aquí?

—Necesito un lugar en el que pasar la noche. Sé que podría ir a un hotel, pero no quiero estar sola y...

—Adelante —dice sin dejarle terminar la frase.

—¿Seguro? A lo mejor tu amiga la jueza...

—Olvídate de la jueza —vuelve a cortarla—. Pasa de una vez.

Iván se agacha a coger la maleta e Indira entra. La inspectora mira a su alrededor con nostalgia e Iván recoge a toda prisa un par de prendas de ropa que hay sobre el sofá.

—Lo siento si está un poco desordenado, pero no esperaba visita.

—Tranquilo, está bien. No venía aquí desde...

—Desde la noche que llegaste borracha y, nueve meses después, apareció Alba. Bueno, nueve meses para ti, porque para mí no apareció hasta tres años después.

—Lo siento.

—Ya te he perdonado. ¿Qué ha pasado?

—He roto con Alejandro.

—Seguro que mañana os arregláis.

—No, Iván. Eso ya no tiene arreglo. Hace tiempo que sospechaba que no estoy enamorada de él y hoy lo he confirmado.

A Iván no le caracteriza su temple, pero aunque solo tiene ganas de decirle que lo sabía desde el mismo día en que le anunció que se iba a casar con otro que no era él, en esta ocasión logra no precipitarse y mantener la calma.

—Será mejor que nos sentemos.

Ambos van hacia el sofá y se sientan. Gremlin se acerca a saludar a la recién llegada, pero Iván le sujeta.

—Déjala tranquila, Gremlin. A Indira no le gustan los perros.

—No es que no me gusten —se justifica—, es que son un foco de infecciones. Pero al fin y al cabo, Gremlin está en su casa.

Indira hace un esfuerzo sobrehumano y le da un par de palmaditas en la cabeza a modo de caricia. El perro le lame el antebrazo y ella lo retira como si le hubieran pegado un brochazo con ácido sulfúrico. Iván sonríe para sí.

—Ya está bien como toma de contacto, Gremlin —dice apartándolo—. Aunque me da a mí que este es el comienzo de una gran amistad.

—¿Quién sabe? —responde Indira devolviéndole tímidamente la sonrisa.

—Si quieres contarme lo que ha pasado, soy bueno escuchando.

—En realidad no es nada que no fuese a pasar tarde o temprano. A Alejandro le molestó vernos juntos ayer y ha elegido el peor momento para echármelo en cara.

—No ha tenido mucho ojo, no.

—En el fondo ha venido bien. Así no tenemos que seguir comportándonos como si fuésemos un matrimonio perfecto.

—Creía que os iba bien.

—¿En serio?

—No, la verdad es que no. A ti no te pega alguien como ese picapleitos, Indira. Si te casaste con él, fue solo para... —Se calla.

—¿Para qué, según tú?

—Para huir de mí.

—Pues vaya manera tengo yo de huir de alguien si después vengo a pedirle refugio a su casa, ¿no crees?

—Porque lo que nos une es mucho más fuerte que lo que nos separa.

—Alba...

—Alba es lo principal, está claro, pero tú sabes tan bien como yo que hay más, mucho más.

—¿Mucho más que pelearnos y echar pestes el uno del otro?

—Por mi parte, sí. ¿Por la tuya?

Indira asiente y se acerca lentamente para besarle.

—Prométeme que cuando encontremos a Alba...

—Cuando encontremos a Alba —Iván se adelanta— los dos dejaremos de hacer el gilipollas, te lo prometo. Empezaremos desde cero, sin reproches.

Indira le sonríe con agradecimiento y al fin sus labios se encuentran. No es un beso pasional, sino algo mucho más profundo, la promesa de una futura vida en común, junto a su hija, y a la que ya ninguno de los dos está dispuesto a renunciar. Se abrazan, deseando que no sea demasiado tarde.

IV

62

El carguero chino que había recogido a los ocho turistas españoles en las aguas del norte de Nueva Zelanda atracó al día siguiente en el puerto de Wellington. Al desembarcar, las autoridades locales los estaban esperando, pero por fortuna para ellos, la noticia del naufragio no había trascendido a la prensa. Todos dieron la misma versión de los hechos y, gracias a los restos del casco del barco que encontraron flotando a la deriva en el mar de Tasmania y que confirmaban el accidente provocado por la ballena, se dio por cerrado el caso y pudieron regresar a España al cabo de setenta y dos horas. Pero la promesa que se habían hecho de olvidar lo que había pasado y de seguir con sus vidas no fue tan sencilla de cumplir como habían previsto; salvo las hermanas malagueñas, que, en un alarde de frialdad, pudieron retomar su rutina sin levantar la mínima sospecha entre sus amistades de que sus vacaciones habían sido más movidas de lo normal, las otras tres parejas se separaron a las pocas semanas.

Ya en el avión de vuelta, a Bernardo Vallejo le martilleaba la cabeza una frase que había pronunciado Sara Castillo mientras, a bordo de la zodiac que les alejaba del lugar del naufragio, debatían sobre si decir la verdad y arriesgarse a ir a juicio: «Juicio que, estando yo involucrada, tendría repercusión en todo el mundo».

La observó mientras dormía a su lado. Estaba convencido de que el amor que sentía por ella era real, pero lo superaba su ambición. Y para alguien con unas miras tan altas, tener a su lado a una mujer tan mediática era un riesgo que no podía correr. Aunque Sara era muy cuidadosa con los papeles que aceptaba, había rodado varias escenas de cama. En ellas no enseñaba demasiado, pero le daba una enorme ventaja a los enemigos de Bernardo que no dudarían en recurrir a los desnudos de la primera dama cada vez que quisiesen atacar a su marido.

—¿Hablas en serio, Bernardo? —Sara miró estupefacta a su novio a través del espejo del camerino de la película que iba a protagonizar, apenas diez días después de regresar de sus vacaciones—. ¿Me estás dejando?

—Ojalá hubiese otra solución, Sara.

—¿Solución a qué? Yo creía que nos queríamos.

—Y nos queremos, pero eso a veces no es suficiente. Te deseo toda la suerte del mundo, aunque sé que no la necesitarás.

Bernardo se marchó sin pararse a escuchar las súplicas de la mujer a la que más había querido en su vida. Varios años después, leyó en una revista del corazón que la actriz se casaba. Aunque su nombre ya empezaba a sonar como aspirante a liderar su partido, en aquel momento deseó con todas sus fuerzas poder cambiarse por un simple inspector de Hacienda.

Lluís Bonfill y Núria Roig regresaron a Barcelona intentando ignorar que algo se había roto entre ellos. Los primeros días retomaron sus salidas a cenar, a fiestas o a conciertos, pero cada vez que alguno de sus amigos les preguntaba por sus vacaciones, la brecha aumentaba. El recuerdo de lo que había pasado durante aquella excursión en barco les producía tal incomodidad que ambos —en especial ella— empezaron a darse cuenta de que la única manera de olvidarlo sería no tener al lado a alguien que se lo recordase a todas horas. Tampoco ayudaba que los padres de la chica, que nunca habían visto con buenos ojos la relación de su hija con una persona que no pertenecía a su misma clase social, hicieran lo imposible por separarlos.

—¿Nueva York? —preguntó Lluís sorprendido.

—Mi padre conoce al director de una de las escuelas de moda más importantes y me ha conseguido una plaza.

—¿Es necesario irse hasta allí?

—Necesario no es, Lluís, pero sí una oportunidad para mí. He pagado la matrícula esta misma mañana.

—O sea, que está decidido, ¿no?

Núria asintió sin aguantarle la mirada y, tres días después, ya estaba en un avión rumbo a Nueva York. Los primeros meses allí fueron complicados. Aunque vivía en un estupendo apartamento en el Upper West Side y no le faltaban fiestas a las que acudir, echaba de menos a su gente, en especial a Lluís. Él, por su parte, se tomó muy mal el abandono de su novia y, tras dar unos bandazos por la noche barcelonesa, conoció a una camarera llamada Silvia. Cuando, un año después, Núria volvió a verle, comprobó que la brecha que se había abierto entre ellos ya era insalvable. Él nunca había visto a su nueva novia como la madre de sus hijos, pero un embarazo no siempre es algo que se pueda planear.

Sin embargo, los que sin duda lo pasaron peor fueron los sevillanos Carlos Guzmán y Paula Reyes. Ella no podía quitarse de la cabeza que había sido la mano ejecutora de Pierre y entró en una profunda depresión. Ni su familia ni sus amistades comprendieron su cambio de actitud después de regresar de viaje, y ni siquiera su mejor amiga consiguió sonsacarle algo:

—No te quieres casar con Carlos, ¿es eso?

—Claro que quiero.

—Entonces ¿qué te pasa, Paula? Deberías ser la tía más feliz del mundo y pareces un alma en pena.

—Son los nervios, pero estoy bien.

—¿Seguro?

—Que sí, tonta. —La chica forzó una sonrisa—. ¿Me acompañas a hacerme la última prueba del vestido?

Durante los siguientes días, Paula intentó disimular delante de sus amigos y de su familia, fingiendo que todo iba de maravilla. Pero cada vez que se quedaba a solas con su novio, volvían a aparecer los fantasmas.

—¡¿Qué quieres que haga si no puedo quitármelo de la cabeza, Carlos?!

—Esfuérzate por olvidarlo, por favor.

—Para ti es muy fácil decirlo, pero fui yo quien le mató.

—Era él o nosotros, cariño.

Por mucho que se lo repitiera, Carlos no conseguía quitarle esa desazón que empezaba a consumirla por dentro. La chica necesitaba contárselo a alguien, aunque con ello traicionaría el pacto al que había llegado con los demás. Quiso llamar a Sara y a Núria, pero con la primera era muy difícil contactar y la segunda se había marchado a estudiar a Nueva York. La solución la encontró al empezar el cursillo prematrimonial. Cuando se aseguró de que el secreto de confesión era inviolable, le relató al padre Damián lo que había pasado en Nueva Zelanda con todo lujo de detalles. Ella esperaba conseguir sacudirse de alguna manera la culpa, pero lo cierto es que el sacerdote no le dijo nada distinto de lo que le decía a diario su novio. Aunque la absolvió de sus pecados y ella se tranquilizó, aquella noche se despertó a las dos de la mañana y, en lugar de un somnífero para volver a coger el sueño, se tomó la caja entera.

63

Aunque la provincia de Ávila, con alrededor de ciento sesenta mil habitantes, es una de las menos pobladas de España, los doscientos cuarenta y ocho municipios que alberga en sus más de ocho mil kilómetros cuadrados hace que sea prácticamente imposible dar con la casa donde se ocultan Walter Vargas y Samuel Quintero. La única manera de encontrarlos sería que algún vecino los hubiese visto y decidiera comentarlo con las patrullas que peinan la zona desde que se supo que podrían estar por allí. Pero la presencia policial es tan escasa que casi es más difícil toparse con un zeta que con los delincuentes fugados.

Indira e Iván viajan en la parte trasera de un todoterreno conducido por un joven agente uniformado. En el asiento del copiloto está el inspector Vera, un policía entrado en años y en kilos que intenta ocultar la lástima que siente al mirarlos.

—No quiero ser agorero, inspectores, pero yo en su lugar no me haría demasiadas ilusiones.

—¿No dice usted que el hombre al que vamos a ver está enterado de todo lo que pasa en esta zona? —pregunta Indira.

—Sí... pero otra cosa es que quiera contárnoslo.

—De eso me ocupo yo —dice Iván.

—Aquí todos les comprendemos, pero las cosas hay que hacerlas con cabeza y mucha calma.

—Esa calma que nos pide podría hacernos llegar tarde hasta nuestra hija, inspector Vera —responde Moreno con firmeza—. Y si tengo que arrancarle a alguien la información a hostias, sepa que lo haré.

Cuando el inspector Vera pidió que le dejasen ocuparse de este asunto, era para evitar que las cosas se fueran de las manos, y con los padres de la niña secuestrada presentes, eso será difícil de conseguir. Aunque tampoco puede reprocharles nada; si fuese su nieta la que está en peligro, sería capaz de arrancar dientes, sacar ojos, cercenar orejas y todo lo que se le pasase por la cabeza.

—De todas maneras —dice tras un largo silencio—, con el Portugués las hostias no funcionan. Si él no quiere hablar, ya puede hacerle todas las perrerías que se le ocurran, que no hablará.

—¿Qué puede contarnos de ese hombre? —pregunta Indira.

—Que es un tipo peligroso. Lleva entrando y saliendo de la cárcel desde que era un crío: atracos, agresiones, pertenencia a banda criminal, tráfico de drogas, asesinato...

—¿A quién mató?

—A su propio hermano. Por lo visto, aquel desgraciado sí habló de más mientras le interrogaban dos policías de los de antes en el sótano de una comisaría y, cuando le soltaron, no tuvo compasión.

—Ya hemos llegado —dice el joven agente.

El todoterreno abandona la carretera que lleva a San Bartolomé de Pinares para adentrarse en un camino de tierra que conduce a una vieja casa de campo. En un lateral, cuidando de un pequeño huerto, hay un hombre de unos setenta años con la piel curtida y la dureza de quien ha matado a un hermano en la mirada.

—Déjenme hablar un momento a solas con él, ¿de acuerdo?

Indira e Iván aceptan. El inspector Vera va al encuentro del asesino y ambos cruzan unas palabras. El hombre duda unos segundos mirando hacia el coche, pero al fin asiente. Los padres de Alba no esperan a que el policía les avise para reunirse con ellos.

—Inspectora Ramos, inspector Moreno —dice el inspector Vera—. Quiero presentarles a Ricardo Ferreira, alias el Portugués.

—Gracias por recibirnos, señor Ferreira —dice Indira respetuosa, tendiéndole la mano.

Ricardo sonríe a la inspectora y se la estrecha. La mano del delincuente está llena de estiércol y de tierra, y se recrea ensuciando la de Indira mientras disfruta de su evidente incomodidad. La policía aguanta.

—Inspectora Ramos... He oído hablar mucho de usted en la cárcel. No tiene muchos amigos allí dentro, ¿lo sabe?

—Eso es precisamente lo que me ha traído hasta aquí.

Indira retira su mano y se la limpia con un pañuelo que le ofrece el inspector Vera. Ricardo fija su atención en Iván, al que no concede el dudoso gusto de saludar igual que a su compañera.

—Inspector Moreno... el mayor hijo de puta de la policía española. Conocí a un hombre al que mandó al hospital durante un mes.

—Se lo merecería —responde Moreno para enseguida centrar la conversación—: Estamos buscando a Walter Vargas.

—Otro hijo de puta. Es una de las pocas personas que haría que me cambiase de acera si me cruzase con él.

—Creemos que tiene a nuestra hija, señor Ferreira. Ayúdenos a encontrarle para dar con ella, por favor —ruega Indira.

—Lo haría, pero lo único que sé del Manco es por las noticias, que se fugó de la cárcel armando mucho ruido.

—Sabemos que se esconde en alguna casa de la provincia de Ávila.

—A mí no me ha llegado nada a ese respecto, aunque también es cierto que cada vez se me tiene menos en cuenta. ¿Están seguros de que sus informadores no están mareándolos para que lo busquen a cientos de kilómetros de donde se encuentra en realidad?

—Confiamos bastante en nuestra fuente, señor Ferreira —responde Indira.

—Pues, sintiéndolo mucho, no puedo ayudarles.

—Sé que nosotros representamos todo lo que usted desprecia —dice Moreno con voz trémula—, y no le culpamos por ello, pero nuestra hija es inocente. Ayúdenos... se lo ruego.

El Portugués le observa con curiosidad. No esperaba ver a un hombre como él a punto de romperse y le encanta. Pero la desesperación de los dos inspectores le hace ablandarse. Saca el teléfono móvil del bolsillo de la chaqueta y se aleja unos metros. Mientras habla, Indira, Iván y el inspector Vera aguantan la respiración. Al cabo de un par de minutos, Ricardo regresa.

—Aquí no está.

—No puede ser —dice Indira decepcionada—. Quizá aún no se hayan enterado, pero nuestras informaciones...

—No está, inspectora Ramos —la corta—. Acabo de hablar con la persona que controla ahora el tráfico de drogas, de mercancías y de todo lo que entra en esta provincia y me asegura que Vargas no está aquí. Y si alguien de la calaña del Manco le estuviera ocultando, tendría tratos con mi amigo. Lo siento por esa niña, pero deberán buscarla en otro lado.

Indira e Iván se miran desolados. Si tuviera una mínima duda de que les está engañando, el inspector Moreno sacaría su pistola y le metería el cañón en la boca al Portugués para obligarlo a decir todo lo que sabe. Pero, por desgracia, está seguro de que en esta ocasión no miente.

64

Lucía ha pasado toda la mañana haciendo las gestiones necesarias para presentarse al examen de inspectora. Ascender de golpe, sin pasar por los diferentes grados intermedios, no es algo demasiado habitual, pero ella cumple todos los requisitos y ha decidido intentarlo. Si no fuera porque Indira atraviesa una situación tan difícil, lo celebrarían juntas. Está ilusionada, aunque siente una especie de síndrome del impostor, la sensación que tienen muchas personas de estar desempeñando un trabajo para el que no están preparadas. Ella sí cree estarlo, pero de lo que no está tan segura es de merecer una vida mejor después de lo que hizo. La próxima convocatoria es en apenas unas semanas y ha pensado en esperar a la siguiente, pero tardaría casi un año y es muy posible que se le quiten las ganas. Es ahora o nunca.

Al llegar a la comisaría, ve marcharse a Jotadé en su Cadillac y recuerda que todavía tiene algo que hacer antes de dar por cerrado el asesinato de su cuñado, Manuel Salazar. Tenía intención de dejarlo estar y aceptar la teoría de su compañero, pero, a pesar de saber que probablemente le traiga problemas con él, decide acercarse al lugar del crimen.

—Inspectora... —Lorena Cortés se sorprende al abrir la puerta y encontrar allí a la compañera de Jotadé.

—De momento, solo agente —responde Lucía con amabilidad—. Necesito hablar contigo, Lorena.

—Mi hermano...

—Tu hermano no sabe nada de esta visita —la interrumpe—, y si por mí fuera, tampoco se enteraría. ¿Puedo pasar?

Lorena duda, pero finalmente le franquea el paso. Aunque Jotadé ya le había advertido de que tal vez se produjese esa visita y ella no tiene nada que ocultar, no se siente cómoda con esa policía allí.

—¿Quiere tomar algo?

—Tutéame, por favor. Esta es una visita de cortesía. Y no, muchas gracias. Sé que tus niños deben de estar a punto de volver del cole y no quiero entretenerte.

—Tú dirás.

—Quería saber cómo estás después de lo de tu marido.

—Desde que murió no tengo miedo a que me den una paliza porque la comida me haya quedado salada y tampoco a que alguno de mis hijos diga algo desatinado y la paliza se la lleve él. O sea que, sinceramente, estoy de maravilla.

—Supongo que no tienes ni idea de quién pudo matarle, ¿verdad?

—Jotadé me dijo que fue por un asunto de drogas.

—Y quizá sea así, pero comprende que yo deba asegurarme antes de dar el caso por cerrado. ¿Sabes con quién hacía negocios?

—Con unos negros, pero no sé ni cómo se llaman ni de dónde son, así que no te puedo ayudar. Si sospechas que yo he tenido algo que ver...

—No, no sospecho de ti —vuelve a interrumpirla—. Y tampoco de Jotadé, pero hay algunas cosas que todavía no están muy claras.

Interrumpe la conversación el timbre de la puerta. Lorena se disculpa con la policía y va a abrir. Francisco Cortés llega acompañando a sus tres nietos, que abrazan y besan a su madre. Esta les dice que vayan a su habitación hasta que les avise para comer. También para ellos ha debido de ser un alivio la muerte de Manuel Salazar, porque no parecen afectados por haber quedado huérfanos de padre hace unos días.

—Te presento a mi padre —le dice Lorena a Lucía una vez que los niños se han marchado—, Francisco Cortés.

—Es un placer, don Francisco —dice Lucía tendiéndole la mano.

—A estas alturas de la vida me puedes llamar Paco, que es como me conoce todo el mundo —responde él estrechándosela—. ¿Y tú eres...?

—La agente Lucía Navarro, papá —interviene su hija—. La compañera de Jotadé.

A Paco se le dilatan las pupilas. Es algo involuntario y casi imperceptible, pero suficiente para que Lucía se dé cuenta de que la incomodidad por su presencia no es exclusiva de Lorena.

—Quería darle el pésame por la muerte de su yerno —dice Lucía sin perder de vista sus reacciones.

—Gracias. —En Paco ya no hay atisbo de la simpatía que había mostrado al llegar.

—¿Tenía usted mucho trato con él?

—Casi nada. Entre que a él no le gustaba venir a mi casa y que yo llevo un tiempo saliendo poco, no nos veíamos.

—¿Ha estado enfermo?

Paco busca la ayuda de su hija con la mirada. Según le ha contado Jotadé a su hermana, su compañera es una policía muy perspicaz que a esas alturas ya se habrá dado cuenta de que están ocultando algo. Lorena no tendría por qué saber nada, pero el mismo día que enterraron a su marido, le preguntó a su padre si había tenido algo que ver con el asesinato de Manuel y él no tuvo más remedio que confesarlo. No le salió un reproche, sino un abrazo de agradecimiento. Llamó de inmediato a su hermano y este le dijo que, para evitar problemas, no se podían salir de la versión pactada.

—Más o menos —responde Lorena—. Mi padre no se encuentra bien y se queda en casa casi siempre.

—Lamento oír eso… Solo una pregunta más, Paco: ¿dónde estaba usted cuando mataron a su yerno?

—Ese día no salí.

—¿Ni siquiera para comprar el pan o…?

—No.

Lo abrupto de su respuesta hace que Lucía comprenda que miente, pero por respeto a su compañero, decide abandonar el interrogatorio.

—Disculpe si he sido impertinente. Ya no les molestaré más. Espero que se mejore de esos achaques.

—Gracias.

—Lorena, ha sido un placer. Tienes unos hijos guapísimos.

En cuanto Lucía sale por la puerta, padre e hija se miran tras comprender que esa policía podría descubrir lo que ocultan, si es que no lo ha hecho ya.

—Mejor llama a tu hermano.

65

La subinspectora Ortega, la oficial Arganza y el agente Melero aguardan en el salón del chalé donde vive Sara Castillo con su marido y sus dos hijos. Una asistenta les lleva una bandeja con café y pastas y les comunica que la señora enseguida se reunirá con ellos. Lucas no espera a que salga para hacerse con un puñado de pastas e ir a examinar una vitrina que ocupa una inmensa pared, donde están expuestos numerosos recuerdos de películas y premios que ha ganado la actriz. A ambos lados, sobre sendas repisas, destacan los dos Goya.

—Me cago en la leche —dice mientras mastica y va dejando un reguero de miguitas por el suelo—. El subidón que será ganar un Goya.

—¿Te quieres sentar y dejar de comer como un tragaldabas, Lucas? —le dice Verónica Arganza—. Estás dejando el suelo hecho un cristo.

—Supongo que aquí irán sobrados de aspiradoras...

El chico se cuadra, deslumbrado, al ver a Sara bajar por las escaleras. La actriz apenas va maquillada y viste un sencillo vestido de lino que la hace parecer mucho más joven de lo que en realidad es.

—Disculpen por la espera, agentes.

—No se preocupe, señora Castillo —responde María Ortega mientras ella y Arganza se levantan—. No le robaremos mucho tiempo.

—Se lo agradezco. Mis hijos están haciendo los deberes y tengo que andar vigilándoles para que no se despisten. Pero díganme, ¿en qué puedo ayudarles?

—Tenemos entendido que hace unos años viajó a Nueva Zelanda acompañada por el político Bernardo Vallejo...

Sara tenía claro que solo podía ser ese el motivo de la visita de la policía y lleva días preparándose para contestar con naturalidad a cuantas preguntas quieran hacerle. Lo que no sabe es hasta qué punto están enterados de lo que sucedió allí.

—Hace tantos años ya que casi lo había olvidado.

—Solo ocho... —apunta Verónica.

—En esos ocho años —responde la actriz con tranquilidad—, me he casado, he tenido dos hijos y he rodado entre doce y quince películas, y eso sin contar series, obras de teatro, anuncios y programas de televisión. Para mí, son una eternidad. Pero ¿qué necesitan saber sobre aquel viaje?

—En primer lugar, si recuerda a un grupo de españoles que coincidieron allí con ustedes. Eran dos hermanas malagueñas de unos cincuenta años, una pareja de sevillanos recién prometidos y otra de catalanes.

—El caso es que me suenan… —dice fingiendo que se esfuerza por recordar—. ¿A qué viene hablar ahora de ellos?

—A que sus cuerpos han aparecido hace unos días enterrados en una obra. ¿No lo ha visto en las noticias?

Sara se sorprende, se horroriza y titubea en su justa medida.

—Sí... había escuchado lo de esos asesinatos, pero no sabía quiénes eran. Dios mío, es terrible.

—Entonces ¿los recuerda?

—Vagamente, pero sí —responde convincente—. El problema es que a mí se me acerca demasiada gente a pedirme una foto o un autógrafo, y si son españoles en el extranjero, se puede imaginar. Recuerdo que pasamos un rato con ellos, pero se quedó en una breve reunión de compatriotas que coinciden en la otra punta del mundo.

—Sabemos que durante aquellos días ocurrió algo inusual en lo que todas esas personas estuvieron involucradas.

—¿Algo como qué?

—Esperábamos que nos lo dijera usted. Tuvo que ser algo muy grave para que ahora les haya costado la vida.

—No recuerdo nada así. De todas maneras, Bernardo y yo procurábamos alejarnos de la gente. De hecho, nuestras vacaciones consistían precisamente en eso, en aislarnos y olvidarnos de lo conocidos que ya entonces éramos en España. Siento de corazón no poder ayudarles.

—¿Nueva Zelanda?

—Así es, señor Vallejo. Nos consta que estuvo usted de vacaciones allí en abril de 2015. ¿No es cierto?

Bernardo Vallejo simula que se lo piensa durante unos segundos. Alberto Grau, a su lado, no pierde detalle de las reacciones de los tres policías. Al fin, el político asiente.

—Estar, estuve. Pero no recuerdo si fue en esa fecha. ¿Cuál es el problema?

—El problema es que usted y Sara Castillo conocieron a seis españoles en el hotel donde se alojaban, y todos ellos han aparecido asesinados.

—No me diga... —El político finge estar impresionado—. ¿Son los de esa obra de Getafe?

—Los mismos. ¿Los recuerda?

—Ahora mismo no sabría decirles, agentes. Recuerdo que estuvimos con unos españoles, pero eso era lo habitual: cada vez que reconocían a Sara, la atosigaban pidiéndole autógrafos y fotos.

—Según nos ha comentado la señora Castillo, con estos hicieron cierta amistad.

—Si ella lo dice, será cierto. Pero yo no me acuerdo.

—En dos días son las elecciones generales —interviene Alberto Grau–, y el señor Vallejo es un hombre muy ocupado. Les ruego que vayan abreviando.

–Tranquilo, Alberto. –Bernardo frena a su consejero con naturalidad, sin dejar de mirar a los agentes–. Si no dejamos a la policía hacer su trabajo, después no podemos pedirles que sean eficientes.

–Se lo agradecemos, señor –contesta la subinspectora Ortega–. La única relación que hemos encontrado entre las víctimas es aquel viaje en el que coincidieron y estamos seguros de que tuvo que pasarles algo para que ahora los hayan matado uno a uno. ¿Usted no sabe de qué se trata?

–Pues no. Y menos mal, porque si no, Sara y yo también estaríamos enterrados en ese descampado.

Los policías cruzan sus miradas, lo que no pasa desapercibido para Bernardo ni para su ayudante.

–¿Creen que podríamos estar en peligro? –pregunta preocupado.

–No tenemos indicios para pensar tal cosa –responde la subinspectora tranquilizándolo–. De todas maneras, supongo que alguien como usted siempre saldrá con escolta, ¿verdad?

–Sí –interviene el agente Melero con espontaneidad–, eso lo pagamos todos los españoles.

Tanto sus compañeros como Alberto Grau le fusilan con la mirada. Bernardo Vallejo, en cambio, estalla en carcajadas.

–A mí en su lugar también me repatearía, agente. Pero uno de los puntos de mi programa es reducir al máximo ese tipo de gastos. Ahora, si me disculpan –concluye levantándose y abrochándose la chaqueta–, tengo que preparar el acto de fin de campaña. ¿Puedo ayudarles en algo más?

–Si recordase algo...

–En ese caso, les llamaría de inmediato. Pero desde ya les digo que es difícil: Sara y yo apenas nos relacionábamos con nadie durante nuestros viajes. Si nos íbamos a lugares como Nueva Zelanda era para huir de su fama. No tengo ni idea de lo que pudo pasarles a esas personas.

—Una última pregunta, señor Vallejo... —dice la oficial Arganza—. ¿Conocía usted al productor Eduardo Soroa?

—De oídas, y ahora por las terribles noticias —responde con aplomo—. ¿Por qué lo pregunta? ¿Es que ambos casos están relacionados?

—Tal vez.

—Me suena que Sara hizo una película con él mientras estuvimos juntos, pero no lo tengo claro.

—Así es. Ella misma nos lo ha confirmado, aunque asegura que no había vuelto a trabajar con él desde entonces.

—Pues será verdad. Yo quizá haya coincidido con él en alguna gala, igual que con Sara, pero no lo recuerdo. Ahora deben disculparme, pero tengo que dejarles. Alberto les acompañará a la salida.

Bernardo Vallejo estrecha la mano de los tres policías, les pide que no se olviden de votar y desaparece por la puerta interior del despacho. Alberto Grau les muestra el camino y los policías salen, decepcionados; no han conseguido sacar nada en claro de la visita a las dos únicas personas que podrían tener la clave de lo sucedido ocho años atrás a miles de kilómetros de distancia.

66

Alba se pasa el día esperando a que su nuevo amigo la visite. Son encuentros cortos, pero suficientes para que ella se sienta menos sola. James suele aparecer justo después de que la mujer le lleve el plato con comida, siempre lo mismo. Come con rapidez y va a encaramarse a la mesa que hay bajo la ventana.

—¿No te gusta la bandeja paisa? —le pregunta James después de darle uno de sus caramelos—. Es mi comida favorita, porque tiene un montón de cosas mezcladas.

—A mí me gusta más la pizza. Y los macarrones con tomate. Y las perrunillas.

—¿Eso qué es?

—Una cosa que se come en el pueblo de mi abuela.

—Yo no tengo abuela. Ni tampoco papás.

—¿Por qué no?

—Todos se murieron.

—¿Y quién te cuida?

James se encoge de hombros.

—Si quieres, yo puedo cuidarte. Sé cuidar muy bien a Gremlin.

—¿Quién es Gremlin?

—Mi perro. Es un poco feo, pero yo le quiero mucho.

James se ríe.

—Oye, ¿todavía no has llamado a mis papás?

—Ya te he dicho que no los conozco, así que no insistas más —responde cortante—. Eres un poco pesada, ¿lo sabías?

Alba baja la mirada, desanimada. James se arrepiente de haber sido tan duro con ella.

—Perdona, Alba. Es que no sé dónde están.

—Puedes preguntarle a la policía.

—Por aquí la policía nunca viene.

Alba suspira.

—¿Tú sabes cuánto tiempo más voy a estar aquí?

—No.

—¡¡James!!

Un grito a la espalda del chico hace que este se gire sobresaltado. Se asusta al ver cómo su tío se dirige muy enfadado hacia él.

—¿Qué diablos estás haciendo, güevón?

Antes de que el chico pueda responder, recibe un guantazo que le tira de la silla a la que se había subido para poder hablar con Alba, que mira la escena desde el interior, aterrorizada.

—¡¿No te dije que no te acercases a esa niña?! —estalla mientras le propina patadas de las que James apenas consigue cubrirse—. ¡Siempre tienes que andar desobedeciendo!

—¡Déjale en paz! —grita Alba desde la ventana.

El hombre deja de pegar a James, que se aleja gateando a duras penas, para fusilar con la mirada a Alba.

—Ya me ocuparé después de ti, mocosa.

Cierra la ventana con un golpe seco y coloca el vinilo en su sitio. En el interior, Alba grita desesperada, pero sus alaridos ya no se oyen.

El hombre alcanza de nuevo a James, le pisa la espalda con violencia y la cara del chico se hunde en el suelo. Las lágrimas y la sangre se mezclan con la arena y una plasta de barro le cubre nariz y boca, lo que le dificulta la respiración.

—No, por favor...

—Tú te lo has buscado, maldito sapo. Te voy a enseñar a no desobedecerme.

Se quita el cinturón y se lo enrolla en una mano. James cierra los ojos con fuerza, dispuesto a recibir un castigo que ya conoce bien y que le abrirá las viejas cicatrices que le cubren toda la espalda.

67

Indira e Iván han pasado el día recorriendo la provincia de Ávila, buscando hasta debajo de las piedras alguna pista que les lleve a Walter Vargas y Samuel Quintero. Pero como les advirtió el Portugués, por allí no parecen haber pasado. Después de despedirse del inspector Vera y de que este les asegure que rezará por su hija, se suben al coche dispuestos a regresar a Madrid, tan cansados como desolados. Indira se pone el cinturón y apoya la cabeza en el cristal, con la mirada perdida. Al sentarse al volante, Iván la mira con tristeza.

—¿Estás bien?

—¿Crees que ese niño de verdad los escuchó decir que se esconderían en Ávila o nos ha engañado? —pregunta ella a su vez.

—Yo ya no sé qué pensar. Quizá nos engañó el niño, quizá el Portugués... o quizá ninguno de los dos.

—Noto que la gente ya nos mira como si nunca la fuésemos a encontrar. Eso de que Vera va a rezar por Alba es porque cree que ya la han matado.

—No lo ha dicho con mala fe, Indira. Pero quiero que sepas que yo nunca dejaré de buscarla. Iré hasta el fin del mundo si hace falta, pero terminaré encontrándola. Te lo juro por mi madre.

Al escuchar eso, Indira suspira, aún más agobiada.

—Mi madre... Tengo que contarle lo que está pasando. En cuanto lleguemos a casa la llamaré. No me parece justo retrasarlo más tiempo.

—A mí tampoco. Pero esto no es algo que se deba contar por teléfono. ¿A cuántos kilómetros está Villafranca de los Barros de aquí?

—¿Pretendes que vayamos ahora?

—No debe estar sola cuando se entere —responde asintiendo—. Ponlo en el navegador, venga.

—Gracias, Iván... —dice Indira sonriéndole agradecida.

Al pasar frente a la guardería a la que iba Alba durante la temporada que vivió en casa de su abuela, Indira nota cómo el corazón se le hace añicos por enésima vez en los últimos días. Iván no necesita preguntarle nada, porque él también siente un nudo en el estómago que se ha ido agrandando a medida que se acerca el momento de contarle a Carmen lo sucedido.

—¿Cómo se lo vamos a decir?

—No creo que necesitemos ninguna estrategia, Iván. En cuanto nos vea la cara, sabrá que pasa algo grave. Métete por ahí —dice señalando una pequeña calle en la que hay una señal de prohibido el paso.

—Es dirección prohibida.

—Es un atajo.

Que Indira lo incite a cometer una infracción, por insignificante que sea, es para Iván una muestra del estado en el que se encuentra, pero decide hacerle caso y gira. Tras varias indicaciones más, aparcan frente a una casa pintada de blanco con dos docenas de macetas de colores colgadas en la fachada.

—Es bonita... —dice Iván al bajarse.

—Lo de las macetas se le ocurrió cuando estaba con Alba. Lo vieron en un reportaje sobre Vejer de la Frontera.

Iván le aprieta el hombro dándole ánimos y ambos van

hacia la entrada. Nada más llamar al timbre, se enciende la luz del exterior y la abuela Carmen abre la puerta. Se asusta al verlos allí.

—Indira, Iván... ¿qué hacéis aquí?

—Hemos venido a hablar contigo, mamá.

—¿Hablar de qué? Es por Albita, ¿verdad? —pregunta llevándose la mano al pecho, angustiada—. ¿Ha ido mal la operación de apendicitis?

—En realidad nunca la operaron.

—¿De qué hablas, Indira?

—Será mejor que entremos, Carmen —dice Iván.

Una vez en el salón, después de pedirle que se tranquilice, Indira e Iván le cuentan a la abuela de Alba lo que ha pasado. Carmen les escucha acongojada, asimilando la peor noticia que podrían haberle dado.

—¿Quién decís que es ese hombre?

—Eso no importa, mamá. No necesitas saber más que...

—Responde a mi pregunta, por favor —la interrumpe con firmeza—. Quiero saber cómo se llama el malnacido que se ha llevado a mi nieta.

—Se llama Walter Vargas, Carmen —responde Iván—. Es un narcotraficante al que Indira y yo detuvimos hace unos años.

—¿Y qué hacéis que no la estáis buscando, Iván? —Se desespera—. Salid ahora mismo y traedme a mi niña, ¿me oís?

—Te juro que estamos haciendo todo lo posible, Carmen. —Iván intenta calmarla—. Pero si no descansamos unas horas y despejamos la cabeza, podría pasársenos alguna pista por alto.

La abuela Carmen se levanta y sale del salón trabada de rabia, intentando evitar que la vean llorar. Indira e Iván se miran compungidos.

—Ve con ella, Indira. Ahora te necesita más que nunca.

Indira asiente, le besa y va tras su madre. Iván resopla, dejando aflorar toda su preocupación ahora que ni Indira ni Carmen le ven.

68

La vida de los siete españoles que coincidieron en Nueva Zelanda –y que en aquel momento seguían vivos– discurría por caminos dispares. Tras el suicidio de Paula Reyes, Carlos Guzmán se quedó destrozado. No soportaba que todos le preguntasen por los motivos que habían llevado a su prometida a hacer algo tan terrible y decidió desaparecer del mapa. Durante casi un lustro visitó los países más castigados del mundo, pensando que en lugares donde el dolor estaba a la orden del día el suyo pasaría a un segundo plano. Pero siempre le acompañaba, fuera adonde fuese, hasta que, mientras recorría la India sin rumbo, estuvo a punto de seguir los pasos de su novia y arrojarse al río Ganges desde el puente Lakshman Jhula. Sin embargo, por suerte para él, le abandonó el valor cuando iba a saltar. Después de mucho tiempo vagando, volvió a Sevilla y, con la ayuda y el cariño de los suyos, trató de rehacer su vida. No le resultó sencillo, pero poco a poco fue saliendo del pozo y hasta empezó una nueva relación con una amiga de la infancia que acababa de separarse. Cierto día, cuando toda aquella pesadilla ya parecía superada, desapareció sin dejar rastro. Su cadáver se encontró tiempo después en un solar en obras de Getafe.

Para Bernardo Vallejo y Sara Castillo, en cambio, su separación fue el despegue de dos carreras que parecían no tener techo.

Aunque ambos se echaron de menos durante años, hicieron lo imposible por no sucumbir a la tentación y, exceptuando un par de ocasiones en que coincidieron en actos públicos, sus vidas tomaron rumbos opuestos. Sara se centró en su carrera y consiguió papeles cada vez más importantes, hasta el punto de ser tentada por Hollywood. Cuando ya casi había decidido cruzar el charco, le hicieron una paralela en Hacienda y conoció a José Miguel. Era un hombre sencillo y honesto, un tipo de persona que la actriz casi nunca había tratado. A él, al contrario que a la mayoría de hombres, lo único que le interesaba de ella era si lo que se había desgravado era o no legal. Aunque al principio Sara le cogió una tirria enorme —su inflexibilidad le supuso una multa de casi un cuarto de millón de euros—, pronto se dio cuenta de que si pensaba a todas horas en José Miguel no era porque le odiase, sino porque se había enamorado de él. Al inspector de Hacienda, un tipo recto y con una vida ordenada, no le hacía gracia relacionarse con alguien del mundo de la farándula que siempre llevaba un periodista pegado, pero una vez conoció a Sara a fondo, se dio cuenta de que aquella mujer no tenía nada que ver con su imagen pública y se dejó llevar. Al poco tiempo, le pidió matrimonio, aunque para comprar un anillo a la altura tuviese que vender el coche que todavía no había terminado de pagar. La ceremonia fue la que Sara siempre había soñado y, nada más regresar de su luna de miel, descubrió que el primero de sus dos hijos ya estaba en camino.

Bernardo también conoció al amor de su vida al poco de volver de Nueva Zelanda, aunque en su caso no era un amor romántico, sino laboral. Alberto Grau era un licenciado en Ciencias Políticas que le juró fidelidad y apoyo hasta que Bernardo llegase a la Moncloa y le hiciese su vicepresidente, el objetivo que ambos se marcaron desde el momento en que se asociaron. Durante años cuidó de él como un hermano mayor y le sacó de líos que hubiesen malogrado su carrera —la mayoría sentimentales, pero también alguno financiero—, e incluso le presentó a la que consideraba la mujer ideal para un líder político de su categoría: Marta Vilas, una arquitecta guapa, seria y de buena familia. Bernardo nunca sintió por ella ni la mitad de lo que había sentido por Sara, pero coincidía con su mano derecha en que era la esposa que necesitaba. Apenas nueve meses después de la boda, el político fue padre de su primer hijo. Cuando ya no esperaban aumentar la familia, Marta le sorprendió con la noticia de un nuevo embarazo. Si todo salía como Alberto Grau esperaba, ese niño llegaría con una presidencia debajo del brazo.

Las hermanas Aurora y Noelia Soler, por su parte, siguieron haciendo su vida como si nunca hubiesen pisado Nueva Zelanda. Ellas eran de las que solían detallar a sus amistades todas sus aventuras −casi siempre con algún añadido−, pero, por una vez en su vida, se dieron cuenta de que hacer público su pequeño secreto les traería más tormentos que alegrías y se conjuraron para llevárselo a la tumba. Quizá para acallar ese cargo de conciencia tan molesto que a veces aparecía, empezaron a colaborar en diversas oenegés y a asistir a un sinfín de cenas benéficas. Eso les hacía sentir bien, aunque su propósito real seguía siendo dejarse ver entre la élite social con los vestidos más caros y llamativos. Lo que a Natalia Entrecanales −la mejor amiga de las hermanas− más le extrañaba era que, desde que regresaron de aquel viaje del que no solían hablar, se negaron en redondo a salir a navegar, ni siquiera cuando la hija de uno de los empresarios más importantes de Marbella decidió casarse a bordo de un lujoso yate en alta mar. Justificaron su ausencia diciendo que se mareaban, y ni la promesa de un cargamento de Biodramina sirvió para convencerlas. Regalaron a la novia un carísimo broche de oro blanco y diamantes y decidieron pasar aquel fin de semana en Madrid, viendo una exposición en el Museo del Prado. Pero ya nunca volvieron.

A Núria Roig la vida en Nueva York se le hizo más cuesta arriba de lo esperado. Además de que aquel invierno fue el más frío en años, no encajaba ni con sus compañeros de la escuela de moda ni con las amistades que por estatus le venían adjudicadas de antemano. Casi desde el primer día deseó regresar a Barcelona con la idea de volver a darle una oportunidad a su historia con Lluís Bonfill, pero cuando se reencontraron, ambos supieron que lo suyo se había acabado para siempre. Tras varios intentos fallidos de convertirse en una diseñadora de referencia, Núria se conformó con ser *personal shopper* y aconsejar a las mujeres de la burguesía catalana cómo vestirse con ropa de otros. En cuanto a su vida sentimental, tuvo varias relaciones, pero ninguna cuajó, y se volcó por completo en su carrera. Solía asistir a desfiles en Madrid buscando las prendas más vanguardistas para sus clientas, pero de uno de ellos ya no regresó.

Desde que conoció a Silvia, la vida de Lluís Bonfill fue de mal en peor. La chica se esforzaba por hacerle feliz, pero él sabía que había cometido un error dejando escapar a Núria para juntarse con una simple camarera. Fracasó en varios negocios, aunque siguió intentándolo, convencido de que su golpe de suerte aún estaba por llegar. Al fin, una noche conoció a dos mexicanos que pretendían montar un restaurante de referencia en Barcelona. Aunque Lluís lo tomó con cautela, pronto vio que iban en serio e hizo lo imposible por asociarse con ellos. Reunió todo el dinero que pudo y alquilaron un local en pleno barrio de Sarrià. Los mexicanos cumplieron su palabra y no escatimaron detalles en la decoración del negocio. Pero la mala fortuna perseguía al catalán y fijaron la inauguración el 15 de marzo de 2020, justo el día en que toda España quedó confinada por la pandemia. Lluís se arruinó definitivamente y cayó en una profunda depresión. La relación con Silvia y con sus hijos se deterioraba cada día mientras él pasaba las horas sentado delante del televisor. Era incapaz de encontrar una salida a su situación, hasta que vio a una reportera realizar una conexión en directo desde la sede de un partido político: «El debate del próximo viernes decidirá si Bernardo Vallejo tiene posibilidades de alcanzar la presidencia del Gobierno en las elecciones generales del año que viene. Según la encuesta realizada por esta cadena, salvo debacle, el líder de la oposición tendrá un apoyo masivo en la calle».

La conexión terminaba con imágenes de un sonriente Bernardo saludando a sus electores. Lluís Bonfill enseguida vio que ese hombre al que había conocido durante aquel lejano viaje a Nueva Zelanda era la solución a todos sus problemas.

69

La agente Lucía Navarro está reunida con la subinspectora María Ortega, la oficial Verónica Arganza y el agente Lucas Melero, pero tiene la cabeza muy lejos de allí. Desde que fue a visitar a la hermana de Jotadé y conoció a su padre, no ha coincidido con su compañero. Y teme su reacción cuando lo haga, porque está segura de que ya se habrá enterado de esa visita y, por lo tanto, de que ella puede haber dado con el culpable de la muerte de Manuel Salazar.

Cuando Jotadé entra en la sala de reuniones, sus miradas se encuentran. Apenas son unos segundos, pero para ambos están cargadas de significado. A Lucía no le queda más remedio que bajarla al notar la contrariedad de su compañero por haberle traicionado visitando a su familia a sus espaldas. De pronto, se siente avergonzada. Si estuviera equivocada en sus sospechas, podría haber estropeado una amistad que, aunque muy reciente, empezaba a echar raíces. El problema es que está segura de que fue Francisco Cortés quien disparó a su yerno.

—Estábamos comentando —le dice la subinspectora Ortega a Jotadé cuando este se ha sentado a la mesa— que ya hemos visitado a la actriz Sara Castillo y al político Bernardo Vallejo en la sede de su partido.

—¿Habéis comprobado que no os hayan mangado la cartera? Porque allí debe de haber más chorizos que en mi barrio.

—Pues para ser el futuro presidente del Gobierno, a mí me ha parecido un tío muy majo y muy llanote —responde Melero.

—Para ser presidente antes tiene que ganar las elecciones, Lucas —apunta Ortega—. Y parecer llanote y majo es precisamente su trabajo para que la gente le vote.

—O sea, que puede haber sido una pose.

—Lo era —afirma la oficial Arganza—. Ese tío tenía estudiadas de antemano las respuestas que iba a darnos.

—Entonces es que oculta algo —dice Lucía.

—Tanto él como Sara Castillo, eso lo tengo claro. Lo que no hemos podido averiguar es el qué.

—Seguro que no querían que nadie se enterase de que estuvieron liados —aventura Jotadé—. Y si ahora sale a la luz que el presidente se marcó un Marilyn Monroe no les hará ni puñetera gracia a ninguno de los dos.

—Puede —responde Lucas Melero—. Pero el caso es que no nos han aclarado nada de lo que pudo pasar en Nueva Zelanda. Según ellos, apenas coincidieron con los otros españoles.

—¿Y tenían relación con los Soroa?

—Sara Castillo participó en su día en una película producida por Eduardo Soroa, pero ha asegurado no tener trato con él desde hace años. Y Bernardo Vallejo ni le conocía.

—Pues estamos apañados...

—Sí, la cosa está complicada... —La subinspectora Ortega resopla—. Esperaremos unos días a ver si se aclara algo. ¿Vosotros habéis resuelto ya el asesinato de tu cuñado, Jotadé?

La agente Navarro y el oficial Cortés vuelven a mirarse. Él aguarda cauto, a la espera de que ella se pronuncie. Cuando el silencio se prolonga más de la cuenta y puede hacer sospechar al resto de sus compañeros, Lucía responde:

—Aún quedan unos flecos por cerrar, pero todo apunta a que se trata de un ajuste de cuentas por drogas.

—Pues cerradlo cuanto antes, por favor. Os necesitamos aquí.

—De acuerdo. ¿De Alba se sabe algo?

—Todavía nada. Indira e Iván están siguiendo la pista de Walter Vargas en Ávila, pero, de momento, no lo han encontrado.

—Ojalá le encuentren y Moreno le saque a hostias dónde tienen a la pobre niña —dice Jotadé.

—No es el mejor método del mundo —contesta Ortega—, pero si es efectivo, bienvenido sea. En fin... ya va siendo hora de retirarse. Nos vemos mañana a primera hora. ¿Viene alguien?

—Id adelantándoos vosotros —responde Lucía—. Yo tengo que comentar una cosa con Jotadé.

María, Verónica y Lucas salen, dejando solos a la agente Navarro y al oficial Cortés. Ambos se estudian en silencio, cautelosos.

—Supongo que quieres comentar la visita que le hiciste a mi hermana, ¿no? —Jotadé decide no perder el tiempo.

—Sé que no te ha hecho gracia, y lo siento, pero comprende que debía visitarla antes de aceptar dar el caso por cerrado.

—Lo suyo es que me hubieras avisado.

—Entonces les habrías prevenido y tu hermana y tu padre no hubieran sido tan... —busca la palabra— espontáneos.

—¿Y lo de cogerles desprevenidos ha cambiado algo?

Lucía le mira, pensando cómo exponerle sus sospechas, pero antes de que pueda decir una palabra, la subinspectora Ortega abre la puerta.

—Lucía, ha pasado algo —dice con gravedad.

—¿Qué?

—Es ese chico, Marco. El que se entregó después de matar al hermano del Chino. Le han apuñalado.

—¿Aquí?

—No. Le habían trasladado a los juzgados para prestar declaración y le han atacado en los servicios.

—¿Ha muerto?

—Por lo visto seguía vivo cuando le han llevado al hospital, pero no tenía buena pinta.

—Después seguimos hablando, Jotadé.

Lucía se levanta y sale detrás de su compañera. Aunque no ha llegado a verbalizarlo, el oficial Cortés tiene claro que Navarro sabe quién mató a su cuñado. Él se ha ocupado personalmente de que no haya pruebas contra Paco, pero es consciente de que su padre no soportaría un interrogatorio.

70

—Acompáñeme, por favor...

Sara Castillo sigue al jefe de sala de uno de los restaurantes más exclusivos de Madrid a lo largo de varios pasillos. Atraviesan la cocina, dejan atrás el almacén y entran en un reservado en el que la espera Bernardo Vallejo. El político sonríe al verla y la recibe con dos besos.

—Bienvenida, Sara. Como siempre, estás preciosa.

—¿No es demasiado arriesgado que nos veamos en un lugar público? —le pregunta una vez que el metre les ha dejado solos.

—Este es el lugar más discreto de todo Madrid —responde Bernardo—. Hay varios accesos para que no nos vean llegar juntos. Incluso existe una salida que va a dar a un garaje que tiene la entrada a varias calles de distancia. Se comenta que aquí traía el rey emérito a algunas de sus amigas.

—Si hay comentarios es que tampoco es tan discreto.

—En eso llevas razón... —dice él sonriendo mientras le sirve una copa de vino y se la tiende—. Me he permitido pedir un Ribera del Duero. ¿Sigue siendo tu preferido?

—Me vale cualquiera —responde Sara, cogiéndola—. Supongo que tú no tomarás vino peleón.

—Los años me han hecho más exigente que antes. ¿Recuerdas las borracheras de calimocho que nos pillábamos?

Sara sonríe con nostalgia y prueba el vino. Asiente con aprobación y decide ir directa al tema que les ocupa.

—A ti también te ha visitado la policía, ¿no?

—Así es. Pero no me desvié ni un milímetro de lo que acordamos. ¿Tú?

—Tampoco. Reconocí lo que tenía que reconocer y me mantuve firme en que, aunque coincidimos con esas personas en el hotel de Nueva Zelanda, no tuvimos prácticamente trato con ellas.

—Entonces no hay nada que temer.

—Yo lo que temo es que quien sea que los haya matado venga ahora a por nosotros, Bernardo —dice angustiada—. Todavía no sabemos quién es el asesino.

—Estoy en ello, te lo prometo —responde él cogiéndole la mano, comprendiendo su preocupación—. No parece que en los últimos meses haya entrado en España nadie relacionado con el tal Pierre.

—Entonces ¿se supone que es alguien de aquí? ¿Cómo puede haberse enterado de lo que pasó en aquel barco?

—Quizá alguien se fue de la lengua o... —Suspira, también preocupado—. La verdad es que no tengo ni idea, Sara. Todo esto es rarísimo, pero hay gente investigando día y noche.

—Me dijiste que de buscar al asesino se encargaría la inspectora Ramos.

—Por lo visto han secuestrado a su hija y ella lo ha dejado todo para buscarla. Y casi es mejor así; no me extrañaría que, de una u otra manera, averiguase lo que pasó en mitad de aquel océano. Ahora debemos estar tranquilos y continuar con nuestras vidas.

—Eso tampoco me está resultando sencillo —responde Sara con frustración—. Mi marido está mosqueado.

—¿Por?

—Porque llevamos mucho tiempo juntos y no es gilipollas, Bernardo. Lo del otro día no puede volver a repetirse.

—Si es lo que quieres, lo respeto.

—¿No es lo que quieres tú también?

—Me gusta estar contigo, Sara, creo que eso se nota. Pero si todo va como espero, pasado mañana me convertiré en presidente del Gobierno. No puedo prometerte nada más que algún encuentro de vez en cuando.

—No voy a ser tu polvo mensual, si es lo que estás sugiriendo.

—Entonces no se hable más —zanja con naturalidad—. Quedará como una simple anécdota de la que ninguno de los dos volveremos a hablar. ¿Cenamos? Le he pedido a mi ayudante que se ocupe del menú. Alberto es un hombre con muy buen gusto.

—Me imagino que, si no fuera así, no estaría a tu lado.

Durante la cena, se relajan y hablan de los viejos tiempos y de lo que esperan del futuro; mientras que para ella empieza una etapa más tranquila de trabajo en la que solo piensa aceptar papeles muy concretos, él está a punto de alcanzar la meta por la que lleva tantos años luchando.

—Llevamos ritmos diferentes —dice él.

—Por desgracia, a las actrices nos suelen valorar más por nuestro físico que por nuestro talento. O sea, que la cúspide de nuestras carreras es a los veinticinco años, porque lo único que queréis ver los tíos es carne.

—Quizá promulgue una ley que prohíba hacer pelis con mujeres de menos de cuarenta enseñando carne... —bromea.

—Y tienes a más gente protestando en la calle que si subieras los impuestos un cincuenta por ciento.

Ambos se ríen con ganas. Alberto Grau llega para decirle a su jefe que ya está esperándole en el garaje el coche que le llevará a hacer una entrevista a un programa nocturno, la última antes de la jornada de reflexión previa a las elecciones. Bernardo se despide con cariño de Sara y le dice que su ayudante se quedará con ella unos minutos y la acompañará adonde quiera. Una vez a solas, la actriz nota que el ambiente se enrarece.

—¿Va todo bien? —le pregunta al consejero al sentir su mirada clavada en ella.

—No he podido evitar fijarme en lo bien que os lleváis Bernardo y tú.

—Nos conocemos desde hace muchos años. ¿Cuál es el problema?

—Que, si todo va como esperamos, será presidente del Gobierno al menos durante las dos próximas legislaturas. Y a él no le conviene tanta cercanía con alguien como tú.

—¿Qué quieres decir con alguien como yo? —pregunta Sara molesta.

—No te pongas a la defensiva, por favor. Te admiro mucho, pero no dejas de ser un miembro de la farándula, mientras que Bernardo lleva muchos años sacrificándose por lo que está a punto de conseguir. Y yo con él.

—¿Tú quién coño te crees que eres para hablarme así? —se revuelve.

—Cada día tenemos que hacer frente a muchas amenazas, bregar con gente que espera un descuido para tirársenos encima y echar por tierra todo nuestro trabajo. La política es una guerra en la que todo vale y los errores se pagan caro. Y como comprenderás, no consentiré que tú facilites armas a nuestros enemigos.

—¿Qué estás queriendo decir con esto?

—Que quiero que te alejes de Bernardo para siempre. Que, pase lo que pase, no vuelvas a ponerte en contacto con él. Jamás.

—¿O? —pregunta Sara sin dejarse avasallar.

—O las imágenes del polvo que echasteis llegarán primero a cierto inspector de Hacienda y, si considero que has perjudicado en algo la carrera de Bernardo, a toda la prensa. A la gente le encantará ver a su actriz favorita haciéndole una mamada a un hombre que no es su marido.

—¡Eres un cabrón! —Sara se levanta con rabia.

—No es la primera vez que me lo dicen —responde él con frialdad—. Y, por supuesto, si hablas de esto con Bernardo o con cualquier otra persona, tendrá graves consecuencias para ti.

Supongo que sabrás encontrar tú sola la salida. Que pases un buen fin de semana. Y no te olvides de ir a votar.

Alberto Grau sale, dejando a Sara plantada en mitad del reservado, incapaz de reaccionar a una amenaza que, por lo poco que conoce a la mano derecha de su expareja, no duda que cumplirá.

71

Durante unos pocos segundos, Indira cree haber alcanzado la felicidad. Lo primero que ve al despertar es a Iván durmiendo a su lado. Sonríe al pensar que, con un par de kilos más, ese ligero ruidito que hace al respirar se convertirá en un ronquido en toda regla. Pero lo curioso es que no le importa. De hecho, sabe que le encantará estar ahí para sufrirlo. Al levantar la mirada ve una ventana, y tras ella, el campanario de una iglesia muy familiar. Descubre su móvil sobre la mesilla y comprueba que le ha entrado un nuevo mensaje de Alejandro preguntándole por Alba. Entonces recuerda el motivo por el que está en su habitación de niña y vuelve a apoderarse de ella la angustia.

—¡Iván! —dice incorporándose a toda prisa.

—¿Qué? ¿Qué pasa? —pregunta Iván levantándose sobresaltado.

—Nos hemos quedado dormidos.

—¿Qué hora es?

—Las siete de la mañana.

Iván resopla y se tumba de nuevo sobre la cama, mirando al techo.

—¿Qué haces? Tenemos que volver a Madrid cuanto antes.

—Túmbate conmigo, Indira —dice palmeando la cama.

—No podemos perder tiempo. Alba sigue esperándonos en algún lado.

—Enseguida volveremos a buscarla, te lo prometo. Solo será un minuto... por favor.

Indira cede y se tumba a su lado. Iván la abraza por la espalda y ambos miran en silencio las nubes que pasan lentamente por detrás del campanario.

—Creo que este sería un buen sitio para pasar el resto de nuestra vida... —comenta Iván.

—Tú no podrías vivir aquí.

—¿Por qué no? Llevaría todos los días a Alba al cole, engordaría como un cebón con las comidas de tu madre y, cuando me cansase de hacer la ronda como poli municipal, me presentaría a las elecciones para alcalde. ¿No te gustaría ser la primera dama de Villafranca de los Barros?

—Estando conmigo no te votaría nadie, Iván. Los vecinos me odian porque hace un par de años denuncié a Sanidad la caldereta de cordero que hacen en fiestas.

—Hay que joderse, Indira —protesta Iván.

—Así es la vida —dice ella, y enseguida vuelve a ponerse seria y se incorpora—. Venga, vamos a ducharnos de una vez.

Cuando Indira e Iván bajan a la cocina, la abuela Carmen les está esperando con la mesa repleta: hay café, zumos, quesos, embutidos, tostas con paté de hígado de cerdo, manteca y pimentón de la Vera, migas y una fuente de perrunillas.

—¿Para qué has sacado tanta comida, mamá? Va a sobrar casi todo.

—Vosotros comed lo que os dé la gana, que lo que sobre lo llevaré a la iglesia. Pero quiero que empecéis el día con energía. ¿Habéis descansado?

—Estábamos rendidos, Carmen... —responde Iván asintiendo.

—Debíais estarlo para dormir juntos en una cama tan pequeña... —La abuela les mira con suspicacia—. ¿Hay algo más que queráis contarme?

Indira e Iván se miran y él asiente, animándole a decírselo.

—He roto con Alejandro, mamá. En cuanto encontremos a Alba, Iván y yo hemos decidido darnos una oportunidad.

Carmen se permite esbozar una ligera sonrisa.

—Lo siento por Alejandro, que el muchacho siempre me ha caído bien. Pero me alegro por vosotros, que ya llevabais demasiado tiempo mareando la perdiz. Ahora a desayunar, venga.

Iván coge una pequeña torta y se la lleva a la boca.

—¿Estas son las famosas perrunillas que tanto le gustan a Alba?

—Además, sus preferidas, hechas por mí —responde Carmen—. En la puerta os he dejado una bolsa para que se la deis de mi parte en cuanto la encontréis, que a saber lo que le estarán dando de comer a la pobre criatura.

Indira e Iván picotean de los diferentes platos mientras la abuela de Alba les sirve un par de vasos de zumo.

—He estado pensando en el motivo por el que ese canalla se ha llevado a mi nieta.

—Para vengarse de nosotros por su detención.

—Esa clase de hombres olvidan la venganza por dinero, hija. Esta misma mañana llamo al de la inmobiliaria para que ponga a la venta la casa, que yo no necesito tanto espacio. Y las acciones esas que compró tu padre y que me van a hacer la más rica del cementerio, las vendo y mando que te hagan una transferencia.

—Para el carro, mamá —Indira la frena—. Ni vas a vender la casa ni las acciones de papá, que son para pagarle la universidad a Alba.

—Yo solo digo que debéis estar preparados por si os pide un rescate.

—Estaremos preparados, Carmen —dice Iván—. Pero tú no vendas nada hasta que te lo digamos, ¿de acuerdo?

—Vale, pero avisadme cuanto antes para que no nos coja el toro.

—Quédate tranquila.

Iván se fija en la nevera, donde hay pegadas varias fotos de Alba de cuando él aún no sabía que tenía una hija. En ellas se ve a la niña en la nieve, en las fiestas del pueblo, montando a caballo...

—¿Cómo era Alba de bebé?

—Un sol —responde Carmen nostálgica—. Desde que salió del hospital la pobrecita ni manchaba para no poner histérica a su madre.

—No empieces con tus películas, por favor. —Indira la mira con censura.

—Pero si es la verdad, hija. Anda que no me costó hacerte entender que no podías marearla con tus chuminadas hasta que cumpliese por lo menos cinco años.

—No me quiero ni imaginar cómo fue para Indira cambiar su primer pañal —dice Iván.

—Tengo el vídeo —responde Carmen.

—¿No te pedí que lo borrases, mamá?

—Sí, pero no te hice ni puñetero caso. —Coge su móvil de la encimera y busca en la galería de fotos. Enseguida lo encuentra y se lo muestra a Iván—. Mira qué cara de siesa. Se puso hasta verde. Y todo por la caquita de un bebé, que ni olía ni nada.

—Yo no es por defender a tu hija —dice Iván—, pero lo de Alba no es normal. Yo ha habido veces que he tenido que salir de casa después de que fuera al baño.

—Exagerado... Mira, mira —dice volviendo al vídeo—. Aquí casi le da un vahído.

Iván mira las imágenes e intenta sonreír, pero ver a su hija le remueve todo por dentro. Lo mismo le sucede a la abuela Carmen, a la que se le forma un nudo en la garganta y lucha por no romperse.

—Voy a prepararos un par de bolsas con comida por si no pudieseis parar para comer.

Carmen prepara las bolsas, muy afectada. En ese momento, comienza a sonar el teléfono de Indira.

—Inspectora Ramos... —contesta para enseguida prestar atención—. Sí, por supuesto, pásemelo. —Tapa el auricular mientras
espera y se dirige a Iván—: El equipo de vigilancia de la mujer de
Walter Vargas quiere hablar con nosotros...

72

Jotadé está sentado tras su escritorio, pensativo, sin saber cómo gestionar la información que tiene Lucía sobre la implicación de su padre en la muerte de su cuñado. Lo único que puede hacer es intentar contrarrestarla, y, aunque se había jurado no seguir metiendo las narices en lo que sea que ocurrió entre su compañera y el arquitecto Héctor Ríos, baja a la galería de tiro para hablar con el oficial con el que Lucía y él coincidieron al practicar juntos hace unos días. Por suerte para Jotadé, ese chico le debe de caer mal a alguien, porque se pasa los turnos metido en ese sótano.

—¿Otra vez de guardia?

—Ya te digo —responde con resignación—. Veo menos el sol que un puto vampiro.

—También te digo que, para lo que hay que ver, casi es mejor estar aquí.

—Se me ocurren mejores cosas que hacer un sábado por la mañana, te lo aseguro. Y ya no solo es que no me dé el aire, sino que me voy a quedar sordo. Pero en fin, ¿te saco dos cartuchos?

—Voy a esperar a la agente Navarro, que hemos quedado ahora. Tú la conoces desde hace tiempo, ¿no?

—Desde que entró en el equipo de la inspectora Ramos, hace por lo menos cinco o seis años. Antes no fallaba una semana, pero desde que volvió de la baja, no asoma por aquí. Solo cuando vino contigo el otro día.

—Así tiene la puntería que tiene… Aunque, según me contaste, antes de lo de su accidente tampoco daba una.

—¿Eso te dije?

—Bueno, algo así como que solo había acertado doce de los trece disparos en la diana, y todos muy dispersos. Uno se le fue fuera de silueta, y mira que es jodido a esa distancia.

—Ah, sí. Es verdad. Aquel día tenía un pulso como para robar panderetas…

—Pero ¿tú estás seguro de que no tiró solo doce cartuchos?

—Se lo pregunté y comprobó el arma. Había tirado los trece.

Jotadé asiente. Ya tiene la información que necesitaba, y aunque está algo cogida por los pelos, confirma un poco más la implicación de Lucía en el asesinato del arquitecto: una de las cosas que se les pidió a las policías que utilizaban una Heckler and Koch USP Compact —entre las que se encontraba la propia Navarro— fue que mostrasen sus cargadores para comprobar si faltaba la bala con la que se cometió el asesinato. Lucía pudo demostrar que el suyo estaba completo, pero quizá aquella bala perdida de la galería de tiro no se fue alta, sino a su bolsillo, sin percutir. Otro simple indicio que ni siquiera serviría en un tribunal, pero que perfectamente podría ser real. Se despide del oficial diciéndole que teme que su compañera se haya rajado y que ya volverán a practicar otro día.

—Adrián ya no trabaja aquí —le dice el encargado del restaurante Salvaje, donde Héctor Ríos llevaba todos los jueves a su amante, a quien, según el informe, nunca llegaron a identificar.

—¿Y no sabe dónde trabaja ahora?

El encargado mira a Jotadé de arriba abajo con desconfianza, le pide que espere y va a preguntarle al cocinero sin dejar de vigilarle, como si en cualquier momento pudiese coger una de las sillas de caoba y salir corriendo con ella para venderla en algún mercadillo. Al cabo de unos segundos, regresa con él.

—En la Sala Kixx, un puticlub de Fuenlabrada. Supongo que allí le darán más propinas que aquí.

—Y fijo que algunas se las cobrará en especias...

La Sala Kixx es un hotel con sala de fiestas y más de cien habitaciones situado en un polígono industrial de las afueras de Fuenlabrada. El lateral de la fachada tiene una enorme silueta en neón de una chica voluptuosa bailando pole dance y el nombre de la sala con letras de colores; algo claro, directo y muy poco discreto con lo que tentar a todo el que lo vea y quiera pasar un rato acompañado. El Cadillac entra en el aparcamiento subterráneo. Aunque todavía no es ni la hora de comer, aquello ya está lleno. Enseguida se le acerca un aparcacoches. Jotadé sale del vehículo y le entrega las llaves.

—Ten cuidado de no rayármelo que me he quedado con tu cara, primo.

—Descuide, señor.

Jotadé vigila desde la puerta de acceso al club que el trabajador sepa lo que hace y, cuando comprueba que maneja el coche con soltura, entra. La sala de fiestas es como una discoteca cualquiera, recargada y llena de sillones y de elementos modernos de dudoso gusto. La única diferencia es que ahí son las mujeres las que intentan seducir a todo hombre que entra. El mundo al revés.

—¿Me invitas a una copa, mi amor? —le pregunta mientras le acaricia el pecho una chica mulata, muy guapa pero embutida en un vestido de licra verde que no la favorece en absoluto.

—Estoy yo como para invitar, princesa.

—No seas rácano, que se te ve un hombre de mundo.

—No he salido de España en mi vida, así que por ahí no vas bien. ¿Conoces a un camarero que se llama Adrián?

—¿Eres poli?

—Has acertado. ¿Me dices dónde está?

—Yo no quiero problemas —responde alejándose.

La manera de largarse de la mulata ha sido como una especie de aviso para las demás chicas, y ya ninguna otra se le acerca. Mira a su alrededor, donde hay barras con camareros detrás. A varios de ellos los descarta porque no son españoles, así que se sienta frente a un chico de unos treinta años, el único que tiene pinta de haber podido trabajar en un restaurante de lujo.

—¿Qué va a ser?

—Un vaso de agua del grifo, que estoy de servicio.

El camarero mira la placa que le enseña el policía y pone una botella de agua y un vaso frente a él.

—Invita la casa.

—Adrián, ¿no?

—¿En qué puedo ayudarle, agente?

—Oficial, si no te importa, que me costó un huevo y parte del otro pasar el puñetero examen. —Bebe directamente de la botella, estudiándole con la mirada—. Hace unos meses, cuando trabajabas en el restaurante Salvaje, te interrogamos sobre una pareja que solía ir allí a cenar, ¿lo recuerdas?

—Sí, pero ya dije todo lo que sabía, que tampoco era mucho; recuerdo que el tío al que mataron solía ir a cenar con una chica todos los jueves, pero ni idea del nombre.

—Según tu declaración, era una tía potente.

—Como muchas de las que iban por allí.

—¿Podría ser esta?

Jotadé le enseña una foto de Lucía. En ella se la ve de uniforme, recién salida de la Academia de Ávila. El camarero la observa, dubitativo.

—Por poder, podría, pero no lo tengo claro. Aquella tía solía ir bien vestida y tenía otro corte de pelo.

—Espera a ver.

El policía navega por internet hasta que encuentra una foto de Lucía mucho más reciente. Es la que ilustra la noticia del desgraciado accidente en el que falleció el agente Óscar Jimeno.

—¿Aquí la reconoces?

A Adrián le basta echarle un vistazo para asentir.

—Es ella.

—¿Estás seguro, Adrián?

—Completamente. Yo flipaba porque, estando tan buena, podría liarse con cualquier tío y no con ese pureta. Pero claro, la pasta es la pasta.

73

Cuando todavía faltaba más de un año para las elecciones, Bernardo Vallejo procuraba mantener los pies en el suelo, pero los baños de masas que se daba cada vez que acudía a algún acto público hacían que empezase a creer que de verdad llegaría a lo más alto. Su primer debate como líder de la oposición estaba a la vuelta de la esquina y casi todo el mundo —incluidos los medios afines al Gobierno— daba por hecho que saldría vencedor. El apoyo popular era evidente todas las mañanas en la entrada de la sede de su partido, donde, aparte de periodistas, se congregaban al menos un centenar de personas para verlo pasar, aunque fuese dentro del coche. Pero, desde hacía unos días, por consejo de Alberto Grau, acostumbraba a bajarse y saludarlos uno a uno antes de empezar la jornada. Esa cercanía con el electorado elevaba sus índices de popularidad hasta las nubes.

—¡Tienes que conseguir echar a esos sinvergüenzas de la Moncloa! —le gritaban sus seguidores mientras le estrechaban con fuerza la mano.

—Estamos trabajando para eso —solía responder él con una estudiada humildad.

—¡Machácalo en el debate!

—¡Acaba con él delante de toda España!

—Mucha suerte, presidente...

El tono de voz de ese hombre que le hablaba sin la exaltación del resto hizo que se fijase en su cara. Al reconocerlo como a uno de los españoles que había conocido en Nueva Zelanda años atrás, le mudó el semblante. Le soltó la mano con brusquedad y entró en el edificio sin terminar de saludar a sus demás incondicionales. Aquella mañana, durante la reunión con su equipo, Bernardo no logró concentrarse. Se limitaba a mirar con gesto serio a través de la ventana de la sala de reuniones.

—Es hora de decidir cómo afrontar la parte del debate dedicada a los presupuestos generales —dijo una de sus asesoras.

—¿Eso es importante? —preguntó Bernardo distraído, sin dejar de observar lo que sucedía en la calle.

—¿Cómo que si es importante? —Alberto Grau le miró estupefacto—. Si titubeas en eso, te destrozarán. ¿Qué te pasa, Bernardo?

—¿Podéis dejarnos solos, por favor?

En cuanto su equipo abandonó la sala de reuniones, Bernardo llamó a su mano derecha con un gesto. Él se acercó, sin comprender qué pasaba.

—¿Ves a aquel hombre de allí?

Alberto Grau se asomó a la ventana y vio a un hombre apoyado en la pared, detrás del lugar que ocupaban los periodistas. Fumaba distraído, como si todo lo que había montado a su alrededor no fuese con él.

—¿Le conoces?

—Sí, por desgracia sí le conozco. Es una de las pocas personas que podría acabar con mi carrera.

—¿De qué estás hablando? —se asustó Grau.

—Creo que es hora de que sepas algo, Alberto…

Bernardo le contó lo que había pasado a bordo de aquel barco y el pacto al que había llegado con sus compañeros de viaje. Alberto Grau enseguida comprendió la gravedad de la situación.

—Pacto que —dijo mirando a Lluís Bonfill desde la ventana—, por lo que se ve, tu amigo ha decidido romper.

—Eso parece. Envía a alguien a buscarle y que lo traigan a mi despacho. Cuanto antes terminemos con esto, mejor.

—Veo que las cosas te van de maravilla, Bernardo —dijo Lluís Bonfill al entrar en el lujoso despacho.

—Supongo que no puedo decir lo mismo de ti —respondió él con seriedad—. De ser así, no habrías roto el pacto que teníamos.

—La vida da muchas vueltas. ¿No me vas a invitar a uno de esos whiskies de veinte años que bebéis los presidentes del Gobierno?

—Todavía no soy presidente del Gobierno.

—Lo sé... y supongo que tienes claro que, si a mí se me ocurriera presentarme en la tele a contar nuestra historia, jamás lo serás.

—¿Qué quieres, Lluís?

—Me gustaría ser más original, pero quiero dinero. Tengo dos hijos a los que alimentar y las cosas no me han ido bien últimamente.

—¿Cuánto?

—Un millón de euros.

—Eso es demasiado.

—¿Sabes cuánto os habéis gastado para que tengas una imagen impoluta de cara al puto debate en la tele, Bernardo? Yo sí —contesta él mismo con aplomo—, así que no me vengas con gilipolleces.

—Si te pago, ¿cómo puedo saber que mantendrás la boca cerrada?

—Tienes mi palabra.

—Acabas de demostrarme que tu palabra no vale una mierda.

—¿La tuya sí? ¿Cuántas promesas de las que haces durante la campaña sabes de antemano que vas a incumplir? Y si aun así pides a la gente que confíe en ti dándote su voto, tú tendrás que hacer lo mismo.

Bernardo analizó sus opciones; si se negaba a pagar, Lluís Bonfill conseguiría el mismo dinero paseándose de plató en plató, y de esa forma acabaría con sus aspiraciones políticas. Si pagaba, corría el riesgo de que volviese a aparecer en unos meses pidiendo más, pero al menos habría ganado algo de tiempo y su situación sería otra. Al fin suspiró, entre la espada y la pared.

—¿Cómo quieres hacerlo?

—Abriré una cuenta fuera de España, por supuesto.

En cuanto Bonfill salió del despacho, Alberto Grau entró por la puerta que comunicaba con una sala anexa que el aspirante a presidente utilizaba para descansar cuando su agenda se lo permitía.

—Te tiene pillado por los huevos —dijo con gravedad.

—Lo sé...

—Tú céntrate en el debate, Bernardo. Si la cagas en la tele delante de toda España, dará igual lo que pasó en aquel barco porque estaremos acabados. Yo me encargo de reunir el dinero y de hacerle la transferencia.

74

En lugar de ir directos a la comisaría desde Villafranca de los Barros, Indira e Iván han ido al centro comercial Plaza Norte 2, en San Sebastián de los Reyes, a unos treinta kilómetros de Madrid. Están sentados en la terraza de una cafetería que hay enfrente de PGC Joyeros, negocio que, según el informe de los agentes que vigilan a la mujer de Walter Vargas, lleva frecuentando varios días seguidos.

—¿Qué crees que viene a hacer esa mujer aquí? —pregunta Indira.

—Comprar joyas. Es lo que tiene ser rico.

—¿Tres días seguidos y siempre justo antes del cierre para comer?

—Recuerda que estaba presente durante la llamada que te han hecho, Indira. Solo han sido dos días.

La inspectora Ramos señala hacia el fondo del pasillo con un gesto de cabeza. Al volverse, Moreno ve llegar a la mujer de Vargas. Va vigilante, como temiendo que alguien pudiese asaltarla en cualquier momento.

—Me cago en la hostia... —dice impresionado—. Viene directa hacia aquí.

Indira coge a Iván de la nuca y le besa para disimular. La mujer de Vargas pasa por su lado sin fijarse en ellos y entra en la joyería. Cuando se separan, se sonríen durante un instante para enseguida volver a centrarse en lo que les ocupa.

—¿Cuál es tu teoría, Indira?

—Puede que se ponga en contacto con su marido a través de ese local. Puede que incluso... —Se calla.

—¿Crees que Walter Vargas podría estar ahí dentro?

—Sería demasiada suerte, pero nunca se sabe. Tal vez sea Samuel Quintero u otro de sus sicarios y nos lleve hasta él.

—Entonces no sé a qué coño esperamos para entrar.

Iván mete la mano en la chaqueta para sacar su pistola, dispuesto a ir hacia el local, pero Indira le detiene.

—Espera. No sabemos si hay una puerta trasera. Lo último que necesitamos es que de verdad se encuentre con alguien ahí y se nos escape. Voy a hablar con los agentes que la vigilan para que cubran todas las salidas. Tú no pierdas de vista la tienda.

Indira va a darles instrucciones a dos policías de paisano que han entrado detrás de la mujer de Vargas y que aguardan junto a una fuente. Cuando estos siguen las indicaciones de la inspectora y salen del centro comercial, ella regresa con su compañero.

—¿Ha habido movimiento?

—No... hasta ahora mismo. —Ambos miran hacia la tienda y ven que el cierre empieza a bajar—. Hay que entrar ya.

A Indira le hubiera gustado tener más tiempo para planificar la operación, pero está de acuerdo con Iván y ambos sacan sus pistolas. Corren hacia la tienda apartando a la gente con la que se cruzan y consiguen colarse en la joyería en el último segundo, deslizándose por debajo del cierre metálico cuando está a punto de llegar al suelo.

—¡Policía! —dice Moreno apuntando a la dependienta—. ¡Ponga las manos donde podamos verlas!

La chica levanta las manos, muy asustada.

—¡¿Dónde está la mujer que ha entrado hace un momento?!

—En la trastienda...

—¡Tírese al suelo y no se mueva de ahí!

La dependienta obedece y los dos policías corren hacia la trastienda. Cuando entran, encuentran a la mujer de Walter Vargas sentada frente a un tasador, que, con una lupa monocular, examina una gargantilla.

—¿Qué pasa? —pregunta el joyero, temiendo que sea un atraco.

—¡¿Dónde está su marido?! —pregunta a su vez Indira a la mujer.

—Ya le he dicho que no lo sé, inspectora —responde ella.

—¡No nos venga con tonterías, señora! —dice Moreno apuntándola con su arma—. ¡Sabemos que viene aquí para contactar con él!

—Eso no es cierto. Vengo para conseguir dinero con el que alimentar a mis hijos.

Indira comprueba con un vistazo que no hay ninguna salida en la trastienda y se da cuenta de lo que está pasando. Baja su arma y la de su compañero con la mano, decepcionada.

—¿Está empeñando joyas?

—No tengo otra manera de sacar adelante a mi familia. Todas las cuentas de mi marido están congeladas.

Indira e Iván vuelven a desesperarse cuando ven que es verdad. La inspectora Ramos estaba convencida de que podría conseguir la pista definitiva para encontrar a Walter Vargas, pero no se trata más que de una transacción comercial de una madre tan desesperada como ella.

—Tiene que ayudarnos —ruega—. Ya no sabemos dónde buscar a nuestra hija. Y si no damos con su marido, quizá nunca la encontremos.

—Me encantaría poder decirle algo, le doy mi palabra, pero no se ha vuelto a poner en contacto conmigo. No tengo ni idea de dónde está.

—Lo último que hemos sabido es que quizá se haya escondido en la provincia de Ávila. ¿No sabe si tiene alguna propiedad allí a nombre de otra persona o si conoce a alguien que la tenga?

—No...

—Piense, por favor. Uno de los niños de la casa donde Samuel Quintero y él se ocultaron después de escapar de la cárcel les escuchó decir que irían a la casa de Ávila.

—Lo siento, pero no puedo ayudarles. —De pronto, parece darse cuenta de algo—. A no ser que...

—¿Qué?

—¿Están seguros de que se referían a la provincia de Ávila?

—¿A qué otra cosa podría ser?

—A Ernesto Ávila, un empresario con el que tenía negocios antes de que ustedes le detuvieran.

75

Desde que la noche anterior Alberto Grau amenazó a Sara con hacer público su vídeo sexual con Bernardo Vallejo, la actriz está más nerviosa e irascible que nunca. José Miguel, vestido con ropa deportiva, entra contrariado en la habitación mientras su mujer se maquilla frente al espejo.

—¿Te has vuelto loca, Sara? —pregunta irritado—. Me voy a correr un rato y, cuando vuelvo, me entero de que has despedido a la asistenta.

—No me fiaba de ella. Esa chica es capaz de robarme la ropa interior para después venderla por internet.

—¿Has echado algo en falta?

—He preferido despedirla antes de que empiecen a faltar cosas.

—Eso es un poco injusto, ¿no te parece? Además, ¿por qué has tenido que hacerlo delante de los niños? Que vean cómo una madre desquiciada trata al servicio como si fueran mierda no me parece recibir una buena educación.

—Yo no he tratado mal a nadie, José Miguel.

—Para empezar, a mí. Llevas días que no hay quien te aguante. Y ya estoy muy harto de que no me cuentes nada. Sigues sintiéndote vigilada, ¿es eso?

Sara sabe que tiene que darle una respuesta convincente a su marido.

—No.

—Entonces ¿qué pasa, Sara?

—A lo mejor es que llevo años sin recibir una oferta de trabajo mínimamente interesante. Cada día me ofrecen peores papeles. Te juro que leo los guiones y se me cae el alma al suelo. Si por mí fuera, no volvería a hacer una película en la vida.

—Lo echarías de menos, pero tienes suficiente dinero y podrías ser más selectiva con tus trabajos. ¿Por qué no te tomas un tiempo para ti? Hace unos años decías que querías hacer un curso de maquillaje. Quizá haya llegado el momento.

—Tal vez tengas razón... Siento estar tan insoportable. Perdóname.

Sara le abraza. Para ella, perder a José Miguel sería un golpe durísimo, y si se enterase de su infidelidad, no tendría ninguna oportunidad de conservarle a su lado. Lo mejor que puede hacer es obedecer a Alberto Grau y rezar para que esas imágenes nunca vean la luz. Pero nunca es demasiado tiempo, y no quiere vivir siempre con esa espada de Damocles sobre la cabeza. Necesita desactivar la amenaza, aunque no tiene ni idea de cómo conseguirlo. En cuanto su marido se lleva a sus hijos a jugar al fútbol al parque, busca todo lo que hay en la red sobre la mano derecha de Bernardo Vallejo.

Alberto Grau nació en un pequeño pueblo de la provincia de Teruel en 1971, en el seno de una familia dedicada a la ganadería. Desde joven se interesó por la política e ingresó en el mismo partido con el que ahora aspira a ser vicepresidente del Gobierno. El fallecimiento de su padre en un accidente laboral primero y de su madre a causa de un cáncer fulminante poco después, cuando él tenía dieciocho años, hizo que se trasladara a la capital a vivir con una tía por parte de madre. Cursó sus estudios de Ciencias Políticas en la Universidad Complutense de Madrid y, cuando logró hacerse un nombre dentro del partido, se presentó a las primarias, pero apenas consiguió el apoyo de sus compañeros. Aceptó con dolor que no estaba llamado a liderar ningún proyecto, pero sí podía ser útil a quien le había ganado de manera tan clara: un joven con un carisma arrollador llamado Bernardo Vallejo. Supo que llegaría muy lejos a su lado y le prometió y demostró una fidelidad a prueba de bombas. En cuanto a su vida personal, a Alberto Grau no se le conoce pareja estable ni tiene hijos. Su círculo más cercano ha declarado en varias ocasiones que su verdadero y único amor es la política.

Después de pasar varias horas investigando, Sara no ha encontrado nada con lo que contrarrestar el chantaje al que la somete Alberto Grau, ya que tampoco parece haberse visto nunca envuelto en ningún escándalo; ni financiero, ni político, ni tampoco personal. A punto de rendirse, intenta una última cosa a la desesperada y, tras calarse una gorra y pertrecharse detrás de unas enormes gafas de sol, se presenta en la facultad de Ciencias Políticas. Le sorprende que el lugar en el que estudian los futuros dirigentes del país esté tan descuidado, tan sucio y tan lleno de pintadas y de pancartas, muchas de ellas en contra de los bancos y de los poderes establecidos, y otras apoyando la ocupación, la anarquía, toda clase de revueltas y hasta la abstención en las elecciones generales del día siguiente, lo que no deja de ser paradójico para el lugar en el que está. Un sábado por la tarde allí apenas hay media docena de estudiantes que charlan junto a la puerta de la biblioteca. Una chica joven con un estilo serio y formal, que contrasta con todo lo que hay a su alrededor, entra con unos papeles en la secretaría. Sara se acerca a la ventanilla, cuyo marco está tan profanado con pintadas de distintos colores como el resto de los muros de la facultad.

–Buenas tardes. Quería pedir información sobre un antiguo alumno, por favor.

—¿Qué clase de información?

—Soy periodista —improvisa— y estamos haciendo un reportaje sobre el equipo de los candidatos a la presidencia. En especial me interesa Alberto Grau, la mano derecha de Bernardo Vallejo. Estudió aquí a mediados de los años noventa.

—En eso no puedo ayudarla. Tendrá que volver el lunes.

—El lunes ya será tarde. Las elecciones son mañana y necesito terminar el reportaje antes.

—Lo siento.

La chica sigue con su papeleo y Sara suspira resignada. Está a punto de marcharse cuando, al pasar por el pasillo que lleva a la cafetería, ve que está abierta. Al igual que el resto del edificio, el local está plagado de carteles de convocatorias a manifestaciones, de ofertas de entradas para conciertos y anuncios de pisos compartidos. Apenas hay un par de estudiantes tomando algo en las mesas, tan pintarrajeadas como todo lo que hay en aquel lugar. Se acerca al camarero, un hombre de cincuenta y tantos que tiene pinta de querer largarse cuanto antes de allí.

—Un café con leche, por favor.

El camarero asiente y la observa con curiosidad mientras le pone el café. Al servírselo y quitarse ella las gafas durante un par de segundos, se da cuenta de por qué le suena tanto esa mujer.

—¿Va a hacer una película aquí?

—Quizá...

—Tendrá que ser de terror, porque hay cada uno...

—Ya lo he visto. ¿Cómo es que nadie limpia esto un poco y borra las pintadas?

—Se ha intentado, no se crea, pero al día siguiente ya estamos igual.

—¿Lleva usted muchos años trabajando aquí?

—Veinticinco voy a hacer dentro de un par de meses. Recuerdo que empecé el mismo año que estrenó usted aquella película en la que hacía de bailarina.

—Mi primera gran película —recuerda nostálgica—. Ha llovido desde entonces, porque ahora tengo la misma flexibilidad que este taburete.

El camarero sonríe, encantado de charlar con tanta naturalidad con uno de los iconos sexuales que le han acompañado toda la vida. Sara se da cuenta del poder que ejerce sobre él y le devuelve la sonrisa.

—Entonces conocería a Alberto Grau, la mano derecha de Bernardo Vallejo. Estudió aquí más o menos cuando usted empezó a trabajar.

—Claro que le conocí. ¿Por qué pregunta por él?

—Estamos haciendo un reportaje sobre las elecciones de mañana y queremos conocer en profundidad a los equipos de los candidatos. ¿Podría darme algo de lo que tirar? Lo que sea... por favor.

—Lo único que puedo decirle es que era un elemento de cuidado. Lo mejor es mantenerse alejado de él.

—¿Y eso?

El camarero la mira dubitativo, pero la cara de súplica de la actriz le desarma por completo. Coge una servilleta y escribe algo en ella. La dobla y la pone junto a la taza de café de Sara.

—Yo no le he dicho nada.

Cuando se marcha hacia la cocina, Sara desdobla la servilleta. Hay escritas tres palabras, el nombre y apellidos de una mujer: Valentina Espejo Aparicio.

76

James no consigue permanecer en la misma postura más de cinco minutos seguidos. Las terribles heridas de la espalda le obligan a tumbarse boca abajo, pero los problemas respiratorios que suelen tener los niños como él —sumados a la hinchazón de la cara a causa de los golpes propinados por su tío— hacen que enseguida sienta que se ahoga y tenga que incorporarse para respirar. Después de varias bocanadas, cuando al fin logra que sus pulmones funcionen de nuevo con normalidad, se tumba y vuelta a empezar. Y así lleva ya dos días. Intenta ser valiente y no llorar, pero le duele demasiado. El único rato de alivio se lo proporciona su tía cuando le lleva comida y medicinas y le limpia las heridas.

—Aprende de una vez que no debes desobedecer a tu tío, James —dice mientras le aplica un ungüento blanquecino sobre la piel—. Ya sabes que tiene muy mal carácter y tú no le haces caso nunca.

—Solo quería hablar con esa niña —dice apretando los dientes para contener las lágrimas—. Está muy asustada.

—Te dijimos que no te acercases a ella. Y mucho menos que te encariñases.

—¿La van a matar?

—Haces demasiadas preguntas... —responde evasiva—. Ahora descansa.

Si su estado por la paliza de su tío le impedía dormir, tener la certeza de que Alba va a correr la misma suerte de otros que han pasado antes por aquel lugar le hace permanecer despierto día y noche, buscando la manera de ayudarla a escapar aunque eso suponga otra paliza para él, seguramente la definitiva. Pero por mucho que se esfuerza, no se le ocurre cómo.

A veces, en su desesperación, piensa que es tan tonto como le han intentado hacer creer siempre. La única persona que no le hacía sentir así era su madre, pero ella ya no está. Intenta recordar las palabras que le decía todas las noches, aunque cada vez quedan más lejanas: «Nunca permitas que nadie te diga que eres menos que los demás, James. Vales mucho, y aunque tal vez debas esforzarte un poco más para demostrarlo, al final lo conseguirás. Tú estás llamado a hacer grandes cosas».

Quizá una de aquellas grandes cosas a las que se refería su madre sea dejar de pensar y actuar; buscar la llave de la puerta y decirle a su amiga que eche a correr hacia la carretera para que la vea un camionero y la devuelva a su casa. O mejor aún, robarle el teléfono a su tío y llamar a la policía para decirles que la niña a la que busca una inspectora llamada Indira está allí. Aunque conseguir la llave o el móvil va a ser una tarea imposible, decide jugársela e intentarlo.

Cuando deja de escuchar las risotadas de su tío en el salón, sabe que el alcohol que bebe desde por la mañana le ha hecho perder otra vez el conocimiento delante de la televisión y que ha llegado su oportunidad. Pero le cuesta más de diez minutos incorporarse y caminar hasta la puerta de su habitación, y cuando al fin lo logra, la encuentra atrancada desde el exterior. Resulta que su tío no es tan estúpido como él pensaba y le ha encerrado igual que a Alba. La diferencia es que él sí tiene una ventana a la que asomarse. Se arrastra hasta allí y, al descorrer la cortina, puede ver, al otro lado del patio donde se acumulan toda clase de objetos y desperdicios, la puerta azul tras la que está su única amiga.

77

Ernesto Ávila se enorgullece de ser uno de los escasos nueve mil quinientos socios de número del exclusivo Real Club Puerta de Hierro. El resto, hasta completar los dieciséis mil, son en su mayoría cónyuges que, en caso de divorcio, perderán el privilegio de entrar en un recinto de más de doscientas treinta hectáreas donde, desde principios del siglo xx, se reúne la nobleza y la élite empresarial. Entre sus afortunados socios —en el club llevan sin admitir nuevas incorporaciones desde el año 1987— hay políticos, banqueros, empresarios, embajadores y hasta miembros de la realeza. Un pequeño paraíso situado cerca del monte de El Pardo, al norte de Madrid, en el que no hay cabida para las indiscreciones: «Si estás dentro, eres de los nuestros. Nadie se va a preguntar de dónde sacas el dinero para pagar las cuotas», se suele escuchar en la terraza del lujoso restaurante, en los *greens* de alguno de los campos de golf, en las gradas del de polo o junto al *pitch* del campo de críquet.

Por eso Ernesto Ávila se siente tan a gusto allí, porque a nadie le interesa si con quien hace sus negocios es con la aristocracia o con traficantes, secuestradores y asesinos de la talla de Walter Vargas. De cara a los demás, vive de inversiones inmobiliarias, de varios concesionarios de coches de lujo y de su cartera de acciones, pero la realidad es que, si quiere mantener el mismo nivel de vida de sus amigos, no le queda más remedio que moverse al margen de la ley.

Todos los fines de semana se apuesta la cena a un partido de golf, y casi siempre la suele perder. Le da igual pagar, el dinero es lo de menos, pero le hierve la sangre al pensar que lleva años recibiendo clases para que un banquero de casi setenta años, un conde con problemas de drogas venido a menos y un rentista afeminado le restrieguen por costumbre que la nota corre otra vez de su cuenta. Sin embargo, hoy es distinto, ya desde el primer hoyo lo ha notado. Y ahora ha puesto la bola en mitad de la calle del dieciséis y lleva cuatro golpes menos que el segundo.

—¿Qué has comido hoy, Ernesto? —pregunta el banquero, impresionado por su salida con el *drive*.

—Nada especial —responde sobrado—. Me he cansado de pagaros la cuenta.

—Cuidado, que el golf es muy traicionero y tú eres muy dado a irte fuera de límites en el último hoyo —dice el conde con retranca.

—Eso no va a pasar hoy.

Ernesto Ávila se sitúa detrás de la bola y mira su reloj GPS, que indica que está a ciento diez metros de la bandera. Coge el hierro nueve y toma aire. Disfruta de su momento; no piensa dejar que nadie se lo estropee. Pero hay cosas que se escapan del control y, al contrario de lo que creía, hoy en absoluto va a ser un buen día para él.

—Pero ¿qué hacen esos ahí? —pregunta perplejo el rentista—. ¡Eh! ¡Ahí no pueden estar!

Los demás miran hacia el *green* y ven a un hombre y a una mujer caminando hacia ellos con paso firme. Les gritan que se aparten y se preguntan quiénes serán, pero Ernesto Ávila conoce bien la respuesta.

—¿Se han vuelto locos? —pregunta el banquero cuando Indira e Iván están a unos metros del grupo de jugadores—. Podríamos haberles dado un bolazo.

—Soy la inspectora Ramos y este es mi compañero el inspector Moreno —dice Indira mientras ambos muestran sus placas—. ¿Quién es Ernesto Ávila?

Los otros tres dan instintivamente un paso hacia atrás mirando a su compañero.

—¿En qué puedo ayudarles, agentes? —pregunta Ávila con tranquilidad, sin dejar de practicar su *swing* sobre el césped.

—Venimos a hablar con usted sobre Walter Vargas.

—No conozco a nadie llamado así. Además, no pienso responder a ninguna pregunta hasta que termine mi partido y llame a mi abogado. ¿Se apartan, por favor? En este hoyo no se me escapa el par.

Iván se coloca frente a él y, sin mediar palabra, le da un puñetazo que hace que Ávila suelte el palo y se caiga de culo.

—¡Oiga, ¿qué está haciendo?! —exclama el banquero, indignado—. ¡Eso es maltrato policial y no se lo vamos a permitir!

—No tengo ni idea de quiénes son ustedes —dice Indira—, aunque supongo que peces gordos que tampoco saben con quién se relacionan. Este hombre —continúa, clavando ahora la mirada en Ernesto Ávila, que sigue en el suelo conteniendo con la mano la hemorragia de su boca— tiene negocios con un traficante, asesino y secuestrador de una niña de tres años. Nuestra hija.

Los tres hombres se miran, comprendiendo la gravedad de la situación.

—Y hemos sabido que le está ayudando a ocultarla —interviene Moreno—. O sea, que tienen dos opciones: o se largan ahora mismo y no dicen una palabra de lo que ha pasado aquí, o cuentan que le he dado una paliza, porque se la pienso dar como vuelva a mentirme, y mañana quienes salen en el periódico son ustedes como cómplices de secuestro, tráfico de drogas, asesinato y todo lo que se nos ocurra.

—No sé cómo serán las normas en este club —continúa Indira—, pero no creo que les vayan a mirar demasiado bien después de saber todo eso. ¿Qué deciden?

Los tres toman una decisión al instante.

—Esperamos que encuentren a su hija, inspectores.

Cogen sus carritos y continúan jugando su partido como si allí no hubiera pasado nada.

—¿Dónde está Walter Vargas? —le pregunta Indira a Ernesto Ávila, que sigue en el suelo escupiendo sangre.

—Ya les he dicho que...

Iván se agacha a coger el palo de golf y le amenaza con él.

—Le juro que, como no empiece a hablar, le rompo las piernas aquí y ahora.

—Adelante, inspector Moreno —dice el empresario resignado a su suerte—, rómpame las piernas y lo que considere, pero no delataré a Walter Vargas. Si lo hiciera, me mataría a mí y a toda mi familia.

—Ayúdenos a encontrar a nuestra hija, por favor —ruega Indira.

—Eso no está en mi mano, inspectora. Lo único que puedo decirles es que no se esconde en ninguna de mis propiedades.

—¡Miente! —Moreno levanta el palo con rabia.

—Yo no soy tan cabrón como usted se piensa, inspector. He hecho algunos negocios con Vargas, lo reconozco, pero jamás colaboraría en el secuestro de nadie, y mucho menos de una niña pequeña. Deben buscar en otro lado.

Moreno está a punto de descargar el golpe sobre Ávila, pero Indira se lo impide. Se miran derrotados, temiendo haber agotado la última vía de investigación que les quedaba.

78

Jotadé regresa a la comisaría y encuentra a Lucía hablando por teléfono sentada tras su escritorio. Ambos se saludan con un gesto cargado de tensión y de disimulo. En cuanto se despide de su interlocutor y cuelga, Lucía se gira y ve que su compañero está mirándola fijamente. No sabría describir su expresión, pero algo en ella le hace sentir incómoda.

—¿Qué ha pasado con tu amigo? —pregunta Jotadé.

—Le han pegado dos cuchilladas en el abdomen y otra en el cuello. Se ha desangrado en la mesa de operaciones.

—Iban en serio...

—Si hay algo que no se perdona en la calle es a un chivato.

—Yo eso lo tengo claro... ¿y tú?

Ambos son conscientes de que no pueden seguir posponiendo la conversación que tienen pendiente. Sin necesidad de decir una palabra, se levantan y van hacia la sala de reuniones. Nada más cerrar la puerta, Lucía suelta lo que ya lleva muchas horas quemándole por dentro:

—Fue tu padre, Jotadé. Él mató a tu cuñado.

—¿Tienes alguna prueba de eso? —pregunta él sin perder la calma.

—No, y supongo que, de haberla, tú ya te habrías deshecho de ella.

—O sea, que acusas a mi padre de asesino y a mí de cómplice,

¿no? ¿Tienes algo contra mi madre y mi hermana? Porque, entre tú y yo, sospecho que venden algunas prendas falsas en el mercadillo.

Lucía le mira con seriedad, sin entrar al trapo de sus bromas. Jotadé resopla.

—Nos dejamos de gilipolleces, ¿no?

—Te lo agradecería.

—Muy bien. Mi padre se hartó de que ese hijo de puta maltratase a mi hermana, así que cogió una pistola de mi armario, fue a esperarle a su portal y le voló la cabeza. ¿Y sabes qué? Que no puedo sentirme más orgulloso de él, así que lo único que me interesa saber es si piensas delatarle.

—Si no lo he hecho ya es porque no lo tengo claro.

—Ya le viste la cara a mi hermana, Lucía. Si mi padre no llega a dispararle, lo habría hecho yo, porque no iba a dejar que ese cabrón acabase matándola a ella o a alguno de mis sobrinos.

—Está mejor muerto, es evidente. Pero esa no es la cuestión.

—Entonces ¿cuál?

—Que somos policías y no podemos mirar hacia otro lado cuando se comete un asesinato, Jotadé.

—Tienes un morro que te cagas, ¿no?

—¿A qué viene eso?

—Héctor Ríos.

A Lucía se le hiela la sangre. En ese preciso momento, comprende que la expresión de su compañero no era sino una mezcla de desconcierto por saberla una asesina y seguridad por tenerla en sus manos. Ella estaba convencida de que, tarde o temprano, alguien terminaría averiguándolo. Lo que no esperaba es que sentiría esa especie de alivio. Piensa en negarlo, en hacerse la sorprendida, pero sería inútil; si Jotadé le ha soltado la bomba en la cara es porque ya ha atado todos los cabos.

—Héctor Ríos... —repite Lucía—. ¿Qué sabes de él?

—Que era un millonetis con el que estabas liada y que fuiste tú quien le mató.

—Fue un accidente. Bueno, en realidad un suicidio.

—No me jodas, Lucía —dice con incredulidad.

—Es verdad. Nos gustaba jugar con mi pistola y él la cargó a escondidas para que le disparase mientras follábamos.

—¿Por qué haría eso?

—Lo había perdido todo debido a unas malas inversiones y necesitaba que su muerte pareciese un asesinato para que su mujer y su hija pudiesen cobrar un seguro de vida.

—¿Te involucró?

—Sí... ahí no se portó muy bien —responde Lucía con un punto de amargura—. Aunque no me sale culparle. En el fondo era un buen hombre dispuesto a quitarse de en medio para que a su hija y a su mujer enferma nunca les faltase de nada.

—En ti no pensó demasiado.

—Supongo que estaba seguro de que terminaría superándolo.

—¿Y lo has hecho?

—¿Cómo lo has averiguado? —pregunta a su vez Lucía, evitando contestar.

—Desde el principio me pareció rara la relación que tenías con ese hacker, así que bajé al calabozo a hablar con él. Le lie un poquito y me dio la clave. Después solo tuve que leer el expediente de Héctor Ríos y luego hacerle una visita al oficial de la galería de tiro. Me confirmó que la última vez que bajaste solo habías acertado doce veces en la diana, pero yo sospechaba que la bala que faltaba te la habías llevado para completar tu cargador y superar así la inspección que os hicieron.

—Circunstancial.

—Ya lo sé. Por eso me he acercado a un puticlub de Fuenlabrada. Allí trabaja ahora el camarero que os atendía todos los jueves a Héctor Ríos y a ti en un restaurante pijo del barrio de Salamanca.

—Adrián López...

—El mismo. Le enseñé una foto tuya y te reconoció enseguida.

Lucía asiente, liberada por no tener que seguir disimulando.

—¿Y ahora qué?

—Yo puedo callármelo si tú te callas lo de mi padre.

—¿Así de fácil?

—Tú misma has dicho que Ríos se suicidó para dejar bien colocada a su familia aunque con ello te arruinase, Lucía. Por mucho que digas que era un buen hombre, a mí no me da ninguna pena. ¿Tú podrías dejar en paz a mi padre?

—¿Tú qué crees?

—Que nunca pensaste en denunciarle. Lo habrías hablado con María o directamente con el comisario.

—Somos una puta mierda de policías, ¿te das cuenta?

—¿Por qué? ¿Por evitar que un gitano que solo quería salvar a su hija y que nunca había cometido un delito termine con sus huesos en la cárcel? ¿O porque una buena poli a la que le tendieron una trampa decidiera huir hacia delante?

—No te imaginas cómo, Jotadé —dice Lucía con desazón—. Durante aquellos días no sé qué pudo pasarme, pero no era yo.

—Me la sudan los detalles, Lucía. Tomaste una mala decisión, vale, pero yo no soy nadie para juzgarte. Si tienes que dar explicaciones, ya se las darás al de arriba.

—Al de arriba, si existe, jamás le miraré a los ojos.

—Eso nunca se sabe, que el tío es un cachondo y lo mismo te sienta a su vera. O en sus rodillas. —Le tiende la mano—. Entonces ¿tenemos un trato?

La agente Navarro duda, pero termina estrechándosela. Lo que Jotadé desconoce es que su culpa es mucho más profunda.

79

El optimismo de Sara Castillo desaparece en cuanto llega a su coche y no encuentra nada en internet sobre una mujer llamada Valentina Espejo Aparicio. Piensa en regresar a la cafetería de la facultad y pedirle al camarero algún dato más, pero por cómo desapareció después de escribir el nombre en la servilleta, sabe que no lo conseguirá. De pronto, se acuerda del vigilante jurado de la cadena donde trabaja, el que tiene una sobrina aspirante a actriz que no hace mucho le pidió una foto firmada para ella. Cierto día le contó que había sido policía y le ofreció su ayuda en lo que pudiera necesitar. Pone rumbo hacia la tele y, esta vez sí, le sonríe la suerte, porque está sentado dentro de su garita. Le pide al vigilante lo que necesita y este, solícito, solo tiene que hacer una llamada para facilitarle una dirección.

La última vez que Sara Castillo pisó un barrio como Usera fue rodeada de todo el equipo de la película que rodaba por aquel entonces, ambientada en los bajos fondos de Madrid. En cuanto se apea del coche, siente la mirada escrutadora de todos los vecinos. Aunque va vestida con unos vaqueros sencillos y una camisa, se nota a la legua que no es de allí. Llega a la dirección que le ha dado el vigilante y llama al telefonillo. A los pocos segundos, contesta una mujer mayor.

—¿Quién es?

—Buenas tardes. Pregunto por Valentina Espejo Aparicio.

Al otro lado se hace el silencio.

—¿Hola?

La puerta se abre con un zumbido. Sara entra en el portal vigilando que nadie la siga y sube con cautela por las escaleras. Al llegar al descansillo del segundo piso, encuentra a una señora de cerca de setenta años esperándola.

—¿Quién es usted?

—Mi nombre es Sara Castillo. Estoy buscando a Valentina Espejo.

—Es mi hija.

—¿Podría hablar con ella?

—No lo creo, porque Valentina murió hace veintitrés años...

Sara se queda planchada, sin comprender por qué el camarero le ha dado el nombre de alguien que ya no existe desde hace tanto tiempo. La señora la observa con curiosidad.

—¿De verdad es usted Sara Castillo? ¿La actriz?

Sara asiente forzando una sonrisa.

—¿Para qué quería hablar con mi hija?

—Lo cierto es que no tengo ni idea. Estaba buscando información sobre una persona y me han dado su nombre.

—¿Sobre qué persona?

—Alberto Grau.

A la mujer le muda el semblante al escuchar ese nombre.

—Pase.

El salón tiene como única decoración un par de cuadros de paisajes y fotografías de Valentina y de su padre, algunas de ellas con crespones negros en las esquinas. La chica era llamativamente guapa. En una de las fotos posa con un grupo de amigas frente a la fachada de la misma facultad que Sara ha visitado hace unas horas. Ya por aquel entonces parecía tan deteriorada como lo está en la actualidad.

—Mi marido murió durante la pandemia... —dice la madre de Valentina volviendo de la cocina con un par de tazas de café—, o al menos fue cuando falleció, porque morir, murió la misma mañana que nuestra hija.

—¿Qué pasó?

—Nos la atropellaron.

—¿Un accidente?

—No, nos la atropellaron —corrige con firmeza—. La estaban esperando y, cuando salió del portal, se la llevaron por delante. En cuanto escuché el golpe, sentí que mi vida se había roto en mil pedazos.

—Lo siento de corazón. Pero ¿qué tiene que ver Alberto Grau con esto?

—Porque fue él, hija.

A Sara le da un vuelco el corazón.

—¿Qué está diciendo, señora?

—Que ese malnacido nos quitó a nuestra niña en la flor de la vida. Y aunque nunca pudimos demostrarlo, mi marido y yo siempre hemos estado convencidos de que fue él. Dio una coartada y la policía cerró el caso como un simple atropello con fuga.

—¿Por qué querría Alberto Grau matar a su hija?

—Porque la violó y ella pensaba denunciarle aquella misma mañana.

Sara asimila la información y aguarda respetuosa a que la madre de Valentina se explique. La señora le da un pequeño sorbo a su café. En su expresión se nota lo duro que es para ella rememorar aquel momento, pero sobre todo saber que jamás se hará justicia.

—Valentina había salido un par de veces con Grau —continúa tras unos instantes—. Le caía bien, pero nunca le llegó a gustar como novio. Una noche él intentó besarla y ella le rechazó, pero ese bastardo no se conformó y la forzó. Después de aquello le ofreció mil disculpas y le dijo que todo había sido producto del alcohol. Mi hija dudó sobre si denunciarle, porque por aquel entonces parecía que él iba a tener un brillante futuro como político y eso supondría el fin de su carrera. Pero la noche anterior a su muerte, le dijo que lo sentía mucho, pero que no podía dejarlo pasar y que a la mañana siguiente iría a la comisaría. Y el final de esta historia ya lo conoce usted.

—¿De verdad cree que fue capaz de matarla? —pregunta Sara.

—Fue capaz de violarla a pesar de que ella le rogó que parase con lágrimas en los ojos.

De pronto, Sara siente un escalofrío al darse cuenta de que, si ya mató una vez para que su carrera no se viera afectada por aquel incidente, bien podría haberlo vuelto a hacer para que no saliera a la luz lo sucedido en Nueva Zelanda y que su vicepresidencia no corriese peligro. Como él mismo le dijo en el reservado de aquel restaurante, lleva muchos años luchando junto a Bernardo Vallejo para lograr su objetivo y no va a permitir que nada ni nadie lo estropee. Y, por la relación que tiene Bernardo con él, no le extrañaría que le hubiese puesto al tanto de la muerte de Pierre.

—Le juro que haré lo imposible para que el crimen de su hija no quede impune, señora —asegura con determinación antes de salir del piso.

80

—Anoche hablé con la policía neozelandesa —dice la oficial Verónica Arganza entrando en la sala de reuniones a última hora de la tarde, donde aún trabaja la subinspectora María Ortega—, con la embajada española en Wellington y hasta con la señora de la limpieza del hotel donde se alojaron las víctimas, y nadie recuerda que sufrieran ningún incidente.

—Quizá no ocurrió allí... —aventura María—. ¿Y si lo que sea que les pasase sucedió una vez volvieron a España?

—Entramos en el terreno de las elucubraciones, jefa. Puestos a dar teorías absurdas, yo he llegado a pensar que cometieron un delito entre los ocho.

—¿Qué clase de delito?

—Imagínate que conocieron a alguien allí que les pidió que sacaran algo del país.

—¿Hablas de drogas?

—Drogas no lo creo, pero joyas o algo parecido, quizá.

—No veo a Sara Castillo metiéndose en ese lío. Por aquel entonces ya era una de las actrices mejor pagadas y hasta había ganado un Goya. Y menos aún a Bernardo Vallejo. Además, aunque se les hubiera ido la pelota, ¿por qué coño los matan tantos años después?

—No, no tiene mucho sentido. —La oficial resopla y se sienta frente a su jefa—. ¿Qué se sabe de la niña de Indira y de Iván?

—Nada, y cada vez lo tienen peor. Todas las pistas que siguen terminan llevándoles a un callejón sin salida.

—¿No podemos hacer algo por ayudarles?

—Saben que estamos a su disposición. Si nos necesitan, descuida que enseguida nos lo dirán.

En ese momento, entra el agente Lucas Melero.

—No os lo vais a creer...

—Espero que traigas buenas noticias, porque falta nos hacen —dice María.

—Noticias traigo, pero no sé si son buenas o nos van a meter en un lío todavía más grande del que ya tenemos.

—Miedo me da...

—Es para acojonarse, la verdad. Por fin he conseguido ponerme en contacto con la empleada que tuvo el juicio con la mujer de Eduardo Soroa.

—La que se había largado a su país... —recuerda la oficial Arganza.

—La misma. La tía trincó casi veinte mil euros de indemnización y volvió a Ecuador a montar un restaurante. Me ha costado dar con ella porque se puso el apellido del marido.

—No te enrolles, Lucas. —La subinspectora le apremia—: ¿Qué te ha dicho?

—Al principio era reticente a hablar, porque había llegado a una especie de acuerdo de confidencialidad con la señora, pero cuando se ha enterado de que la habían matado, me ha contado que le iba el mambo.

—¿Qué significa eso?

—Que la mujer del productor tenía amantes. Y no uno o dos, sino que al parecer por su cama pasaba más gente que por la oficina del INEM. Y lo más flipante de todo es que a su marido no le parecía mal.

—Cada uno vive su relación como le da la real gana, Lucas —dice Verónica—. Lo que no entiendo es en qué ayuda eso a resolver el caso.

—Ayudar en poco, más bien lo complica. Me ha hablado de un amante en concreto... —añade misterioso.

—¿Por qué narices tienes que dar la información por fascículos? —pregunta la subinspectora Ortega, empezando a hartarse.

—Qué poco sentido dramático tienes, jefa.

—¡Lucas!

—Vale, está bien —se rinde—. Resulta que uno de los amantes a los que veía más a menudo era... un político.

La subinspectora Ortega y la oficial Arganza le miran perplejas, sin lograr procesar del todo ese dato.

—No me jodas que la mujer de Soroa estaba liada con Bernardo Vallejo —pregunta Ortega.

—No me pega ni con cola —responde Verónica Arganza mientras coge la foto de la víctima, que estaba clavada en el corcho junto con la de su marido y su hijo—. Aunque esa mujer era atractiva, no creo que fuera el tipo de Vallejo. Conociendo a su actual mujer y a su ex, parece que le tiran más las modelos.

—Eso nunca se sabe —dice el agente Melero—. A mí una de veinticinco me pone más que esa pobre mujer, pero últimamente también me fijo en las maduritas. El caso es que no habéis pillado nada. —Sonríe—. Y me encanta.

—¿Qué se supone que no hemos pillado?

—Que cuando la asistenta me ha hablado de un político, a mí no me ha venido a la cabeza Bernardo Vallejo, sino su mano derecha.

—Alberto Grau... —dice la oficial para sí—. Podría ser.

—Podría no, es. Porque le he mandado por WhatsApp una foto de Grau y me ha confirmado que pasó más de una noche en casa de los Soroa.

—¿Y por qué no has empezado por ahí? —La subinspectora se crispa—. Hay que traerlo aquí e interrogarlo de inmediato.

—Las elecciones son mañana, jefa —dice Arganza con cautela—. Si nos presentamos en la sede de su partido y nos lo llevamos, vamos a salir hasta en la CNN.

—Me da igual, Verónica. Alberto Grau es el único vínculo que hay entre el asesinato de la familia Soroa y los españoles que se conocieron en Nueva Zelanda. Iré a hablar con el comisario para que pida la orden.

María sale apresurada de la sala de reuniones.

81

—Comprendo que la situación que estáis viviendo es terrible —dice el comisario mirando con gravedad a Indira y a Iván desde detrás de su escritorio—, pero no podéis presentaros sin una orden judicial en un club de golf privado y darle una paliza a un socio delante de todo el mundo, joder.

—No tenemos tiempo para órdenes judiciales, comisario —responde Indira—. Y tampoco para estar aquí sentados mientras nuestra hija sigue secuestrada.

—Todos los compañeros, yo el primero, estamos con vosotros, pero no os imagináis el lío en el que me habéis metido. Llevan toda la tarde pidiéndome vuestras cabezas.

—Déselas, no nos importa. —Moreno se levanta y pone su placa y su pistola sobre la mesa—. ¿Podemos marcharnos ya y seguir buscando a Alba?

—Guárdate eso, por el amor de Dios. Solo os pido que tengáis un poco de sentido común. ¿Hay alguna pista nueva?

—La mayoría de las propiedades de Ernesto Ávila están a nombre de una sociedad —responde Indira—, por lo que no será fácil dar con ellas. En las que ya se han comprobado, su residencia habitual, un par de pisos, varios locales comerciales y la casa de Sotogrande, no hay rastro de Walter Vargas.

—Os dejo seguir trabajando y os deseo la mayor de las suertes. Ya sabéis que tenéis a vuestra disposición todos los medios de los que disponemos, pero intentad hacer las cosas bien, ¿de acuerdo? Yo estaré operativo todo el fin de semana.

Indira e Iván asienten y salen del despacho del comisario. En la puerta se encuentran con la subinspectora Ortega.

—¿Alguna novedad? —pregunta con preocupación.

—Nada —responde Indira.

—Ya sé que es fácil decirlo, pero no desesperéis. Solo necesitáis un golpe de suerte para encontrar a Alba. Y estoy segura de que eso pasará tarde o temprano. Todo el mundo en la calle está con los ojos abiertos.

—Se nos acaban los hilos de los que tirar, María —responde Moreno desanimado—. ¿Cómo lleváis vosotros la investigación de la obra y el asesinato de la familia Soroa?

—La cosa se complica, jefe. No sé si os contamos que habíamos conseguido relacionar a Bernardo Vallejo y a Sara Castillo con los muertos de la obra.

—Sí... pero todavía no teníais la relación con los Soroa, ¿no?

—Acabamos de saber que la mujer de Eduardo Soroa tenía un lío con Alberto Grau, la mano derecha de Vallejo. Venía a preguntarle al comisario cómo debemos gestionar esto, porque a mí se me escapa.

—Nos encantaría poder ayudaros —dice Indira—, pero ahora...

—Tranquila, Indira —la interrumpe frotándole el brazo—. Vosotros a lo importante. Ya sabéis que todo el equipo estamos deseando ponernos a vuestras órdenes.

—Lo tenemos en cuenta, María. Muchas gracias.

La subinspectora Ortega, tras desearles mucha suerte, entra en el despacho del comisario. Los dos inspectores bajan al despacho de Moreno y examinan la relación de propiedades que podrían estar relacionadas con el empresario Ernesto Ávila. Pero para su desesperación, hay demasiadas.

—Esto es una pérdida de tiempo —dice Iván tirando la carpeta sobre la mesa—. Además, Ávila nos dijo que no encontraríamos a Vargas en ninguna de sus casas.

—¿Le crees?

—Si estaba en alguna, lo más seguro es que ya le haya avisado para que se largue.

—Aun así, debemos seguir investigando. Quizá Vargas no sepa que hemos hablado con Ávila y esté confiado.

—Quizá, sí... —responde Moreno disimulando su pesimismo.

—Sigue metiendo los datos en el sistema por si salta una denuncia o cualquier otro tipo de alarma en alguna de las propiedades.

Iván recupera la carpeta y sigue introduciendo en el ordenador los datos de los inmuebles de la sociedad de Ernesto Ávila. Indira recibe el aviso de entrada de un WhatsApp y coge el móvil distraída. Se trata de un par de vídeos enviados desde un número desconocido. Duda unos instantes, pero finalmente decide reproducir el primero de ellos. Lo que ve le hace palidecer.

—Iván...

—¿Qué?

—No hace falta que sigamos buscando —dice con un nudo en la garganta—. Como tú has dicho, si Walter Vargas estuvo en alguna propiedad de Ernesto Ávila, ya se ha marchado a otro lugar.

—¿Por qué estás ahora tan segura?

—Porque va muy por delante de nosotros —responde con la voz rota—. Si él no quiere, no le vamos a encontrar jamás.

—¿A qué viene eso, Indira?

Ella le tiende el teléfono e Iván mira el primero de los vídeos. Está grabado de noche, y en él se ve una fachada de cal blanca decorada con tiestos de colores. Se trata de la inconfundible casa de la abuela Carmen en Villafranca de los Barros. La cámara rodea la finca y sube hasta una ventana. En el interior, durmiendo abrazados, se ve a Indira y a Iván.

—¿Qué significa esto?

—Que controlan todos nuestros pasos —responde Indira—. Nos tienen vigilados desde el principio.

En el segundo de los vídeos, grabado entre los árboles, se ve a Indira y a Iván en un campo de golf, yendo al encuentro de un grupo de jugadores. Tras cruzar unas palabras, el inspector Moreno golpea a uno de ellos y este cae al suelo.

Indira no aguanta más y se derrumba. Iván la abraza, pero aunque trata de consolarla diciéndole que no se deben rendir, su expresión delata que ya está casi convencido de que jamás encontrarán a Walter Vargas ni a Alba.

82

A Sara le ha costado ponerse en contacto con Bernardo a espaldas de su mano derecha, pero al fin lo ha conseguido. A pesar de que al día siguiente son las elecciones y la agenda del candidato a la presidencia está completa, le ha convencido de que deben tratar un asunto muy importante y él la ha citado en el loft donde se encontraron unos días atrás. Igual que entonces, ella deja el coche en el aparcamiento público y la recoge el mismo chófer. Realizan un trayecto idéntico y Sara sube en el ascensor privado que ya conoce. La única diferencia es que, al llegar al descansillo, no está esperándola el guardaespaldas de la otra vez.

—Ya puede ser importante para que me hayas hecho anular una cena con la ejecutiva de mi partido en plena jornada de reflexión, Sara —dice Bernardo serio, recibiéndola en la puerta.

—Lo es, te lo aseguro. ¿Le has dicho a Alberto Grau que nos íbamos a ver?

—Me has pedido que no lo hiciera.

—Mejor, porque es de él de quien tengo que hablarte.

Una vez entra en el piso, la actriz le pide a su ex que guarde silencio con un gesto y le conduce hacia la terraza.

—¿Se puede saber qué haces?

—Estoy convencida de que ha sido Grau, Bernardo.

—¿Que ha sido qué?

—El que ha matado a las hermanas Soler, a Lluís Bonfill, a Núria Roig y a Carlos Guzmán.

—¿Te has vuelto loca, Sara? —La mira atónito—. Alberto puede ser muchas cosas, pero te aseguro que no es un asesino.

—Ya lo hizo antes. Mientras estudiaba en la universidad mató a una chica que pensaba denunciarle por haberla violado.

—¿Quién te ha contado esa barbaridad?

—Tengo pruebas. Y hay mucho más... ¿Tú sabías que este apartamento está lleno de cámaras y que graba todo lo que haces?

—¿De qué hablas? —se asusta.

—El otro día, cuando te marchaste del restaurante, me dijo que nos había grabado y que le mandaría la cinta a mi marido si no me alejaba de ti. Ese tío es capaz de lo que sea para llegar a la Moncloa, Bernardo. ¿Tú le contaste lo que pasó con Pierre?

—No tuve más remedio... —confiesa—. Lluís Bonfill me chantajeó hace unos meses con sacarlo a la luz.

—¿Y no se te ocurrió contármelo?

—Aquello quedó zanjado: Alberto se encargó de pagarle.

—No le pagó, sino que lo mató, y después a todos los demás que podían hacer pública aquella historia. Solo quedo yo.

—No puede ser.

—Tenemos que ir a la policía, Bernardo.

—No. Eso ahora es impensable —niega—. Sería un escándalo que acabaría también conmigo.

—Escúchame —dice cogiéndole por los hombros, tratando de hacerle razonar—. Sé que no es fácil, pero debemos ir a la policía y...

Pero Bernardo endurece el gesto y la interrumpe con un violento bofetón que la tira de espaldas.

—¡He dicho que no, joder! —explota furioso—. ¡¿No podías estarte quietecita, Sara?! ¡Estaba intentando protegerte, ¿no te das cuenta?!

—Tú... —balbucea ella aturdida, frotándose la mejilla— lo sabías.

Del interior del loft salen Alberto Grau y el guardaespaldas al que Sara echaba de menos en el descansillo.

—Pues claro que lo sabía... —responde Bernardo mirándola condescendiente.

—Te tiene pillado por los huevos —le dijo con gravedad Alberto Grau a su jefe en cuanto Lluís Bonfill salió del despacho después de chantajearle hace algo más de un año.

—Lo sé...

—Tú céntrate en el debate, Bernardo. Si la cagas en la tele delante de toda España, dará igual lo que pasó en aquel barco porque estaremos acabados. Yo me encargo de reunir el dinero y de hacerle la transferencia.

—En cuanto se lo gaste, y no tengo duda de que lo hará, volverá. Y eso si no se da cuenta antes de que paseándose por las televisiones o negociando con la oposición podría ganar más todavía. Pagar no es la solución.

—¿Entonces?

—Ese cabrón no va a ver ni un euro, Alberto. Lo que hay que hacer es eliminar el problema de manera más... expeditiva.

—¿Estás hablando de...?

—De liquidarlo, sí —se adelantó Bernardo sin titubear—. A él y a todos los que conocen mi secreto y que podrían jodernos la vida.

Alberto Grau se sentó en el sofá, abrumado. Él había jurado hacer lo que fuera necesario para llevar a Bernardo hasta la cima, pero eso era llegar demasiado lejos.

—¿Pretendes que matemos a siete personas? —volvió a preguntar, queriendo creer que no le había entendido bien.

—En realidad a cinco. La chica sevillana se suicidó al poco tiempo de volver, y a Sara Castillo no hace falta tocarla. Ella tiene casi más que perder que yo. Además, su muerte no pasaría tan desapercibida como la del resto. No, a ella mejor mantenerla al margen... de momento. La tendremos vigilada y, si viésemos que puede ponernos en peligro, tomaremos las medidas oportunas.

—Tiene que haber otra solución.

—No entiendo a qué vienen tantos remilgos, amigo mío —dijo Bernardo poniéndole la mano en el hombro, un gesto que podría interpretarse como de confianza, pero también como una amenaza—. ¿No quitaste tú de en medio a aquella chica de la facultad que pasó de ti y te iba a denunciar porque se te fue un poquito la mano? ¿Cómo se llamaba? Valentina Espejo, ¿verdad?

—Nunca consiguieron pruebas contra mí.

—Tranquilo, Alberto. No te juzgo, porque yo en tu lugar habría hecho lo mismo. Lo que necesito saber ahora es si estás conmigo o no.

—Claro que estoy contigo, pero...

—Entonces no hay más que hablar —le cortó implacable—. Estoy seguro de que sabrás a quién encargarle el trabajo. Ah, y es muy importante que nunca se encuentren los cuerpos. Que queden para siempre como simples desapariciones.

—Lo que no imaginábamos —continúa Bernardo Vallejo ante la horrorizada mirada de Sara, a la que el guardaespaldas ha levantado del suelo y tiene inmovilizada por los brazos— es que esos terrenos los declararían urbanizables y Eduardo Soroa se los vendería a una constructora.

Sara le mira asqueada; siempre supo que su ex era un hombre ambicioso, pero no se imaginaba que pudiera llegar hasta esos límites.

—No me mires así, Sara. La culpa no es mía, sino de Lluís Bonfill. Si ese imbécil no hubiese roto el pacto, nada de esto habría pasado.

—¿Y qué vas a hacer ahora, Bernardo?, ¿matarme a mí también?

—No me dejas otra.

—Terminarán cogiéndote. Tarde o temprano la policía averiguará lo que pasó en Nueva Zelanda y te relacionarán con nuestras muertes.

—Me encargué hace años de que todos los informes desaparecieran. No fue barato, pero ya no hay nada. Siento que esto tenga que terminar así. Sin duda eres la mujer a la que más he querido en mi vida.

Alberto Grau se acerca a ella por la espalda y le clava una pequeña jeringuilla en el cuello. El tranquilizante que le inyecta enseguida hace efecto y Sara Castillo pierde el conocimiento.

83

—¡Vaya golazo que te acabo de clavar, chaval! —Jotadé suelta el mando de la consola y se levanta del sofá para celebrarlo mientras su hijo aprieta los dientes con rabia.

—¡Estabas en fuera de juego!

—Los cojones treinta y tres.

Lola mira con reproche a su ex mientras pone la mesa para la cena.

—¿A ti te parece que esa es manera de hablarle a tu hijo, Jotadé?

—En esta coyuntura se puede, Lola. —Se vuelve a sentar junto a Joel—. ¿Qué? ¿La revancha?

—No me apetece.

—Hay que joderse, qué mal perder tienes, hijo.

—Ya ves.

—Dale un beso a tu padre y ve a lavarte las manos para la cena, Joel —dice Lola.

El niño se levanta sin besarle y desaparece en el interior de la vivienda, cabizbajo.

—Se ve que ha sacado tu pronto... —comenta Jotadé cuando ya no les escucha.

—No lo está pasando bien en el colegio. Yo no sé si ha sido buena idea separarlo de sus amigos.

—La mitad de sus amigos ya están trapicheando con drogas, Lola. Creía que esto ya estaba hablado.

—No está escrito en piedra, Jotadé. Tendrías que ver con qué cara se marcha todas las mañanas a clase.

—Vale. ¿Y qué quieres que hagamos? ¿Que volvamos a meterle en el colegio del barrio para que en el recreo se ponga hasta el culo de porros y se vaya a robar coches y a echar carreras con los hijos del Ray?

—Yo lo único que quiero es que sea feliz. Y en ese colegio de payos donde todos le dan de lado, no lo es.

Jotadé ve que tampoco Lola lo está pasando bien y se acerca a ella.

—No llores, gitana... —Le seca las lágrimas con la yema del pulgar, cariñoso—. Sabes que no aguanto verte llorar.

—Tenemos que hacer algo, en serio.

—Que termine este curso y lo miramos para el que viene, ¿te parece?

Lola asiente y ambos se miran con intensidad. Hacía demasiado tiempo que Jotadé no se sentía tan cerca de su ex y no puede evitar cogerla con delicadeza por la barbilla. Cuando ella decidió dejarlo no fue por falta de amor, sino porque estaba segura de que más pronto que tarde recibiría una llamada avisándole de que habían abatido a su marido en acto de servicio, y no hubiera sido capaz de soportarlo. Él se acerca para besarla, pero cuando sus labios están a punto de rozarse, ella se retira.

—Será mejor que te marches, Jotadé.

—Las cosas serían distintas ahora, Lola.

—Ya es demasiado tarde.

—Nos merecemos una oportunidad. He cambiado.

—¿De verdad? ¿Ya no te apuntas a todo sin importarte el riesgo que corres ni desapareces durante días sin tiempo para llamarme y decirme que sigues vivo?

—Es mi trabajo...

—Lo siento, pero no quiero ser la viuda de un policía. Márchate, por favor. Pablo está a punto de llegar y no quiero que te encuentre aquí.

Jotadé se sorprende cuando, al aparcar el Cadillac frente a su portal, se encuentra a la agente Navarro esperándole. Por la cara con que le recibe, no tiene duda de que el asunto es grave.

—¿Qué haces aquí, Lucía?

—Tengo que hablar contigo.

—¿Hablar de qué?

—¿Podemos subir?

Él la mira con desconfianza. No teme que pueda hacerle algo —el acuerdo al que han llegado es beneficioso para ambos—, pero tampoco sabe a santo de qué tiene que presentarse en su casa un sábado a esas horas. Lucía percibe sus dudas.

—Solo necesito hablar, tranquilo. Serán unos minutos y después me largo, te lo prometo.

Jotadé cede y abre el portal. Le dice que el ascensor lleva estropeado desde hace meses y suben andando.

—¿Se ha sabido algo de los asesinos de Marco? —pregunta cuando van por el segundo piso.

—Ya han detenido a varios miembros de la banda del hermano del Chino. No creo que les cueste mucho probar que fueron ellos quienes lo mataron.

—Pensaba que querrías hacerte cargo tú.

—Yo ahora tengo otros problemas que resolver.

Una vez en el apartamento, Jotadé le ofrece una cerveza, lo único que tiene para beber, aparte de agua del grifo.

—Estoy bien, gracias —responde Lucía—. Me gustaría ir al grano.

—Si no te importa, yo sí me abriré una birra, que por la cara que traes me barrunto que la voy a necesitar.

Abre la lata de cerveza y, tras darle un largo trago, se sienta frente a su compañera.

—Dale.

—Hay algo que no te he contado.

—Hasta ahí llego. Es sobre la muerte de Héctor Ríos, supongo.

—No... y sí. En realidad todo está relacionado. Lo que te he contado es la verdad: él cargó la pistola cuando yo estaba en la ducha y lo maté por accidente mientras practicábamos sexo. Después limpié la escena del crimen y le pedí a Marco que borrase unas conversaciones que había tenido con Héctor a través de una página web. Pero después pasó algo más.

—¿Qué más?

—Igual que tú... Jimeno también lo averiguó.

Jotadé se revuelve en su asiento, sin saber adónde les lleva eso.

—Lo supo porque nos habíamos liado una noche y reconoció mi tatuaje en las fotos que Héctor tenía guardadas en su ordenador —continúa—. Yo estaba superada por todo aquello y me fui a pasar unos días a una casa rural. Y Jimeno se presentó allí para decirme que lo había descubierto.

Él no abre la boca y la deja continuar.

—En aquel momento, no sabíamos que había sido Héctor quien había cargado la pistola a escondidas. Yo me estaba volviendo loca sin entender cómo había podido ser tan descuidada, pero Jimeno me contó lo del seguro de vida que iba a cobrar su mujer y nos dimos cuenta de que me había utilizado para suicidarse. No te puedes imaginar el alivio que sentí. Me cabreé, como te puedes imaginar, pero fue una liberación saber que no había sido culpa mía.

Lucía respira profundamente, armándose de valor para afrontar la parte final de su relato.

—Le pedí a Jimeno que me encubriese; si decía algo, aparte de que a la mujer y a la hija de Héctor les quitarían el dinero del seguro, yo terminaría en la cárcel. Pero dijo que no podía. Lo más triste de todo es que era mi mejor amigo y vi en sus ojos que lo que quería era ponerse una medalla. Cuando volvíamos a Madrid a la mañana siguiente, empecé a darle vueltas a lo que sería de mí y, al verle durmiendo tan tranquilo en el asiento del copiloto, perdí los papeles.

—¿Qué hiciste, Lucía? —pregunta él, temiéndose lo peor.

—Le desabroché el cinturón de seguridad y estrellé el coche contra el pilar de un puente a más de cien kilómetros por hora.

Jotadé se levanta de un salto.

—¡¿Qué?! ¡Esto es una puta broma, ¿no?!

—Nunca bromearía con esto, Jotadé. Por eso no duermo ni una hora seguida desde hace meses.

—¡Me cago en la hostia, Lucía! —explota él caminando de un lado a otro muy nervioso—. ¡Estás hablando de un asesinato a sangre fría! ¡El asesinato de un puto poli! ¡Yo no puedo callarme esto, joder!

—No quiero que te lo calles. Si te lo he contado es para zanjarlo de una vez por todas, porque me estoy volviendo loca. Estoy preparada para pagar por lo que hice.

84

Bernardo agita pensativo un vaso de whisky al que en cada sorbo se le notan los años envejecidos en una barrica de Jerez del mejor roble español. No le ha resultado sencillo ordenar la muerte de Sara, pero no ha tenido otra opción. Aunque notó que no le creía, hablaba en serio cuando dijo que había sido la mujer a la que más ha querido, mucho más que a la madre de sus hijos. Por unos instantes se deja llevar e imagina cómo sería su vida si no hubiera roto con ella pocos días después de volver de Nueva Zelanda.

Su exposición pública habría sido mucho mayor y, por lo tanto, menores sus posibilidades de ser tomado en serio y de llegar a la presidencia del Gobierno. Pero también tiene claro que habría sido feliz, que no sentiría ese vacío que se instaló en él cuando le dijo que sus caminos debían separarse por el bien de sus carreras. Y todo ese sacrificio para que ahora los electores decidan si se merece o no representarlos, muchas veces llevados por una simple sensación, otras por una imagen quizá sacada de contexto y algunas más por lo que dicen tertulianos, vecinos o amigos, pero muy pocas por lo que aparece en los programas electorales. «¿Qué coño sabrá la gente de lo que de verdad es hacer política?», se pregunta. Casi nunca tiene que ver con ideales, sino con lo que conviene a los partidos en primer lugar y a los ciudadanos en último. Pura hipocresía, desde un extremo hasta el otro. La llegada de Alberto Grau le hace levantar la mirada de su bebida.

—¿Ya está hecho?

—Debes prepararte para responder a algunas preguntas, Bernardo —dice Grau tras asentir con la cabeza—. En cuanto la encuentren, la policía sabrá que tú eres el único superviviente de aquel viaje, aunque no tengan ni idea de lo que pudo pasar allí.

—Si estoy preparado para afrontar las sesiones de control al Gobierno, también sabré salir airoso de eso —responde Bernardo—. Creo que tú y yo tenemos algo que aclarar, ¿no te parece?

—¿A qué te refieres?

—A esto...

A Alberto Grau le da un vuelco el corazón cuando su jefe retira un cojín del sofá en el que está sentado y debajo aparecen media docena de cámaras espía recién desinstaladas.

—Era por tu seguridad —dice Alberto intentando justificarse.

—¿Por mi seguridad? ¿Me grabas follando y dices que es por mi seguridad, Alberto? ¿Qué pensabas hacer con esas imágenes?

—Nada...

—¡No me mientas!

De debajo de otro cojín, Bernardo saca una pistola y le apunta con ella.

—¿Qué estás haciendo, Bernardo? —Alberto Grau levanta las manos, asustado.

—Siéntate.

Bernardo le señala con el cañón de la pistola una butaca que hay frente a él y Grau se apresura a obedecer.

—¿Cuánto tiempo llevas grabándome?

—Poco. Unos meses.

—Quiero saber la fecha exacta.

—No lo sé... desde mediados de julio, más o menos.

—¿Para qué? Y como se te ocurra mentirme —añade amenazante—, te juro que te meto una bala entre ceja y ceja aquí y ahora. No creo que haga falta que te recuerde que soy capaz de hacerlo.

Alberto Grau se ve entre la espada y la pared y suspira, rendido.

—¿Tú en mi lugar te fiarías de que no te diera la patada en cuanto ganase las elecciones, Bernardo? Siempre he sabido que, llegado el momento, me sustituirías.

—Y pretendías chantajearme.

—¡Solo pretendía conservar lo que por justicia me corresponde! He mentido por ti, he dejado de formar una familia por ti... ¡y hasta he matado a inocentes por ti! ¿Te crees que fue divertido mandar asesinar al hijo de los Soroa?

—Esa fue una cagada tuya de la que no puedes culparme, Alberto. Te dije que esos cuerpos debían desaparecer para siempre.

—¿Qué va a pasar ahora?

—¿Dónde guardas las grabaciones que has hecho en estos meses?

—Si te lo dijera estaría muerto...

Bernardo Vallejo sonríe y le da un trago a su whisky, sin dejar de apuntarle.

—Si hay algo que me jode en este mundo es que me subestimen, Alberto. ¿Tú te crees que yo te tendría a mi lado si no lo supiera todo de ti? Desde el primer día supe lo que había pasado con aquella compañera tuya de la carrera, y por supuesto, desde que entraste en aquel notario supe que te habías comprado un apartamento a varias manzanas de aquí. ¿Desde allí me espiabas?

Alberto Grau comprende que no tiene escapatoria.

—Aún podemos hacer muchas cosas juntos, Bernardo —dice a la desesperada—. Aceptaré que no me nombres vicepresidente, pero sabes que no hay nadie más preparado que yo para ayudarte a sacar adelante esta legislatura.

—Ya no confío en ti.

—He cometido un error, lo reconozco, pero siempre te he sido fiel.

Bernardo le mira con frialdad mientras agita su whisky. Cuando suena su teléfono, deja el vaso sobre la mesa, saca el móvil de su chaqueta y presiona el botón de manos libres para hablar.

—Sí...

—Ya tenemos el disco duro, señor.

—¿De qué fecha es la primera grabación?

—Del 12 de julio de este año.

—Destruidlo. Quemadlo todo.

Bernardo cuelga y el que ha sido su mejor amigo durante los últimos años comprende que ha llegado su final.

—Dame una última oportunidad, por todo lo que hemos vivido juntos.

Por toda respuesta, el candidato a presidente levanta su arma. Alberto Grau solo tiene tiempo de protegerse con la mano, pero la bala agujerea su palma y le atraviesa la cabeza. Una nube de sangre pulverizada queda suspendida en el aire unos instantes hasta que se posa suavemente sobre el parqué. Bernardo Vallejo deja la pistola, recupera su vaso de whisky y bebe mientras observa con curiosidad las contracciones nerviosas que sacuden la pierna derecha de su ayudante.

85

Muchas familias siguen malviviendo de la recogida de chatarra, aunque la competencia cada vez es más feroz. Antes era un mercado controlado exclusivamente por gitanos, pero las sucesivas crisis han hecho que haya toda clase de gente buscándose la vida en las calles, algunos incluso con carreras universitarias. Amador lleva desde niño doblando el lomo para encontrar algo que vender a muy pocos céntimos el kilo; primero para ayudar a sus padres, después para alimentar a sus hijos y ahora para que a ninguno de sus catorce nietos le falte un plato de comida encima de la mesa. Pero ya está cansado y no sabe cuánto aguantará. Además, esa sangre que ve todas las mañanas en el váter lleva tiempo anunciándole que el fin está cada vez más cerca. No se lo ha dicho a nadie, ¿para qué? Solo lograría preocupar a su familia y que empezasen a mirarle con lástima en lugar de con respeto. Cuando se tenga que morir, se morirá. Él sabe que, aunque haya cometido algunos errores, todo su trabajo y sacrificio le garantiza una eternidad apacible.

No le gusta acercarse adonde viven esas familias colombianas. Después de años relacionándose con ellos, sabe que no son mala gente, que la mayoría son pobres como él, pero de sus patrones, como suelen llamarlos, conviene mantenerse alejado. Hasta las familias gitanas que se dedican al tráfico de drogas les tienen miedo. Son gente que no valora la vida y que no duda en quitársela a quien les importune. Pero en toda la semana Amador apenas ha conseguido recoger nada de valor y decide acercarse a primera hora de la mañana para ver si puede llevarse el aluminio de alguna de las sombrillas que se pudren allí al sol. Mientras rebusca con cuidado entre los objetos, un reflejo zigzaguea en el suelo hasta posarse sobre sus pies.

—Pero ¿qué coño?

Al buscar el origen, ve que proviene de una de las ventanas de una casa, tras la que está ese chico con síndrome de Down que suele pulular por ahí. Por el aspecto que tiene, le han debido de dar una buena paliza, pero no dice una palabra. De pronto, el reflejo vuelve a moverse y se aleja lentamente hasta posarse sobre una puerta al otro lado del patio que en algún momento fue azul. A Amador los años le han enseñado que la curiosidad es sinónimo de problemas, pero la mirada de ese chico le dice que es importante. Camina hacia la puerta e intenta abrirla, pero está cerrada con llave. El centelleo se mueve hasta una ventana tapada con un vinilo. Se acerca a ella, levanta una esquina que está algo despegada y se asoma al interior. Le cuesta unos segundos adaptarse a la oscuridad, pero cuando lo consigue, descubre un pequeño bulto sobre un catre viejo y sucio. Ni siquiera tiene claro que sea una persona, pero de pronto se mueve y, al destaparse, ve que se trata de una cría de apenas tres o cuatro años. Vuelve a pegar el vinilo y se aleja unos metros. Saca su teléfono y marca.

—Hola, soy Amador. ¿No estaba Ray, el de la Adela, buscando a una niña pequeña? Pues creo que la he encontrado.

V

86

Tres furgones del Grupo Especial de Operaciones están aparca-
dos detrás de una loma, a quinientos metros del conjunto de
casas bajas y chabolas. Indira e Iván, ya cubiertos por sus pro-
tecciones, vigilan el lugar con prismáticos. La primera de las
construcciones es un bar ilegal, en cuya terraza hay una mujer
y dos hombres sudamericanos charlando mientras desayunan.
En la parte trasera, al otro lado de un patio lleno de trastos viejos y barriles de cerveza, han añadido una pequeña caseta de
cemento. Indira siente vibrar su móvil y crispa el gesto al mirar
la pantalla.

—¿Va todo bien? —pregunta Iván.

—Es Alejandro, que no quiere enterarse de que hemos roto.

—Quizá solo quiere preguntar por Alba.

—¿Ahora le vas a defender?

—Ni se me ocurriría...

El inspector de los geos se acerca a ellos.

—Ya tenemos cercado el perímetro.

—¿Seguro que no hay ningún sitio por donde puedan escapar?
—pregunta Indira sintiendo que el corazón está a punto de salír-
sele del pecho.

—Como no lo hagan volando... Y tampoco, porque el Cón-
dor está alerta por si tuviera que intervenir. De todas maneras,
hay muy poco movimiento. ¿Quién les ha dado el chivatazo?

—Alguien de confianza.

—Entonces no hay más que hablar. Será mejor que esperen aquí.

—Es nuestra hija quien está ahí secuestrada, inspector —responde Moreno—. No pensamos quedarnos fuera ni por asomo, así que no perdamos el tiempo con discusiones estúpidas.

Indira e Iván se dirigen hacia su coche ante la mirada resignada del mando de los geos; sabía que no aceptarían quedarse al margen —él mismo en su lugar no acataría una orden en ese sentido—, pero su obligación era intentarlo.

En el asiento trasero del coche de Moreno, tan impaciente como los propios policías, está Gremlin, que mira por la ventanilla concentrado. Es tal el olor a miedo que desprenden Iván e Indira que intuye que aquello no es uno de esos paseos que solía dar con su joven ama.

—No sé si es buena idea llevar al perro, Iván —dice Indira mientras esperan a que los geos inicien la operación.

—Quizá nos sea de ayuda. Si alguien puede encontrarla, es él. Cuando salimos al campo, Alba se suele esconder y Gremlin no tarda ni diez segundos en reconocer su olor. Puede que la tengan en un zulo o algo así.

El perro saca la nariz por la pequeña rendija de la ventana y aspira con fuerza. Capta algo familiar, aunque todavía muy lejano, lo que provoca que su excitación aumente considerablemente.

—Indira... —dice Iván mirándola—, debemos estar preparados para lo peor, ¿de acuerdo?

—No digas eso, Iván. Ni se te ocurra siquiera pensarlo. Alba está bien y nos la vamos a llevar a casa hoy mismo, ¿estamos?

Iván no puede hacer otra cosa que asentir y se acerca para besarla. Indira le corresponde y le sonríe cargada de esperanza. La caravana de furgones se pone en marcha y el inspector Moreno pisa el acelerador. En menos de tres minutos, los geos ya han rodeado las edificaciones y han reducido a la pareja de colombianos que lleva el bar, a varios clientes y a una señora que estaba gastándose el dinero de la compra en una máquina tragaperras.

—¡¿Dónde está la niña?! —le grita uno de los agentes al colombiano mientras le apunta con su arma—. ¡Contesta! ¡¿Dónde está la niña?!

—No sé de qué niña me habla, señor —responde entre sollozos.

Mientras le zarandean y le preguntan por Alba, Indira e Iván corren hacia la parte trasera seguidos por Gremlin, que lo olisquea todo frenético.

—¡Alba! —Indira la llama angustiada—. ¡¿Dónde estás, hija?!

De pronto, el perro parece encontrar una pista y se lanza contra una puerta con restos de pintura azul. Aúlla y la araña con desesperación.

—¡Aquí! —grita Moreno—. ¡Ayuda!

Media docena de geos corre hacia allí. Uno de ellos se adelanta con un ariete.

—¡Aparten a ese perro!

Iván sujeta a Gremlin y el geo machaca la puerta, que se va deformando con cada golpe que recibe. Indira ve una ventana cubierta con un vinilo y rompe el cristal con la culata de su pistola.

—¡Alba! ¡Si estás ahí dentro, apártate de la puerta! ¡Papá y mamá ya han llegado!

La puerta al fin cede y los geos, Indira e Iván entran precipitados. Es una habitación pequeña y muy sucia en la que hay un catre, un váter y una mesa —que ha quedado cubierta por los pedazos de cristal roto de la ventana—, pero no hay rastro de Alba. Gremlin se abalanza sobre el catre oliendo las sábanas.

—¡Despejado! —grita uno de los agentes—. ¡Aquí no hay nadie!

—¡Tiene que estar! —dice Indira—. ¡El perro la ha olido!

—Quizá estuvo, inspectora. Pero ya se la han llevado.

—Hijo de puta... —masculla el inspector Moreno mientras sale de la habitación en busca del propietario del local.

—Vigilad que no lo mate —ordena el mando de los geos a sus hombres.

Los policías salen detrás de él y no intervienen mientras Iván interroga al sospechoso a base de golpes y amenazas, pero este asegura no saber dónde se han llevado a Alba.

Indira se sienta desolada en el catre, haciéndose a la idea de que su peor pesadilla se ha convertido en realidad. Escucha los gritos de Moreno en el exterior y las súplicas del detenido junto con las protestas y los insultos de los vecinos que se van congregando en torno a los geos. Estos intentan contenerlos, temiendo que la situación pueda descontrolarse. La congoja que siente en el pecho le dificulta la respiración, como cuando sufría aquellos ataques que ahora le resultan tan insignificantes. Se fija en Gremlin, que, después de olisquear toda la habitación, vuelve a salir sin despegar el hocico del suelo, siguiendo algún rastro. Se levanta y sale tras él. El perro entra en la casa y se detiene frente a una puerta cerrada con un cerrojo.

—¿Qué has encontrado, Gremlin? —pregunta Indira al alcanzarle.

El perro rasca la puerta y la inspectora Ramos, tras desenfundar su pistola, descorre el cerrojo y la empuja. Gremlin entra y se acerca trotando a un chico de unos doce años que está sentado sobre una vieja cama. Las abrasiones, cortes e hinchazón de la cara a causa de una terrible paliza hacen que no sea fácil distinguir que tiene una discapacidad. El perro le lame la cara y el chico se ríe.

—Hola —dice Indira agachándose frente a él.

El chico no contesta, desconfiado.

—¿Qué te ha pasado?

—Me porté mal.

El animal sigue chupándole la cara.

—¡Estate quieto, Gremlin! —dice el chico entre risas.

—¿Cómo sabes su nombre?

—Me lo ha dicho Alba. ¿Tú eres su mamá?

—Sí... Me llamo Indira. ¿Tú?

—James, como el futbolista. Ella preguntaba mucho por ti. Y por su papá.

—La buscamos desde hace días y estamos muy preocupados por ella, James. ¿Tú podrías ayudarnos a encontrarla?

—Anoche vi cómo se la llevaban.

—¿Adónde?

—No lo sé. A lo mejor a una casa muy grande que está en el camino de detrás del vertedero —responde sin dejar de acariciar a Gremlin—. A veces, después del verano, salto la valla para coger manzanas. Todos los árboles de la entrada están llenitos. Pero está un poco lejos, te lo advierto.

—¿Cuánto de lejos?

—En bici tardo más de media hora.

—Muchas gracias, James. —Le revuelve el pelo agradecida—. ¿Puedes cuidar a Gremlin por mí?

El niño asiente sonriente y abraza al perro. Indira sale de la casa para avisar a Iván de lo que ha descubierto, pero lo ve a lo lejos, desquiciado, mientras varios policías lo sujetan para que no remate al colombiano, que está ensangrentado en el suelo. Comprende que su estado de nervios no haría sino complicarlo aún más todo. Busca con la mirada al inspector de los geos, pero este intenta contener con el resto de sus hombres a medio centenar de habitantes del poblado, que les lanzan piedras y todo lo que tienen a mano. De pronto, se escucha un disparo y empiezan los golpes y las carreras. La batalla campal que se forma al instante incluye el lanzamiento de cócteles molotov preparados de antemano que hace retroceder a los policías. Una de las bombas incendiarias entra por la ventana del bar y el fuego se descontrola. Indira sabe que no puede perder un segundo ayudando a sus compañeros, que quizá alguien ya haya ido a avisar a los que se han llevado a Alba y vuelvan a trasladarla, por lo que podría perder su pista para siempre. Mira el coche de Iván, aparcado detrás de los furgones policiales, y, tras dudar unos segundos, corre hacia él.

87

A Jotadé Cortés pocas cosas le quitan el sueño. No recuerda haber pasado jamás una noche en vela sin pretenderlo; ni cuando Lola le dijo que no aguantaba más a su lado y a él se le partió la vida, ni tampoco cuando supo que su padre había matado a su cuñado y que quizá en esa ocasión no podría protegerle. Pero desde que se metió anoche en la cama no ha dejado de darle vueltas a lo que debería hacer con la confesión de la agente Lucía Navarro. No habría tenido problema en olvidar lo sucedido con Héctor Ríos —no la habría delatado ni aunque callándoselo estuviese comprando el silencio de Lucía por lo de su padre—, pero el asesinato de un compañero es algo muy distinto, por mucho que el agente Óscar Jimeno fuese un chivato capaz de traicionar a su mejor amiga con tal de lograr una palmadita en la espalda.

Se ha levantado temprano y, mientras se daba una paliza en el gimnasio, ha recibido la llamada de Ray informándole del lugar donde supuestamente tenían secuestrada a Alba. Tras comunicárselo a Indira y a Iván, se ha puesto a su disposición, pero ha agradecido que ellos rechazaran su ayuda, porque está seguro de que no lograría concentrarse y un error en esas circunstancias podría ser fatal.

—Cortés, el comisario quiere verte. —Un policía uniformado con cara de fastidio por tener que pasar allí la mañana de domingo le saca de su ensimismamiento.

—¿Está hoy aquí?

—Y me imagino que de mala leche, así que yo no le haría esperar.

Jotadé nunca se ha sentido cómodo con las autoridades, ni cuando todavía no era policía ni después de serlo. Él no es de los que se victimiza por ser gitano, pero lo cierto es que pocas veces le ha ayudado serlo, y menos desempeñando su profesión; siempre que ha enseñado su placa, ha notado desconfianza en la mirada de la gente por si era robada. Al salir del ascensor en la cuarta planta, se siente aún más fuera de lugar. Se da cuenta de que así es como debe de sentirse su hijo Joel en ese colegio de payos y de que su madre tiene razón, que lo mejor es sacarlo de allí. El escaso personal que trabaja en la comisaría esa mañana le mira con curiosidad cuando le ven dirigirse al despacho del comisario y llamar a la puerta.

El jefe le recibe de pie frente a su mesa, con una amplia sonrisa. Si, como le ha dicho su compañero, está de mala leche, sabe disimularlo.

—Oficial Juan de Dios Cortés... —Le tiende la mano—, ya tenía yo ganas de conocerte. Es un placer, hijo.

—Gracias, comisario —responde él estrechándosela—. Pero puede llamarme Jotadé.

—Mejor, que Juan de Dios es un nombre demasiado... —Se interrumpe, sin saber cómo salir del jardín en el que se ha metido.

—¿Gitano?

—Formal, diría yo. Pero siéntate, por favor.

Jotadé obedece y el comisario rodea el escritorio para acomodarse en su butaca.

—Me ha sorprendido saber que estabas hoy en la comisaría.

—Tenía trabajo atrasado.

—Así me gusta. Si los delincuentes no se cogen los festivos, nosotros tampoco. ¿Cómo va todo, Jotadé? ¿Algún problema?

—En nuestro trabajo siempre hay problemas. Si no, no serviríamos para mucho.

—Tienes razón, desde luego. Pero a lo que me refiero es si has encontrado algún inconveniente por ser... —Se vuelve a interrumpir, buscando la palabra.

—¿Gitano?

—Eso mismo.

—Ninguno más que los que me suelo encontrar en la calle. Tengo buenos jefes y buenos compañeros.

—La inspectora Ramos es una magnífica policía, con alguna rareza de más, eso sí, pero de las mejores. Espero de corazón que ella y el inspector Moreno encuentren a su hija y todo vuelva a la normalidad. Me consta que estás colaborando en que así sea y te quiero dar las gracias.

—No hay por qué.

—Lo mejor es que vaya al grano; estoy esperando la llamada de Ramos y Moreno comunicándome que ya está todo en orden y supongo que tú también tendrás cosas que hacer. Solo quería saber qué tal te entiendes con la agente Lucía Navarro.

—¿Por qué me lo pregunta?

—Porque llevas ya unas semanas trabajando con ella. Tú, como su oficial al mando, ¿crees que sería una buena inspectora?

—¿Inspectora? —pregunta desconcertado.

—Eso he dicho, sí. —El comisario saca una solicitud del cajón y la pone sobre la mesa—. No es que sea muy habitual ascender de agente a inspectora, pero si se cumplen los requisitos, y ella los cumple con creces, es posible. En mis tiempos se llamaba ascenso por libre.

—También ahora... Entonces —dice Jotadé revisando la solicitud— ¿se va a presentar al examen para inspectora?

—Ha cursado la solicitud hace unos días, y aunque estoy seguro de que aprobará, está en mi mano que pase o no la entrevista personal. Por eso quería hablar contigo, Jotadé. Me preocupa su estado después de lo de Jimeno. Supongo que estás al tanto de lo que sucedió.

—Más o menos...

—Una terrible desgracia que nos afectó a todos, en especial a ella. Venían de Segovia, creo recordar, y el coche que conducía Navarro se salió de la carretera. Resulta que Jimeno se había quitado el cinturón de seguridad para echarse una cabezadita y murió en el acto. Yo tengo muchas esperanzas puestas en esa chica, y más cuando no estoy seguro de que en los próximos meses vayamos a poder contar con Ramos y con Moreno, pero necesito que me confirmes que no estoy cometiendo un error.

Jotadé le mira, sin saber qué responder. El comisario se extraña.

—¿Pasa algo, muchacho?

88

Bernardo Vallejo está sentado en el sofá de su despacho. A su alrededor hay media docena de informes sobre intención de voto, encuestas sobre la valoración de los principales líderes políticos y dosieres con las noticias de última hora. Pero él mira hipnotizado la televisión, donde la muerte de Sara Castillo ha eclipsado a los programas especiales sobre las elecciones generales de ese mismo día. Mientras las imágenes muestran a los cientos de personas que se han congregado frente a la casa de la actriz para dejar ramos de flores en un altar improvisado instalado frente a su jardín, en plena calle, una reportera informa sobre las últimas novedades:

«El cuerpo de la actriz Sara Castillo, de cuarenta y tres años, ha sido hallado dentro de su coche en un aparcamiento público del centro de Madrid. Según las primeras investigaciones, su muerte ha sido debida a una sobredosis. Las cámaras de seguridad del aparcamiento la grabaron entrando sola unas horas antes, por lo que, en principio, se descarta que haya involucradas más personas. Se sabe que Sara coqueteó con las drogas durante sus primeros años de carrera, pero tanto familiares como amigos estaban convencidos de que ya había superado esa adicción. Deja marido y dos hijos de cuatro y seis años. La capilla ardiente se instalará en el Teatro Real, donde protagonizó varias obras muy aplaudidas tanto por la crítica como por el público. Se espera que autoridades y compañeros de profesión acudan esta tarde a darle el último adiós».

—Descansa en paz, Sara —dice Bernardo, afectado, como si no hubiese sido él quien ordenó su muerte.

Tras unos toques en la puerta, la secretaria se asoma.

—Disculpe, señor. Los policías que estaba esperando ya han llegado.

—Hágales pasar.

El político apaga la tele y recibe a la subinspectora Ortega, a la oficial Arganza y al agente Melero.

—Gracias por recibirnos en un día tan especial para usted, señor Vallejo —dice María Ortega estrechándole la mano.

—Llevo toda mi vida esperando estas elecciones —responde saludando con amabilidad a los tres policías—, pero después de lo que le ha pasado a Sara Castillo, no se crean que tengo ánimos para nada. Ni siquiera para ir a votar.

—¿Tuvo usted contacto con ella estos últimos días? —pregunta Verónica, sin rodeos.

Bernardo Vallejo lleva horas pensando en cómo responder a las preguntas que sabía que le harían, y, aparte de las relacionadas con la súbita desaparición de Alberto Grau, esa era una de ellas. Cuando Sara le visitó en su despacho hace unos días, fueron varios los miembros del partido que la vieron entrar o se cruzaron con ella por los pasillos, entre ellos la recepcionista y su propia secretaria. Pero ya se dieron instrucciones sobre lo que debían decir si llegaban a preguntarles por la actriz. En cambio, lo que se escapa del control de Bernardo es la llamada telefónica que le hizo Sara el día anterior para citarle en el loft tras descubrir que su consejero podría estar detrás de las muertes de los turistas españoles, así que decide decir una verdad a medias:

—Lo cierto es que me llamó ayer mismo por teléfono.

—¿Qué quería?

—Estaba asustada por los asesinatos de esas personas que conocimos en Nueva Zelanda. No sé si fueron ustedes los que le metieron en la cabeza que quizá el asesino podría venir a por nosotros también.

—Por cómo la hemos encontrado, no iba muy desencaminada —apunta Melero con intención.

—Según tengo entendido, ha muerto por una sobredosis, ¿no?

—Eso parece, sí —concede Ortega—. ¿Le contó algo durante esa llamada?

—Hablamos unos minutos e intenté tranquilizarla, pero por la terrible noticia que han dado en televisión, no parece que lo consiguiera. Quizá ese estado de nervios es lo que hizo que volviera a consumir. Aunque siempre tuvo aspecto de ser una mujer fuerte, en el fondo era muy insegura.

Los policías saben que no pueden presionarle mucho más a ese respecto y deciden abordar el asunto que les ha llevado hasta la sede del partido.

—¿Podría decirnos dónde está Alberto Grau?

—Ojalá lo supiera.

—Hemos ido a su casa y parece que ayer se marchó precipitadamente.

—El partido ya ha informado de su desaparición.

—¿No le extraña que haya decidido largarse justo la noche anterior a las elecciones? Se supone que llevaba tiempo trabajando para lograr el triunfo que todos los medios le auguran.

Bernardo Vallejo suspira y mira hacia los lados, dramático, como si comprobase que no hubiese un periodista oculto detrás de la planta artificial del rincón.

—Confío en que sepan ser discretos con lo que les voy a contar.

—Por supuesto —contesta la subinspectora Ortega.

—Alberto Grau es un buen político, listo como el hambre y muy preparado... pero por algún motivo, causa cierto rechazo en los electores. Hace algunos días le comuniqué que, en caso de salir elegido, él no sería nombrado vicepresidente.

—No se lo debió de tomar bien.

—Entró en cólera, me llamó desagradecido y juró que no se quedaría de brazos cruzados. A nadie le conviene tener como enemigo a alguien que en otro tiempo fue tan cercano, pero decidimos asumir el riesgo porque, por fortuna, mi equipo y yo estamos limpios y no podría hacer más que patalear. Él se debió de dar cuenta de eso y creemos que se ha vengado de otra manera.

—¿De qué manera?

—Estamos llevando a cabo una investigación interna por si se hubiese producido algún tipo de... desfalco. Aún no hemos confirmado nada, pero de hacerlo, lo pondremos en conocimiento de quien corresponda, por supuesto.

Lo que les dice Vallejo podría tener sentido, pero los tres policías se miran, resistiéndose a creer que la explicación sea tan sencilla.

—Según hemos podido averiguar —dice Ortega—, Grau mantenía una relación con la esposa de Eduardo Soroa. ¿Estaba al tanto de eso?

—No puede ser... —Finge sorpresa—. ¿Creen que podría tener relación con su muerte?

—Eso es lo que estamos tratando de averiguar.

—Conozco a Alberto desde hace años y me cuesta creer que sea capaz de hacer algo así... aunque también hubiera puesto la mano en el fuego por su integridad y seguramente me lleve un disgusto cuando se cuadren las cuentas.

La sensación de los tres policías es que Bernardo Vallejo no les dice todo lo que sabe, pero no pueden olvidarse de que están ante el más que probable próximo presidente del Gobierno y, obedeciendo las indicaciones del comisario, deben ser muy respetuosos y cuidadosos con lo que hacen. La secretaria se asoma de nuevo al despacho.

—Disculpe, señor. El chófer le espera para llevarle al colegio electoral.

—Gracias, Ángela… —Se vuelve hacia los policías—. Como ven, me reclaman mis obligaciones como ciudadano. Mi secretaria les acompañará a la salida.

Bernardo coge su chaqueta del perchero, dando por finalizada la reunión.

—Si descubren algo, manténganme informado, por favor —añade dirigiéndose a la puerta—. Buenos días.

Bernardo sale sin dar la oportunidad a los policías de continuar con el interrogatorio. Aunque los tres tienen la sensación de que no les cuenta toda la verdad, presionarle sin ninguna prueba sería jugar con fuego.

—¿Me acompañan?

La secretaria les muestra la salida sin perder la sonrisa.

89

Desde que Ray le levantó esa especie de arresto domiciliario, Paco Cortés ha intentado aprovechar los días. Entre otras cosas porque, aunque su hijo le dice que esté tranquilo, teme que en cualquier momento vengan a detenerle por el asesinato de su yerno. Todas las mañanas acompaña a su mujer a casa de Lorena y, mientras madre e hija acuden al trabajo en el mercadillo, Paco lleva a sus nietos al colegio. Después suele ir al cementerio a limpiar la tumba de su hijo mayor, a hacer la compra y a seguir cuidando de su pequeño huerto. Pero cada día que pasa crece en él la sensación de que tiene un asunto pendiente. Ha pensado en volver a entrar en el narcopiso de Ray armado con su lanzallamas casero para terminar lo que empezó y vengar por fin la muerte de Rafael, pero aunque esta vez saliese bien, sabe que él acabaría bajo tierra y al día siguiente el negocio continuaría en el bloque de al lado.

Los vigilantes han cambiado, pero el mecanismo sigue siendo el mismo: un par de gitanos envueltos en oro que no se molestan en disimular que van armados controlan a todo el que entra y sale del portal. Los únicos a los que no preguntan es a los yonquis y a las vecinas que llegan con el carrito de la compra y cara de hartazgo por lo que les está tocando vivir. Al menos una vez al día, Ray aparece por allí. Saluda a sus empleados como si lo que regentase fuese un restaurante, sube al punto de venta por espacio de una hora y vuelve a marcharse con bastante más dinero en los bolsillos que cuando llegó. Aunque Paco ha oído hablar de Ray desde hace años, en realidad no sabe nada de él más allá de que es el mayor traficante de la zona. También vive en el barrio, pero su casa está alejada de los puntos calientes del tráfico de drogas. De hecho, su portal está limpio, no se ve un cristal roto ni una pintada y, si a alguien se le ocurriese plantar allí un narcopiso, el traficante lo sacaría a tiros.

Tampoco sabía que Ray tiene tres hijos pequeños y que él es el encargado de recogerlos todos los días del colegio y de llevarlos a los entrenamientos de fútbol –le sorprendió enterarse de que el mediano juega en el mismo equipo que uno de sus nietos– y de natación. Vida de payos.

Pero como mejor se conoce a alguien es por boca de su madre. Doña Adela, viuda desde los treinta años, parió a dos niños y a tres niñas antes de que a su marido se lo llevase un cáncer de páncreas. Aunque Ray, el mayor de sus hijos, la colma de atenciones, ella sigue con las mismas costumbres que cuando era joven y pobre y va a diario al mercado, el mismo que frecuenta Paco. Él ya la conocía de vista, pero no sabía de quién era madre. Le bastaron unos cuantos días esperando el turno junto a ella en los diferentes puestos para enterarse de todo lo que necesitaba.

–Coño, el viejo con más cojones que he visto en mi puta vida –dice Ray sonriente cuando Paco le abre la puerta de su casa.

–Hola, Ray.

–Me han dicho que Jotadé quiere verme.

–Acaba de avisarme de que viene para acá. Pasa, por favor.

Entra protestando, diciendo que a él no le gusta esperar a nadie y que tiene que ir a votar. Paco le promete que su hijo no tardará y le ofrece un vaso de vino. Cuando se lo está sirviendo, Ray se fija en un plato con varios tomates que hay sobre la encimera. Tienen diversas tonalidades e irregularidades que les dan un aspecto poco apetecible. Pero para los que de verdad entienden, son un auténtico manjar.

—Qué buena pinta tienen estos tomates —dice oliendo uno de ellos—. No me jodas que son de tu huerto, viejo.

—Recién recogidos —asiente—. Pensaba prepararlos ahora mismo. ¿Gustas?

—A eso nunca se le dice que no.

Ray se sienta a la mesa y Paco lava y parte los tomates en grandes trozos. Los riega con un aliño que saca de la nevera y pone el plato frente a su invitado. El primero en llevarse un trozo a la boca es el padre de Jotadé.

—Esta vez me he superado... —se relame orgulloso—. Y que haya gente a la que no le gusta el tomate...

—¿Qué lleva el aliño? —pregunta Ray—. Huele a ajo que tira de espaldas.

—Es la especialidad de los Cortés. Tú pruébalo, verás qué maravilla.

Entre Paco y Ray se comen los tomates y se beben la botella de vino en menos de veinte minutos mientras charlan sobre el barrio, la familia y el equipo de fútbol en el que juegan el hijo de uno y el nieto del otro. Cuando ve que empiezan a quedarse sin temas de conversación, Paco le dice que va a llamar a Jotadé para preguntarle por qué se retrasa tanto. Finge hablar con él unos segundos desde el teléfono del salón y enseguida regresa a la cocina.

—Jotadé me pide que le disculpes, Ray, pero le ha surgido algo importante en la comisaría y no va a poder venir.

—Me cago en la hostia. Dile que la próxima vez venga él a verme a mí, que yo no estoy para perder el tiempo.

—Descuida.

Ray sale de casa, se sube en su coche y se marcha. Lo primero que nota es que, aunque esa mañana hace frío, tiene demasiado calor. Revisa la calefacción del coche por si estuviese puesta a tope, pero todo parece estar bien. Cuando empieza a faltarle el aire, se desabrocha el botón de la camisa y baja la ventanilla, pero la cosa va a más rápidamente. Siente cómo se le hincha el cuello y, en apenas unos segundos, deja de entrarle aire. Comprende con horror lo que le está pasando y acelera intentando llegar cuanto antes al hospital para que le inyecten epinefrina, pero antes de poder incorporarse a la autopista, ya está muerto.

—¿Le gustan a usted los tomates, doña Adela? —le preguntó Paco a la madre de Ray cuando la vio pedir los mejores en la frutería, unos días antes.

—Me gustan, pero al que le chiflan es a mi hijo Ray. Si por él fuera, se alimentaría solo de tomates.

Todavía le costó un par de charlas más averiguar la gravísima alergia que tenía su hijo a los cacahuetes, tanta que de niño estuvo a punto de morir durante una fiesta de cumpleaños. Aquella misma mañana, Paco entró en un supermercado y compró una botella de aceite de cacahuete.

90

Indira conduce por el camino que le ha indicado James, en cuyos laterales hay fincas y casas viejas, pero ninguna con las características que le ha descrito el chico, lo que empieza a desesperarla. Saca su móvil y comprueba que no tiene cobertura.

—No me jodas. Ahora no...

Lo alza buscando señal. Al fin encuentra algo y marca aliviada. Tras un tono, Iván contesta.

—¡Indira! ¿Se puede saber dónde coño estás?

—Cerca, no te preocupes. He cogido el camino que va hacia el norte. Me he enterado de que anoche se llevaron a Alba a...

Un todoterreno negro sale de un lateral a toda velocidad y la embiste. El golpe es tan violento que el coche de la inspectora da varias vueltas de campana hasta quedar encajado de lado en la cuneta. Indira mira aturdida a su alrededor mientras la cara se le llena de sangre a causa de una herida en la sien. Varios hombres abren la puerta que ha quedado en la parte superior y sacan en volandas a la policía.

—No, ¿qué hacéis? ¡Soltadme!

Intenta resistirse, pero enseguida todo se nubla y le envuelve la oscuridad.

Indira se despierta con un terrible dolor de cabeza. Se va a llevar la mano a la frente para calibrar la gravedad de su herida, pero está inmovilizada. Abre los ojos con dificultad y descubre que se encuentra en el centro de un sótano de piedra, esposada a una silla. Frente a ella están los hombres que la sacaron del coche.

—¿Qué ha pasado? ¿Dónde estoy?

Los hombres se limitan a mirarla en silencio. Se apartan y dejan paso a Walter Vargas, que se acerca a ella sonriente.

—Bienvenida al mundo de los vivos, inspectora Ramos. Supongo que se alegra de verme. Tanto buscarme al fin ha dado sus frutos.

—¿Dónde está mi hija?

—Muy cerca. Se ha quedado un poco flaca, pero todavía sigue entera. —Le muestra su muñón—. No como yo.

—Ella no tiene nada que ver con lo nuestro.

—Todo lo que hacemos en la vida tiene consecuencias, amiga mía. Y no solo para nosotros mismos. Mis hijos también han sufrido por tener a su padre en la cárcel los últimos cuatro años.

—Usted es un traficante y un asesino. Por no hablar de que ordena secuestrar a niñas de tres años. La cárcel es su lugar natural.

Walter Vargas la mira sorprendido y después se vuelve hacia sus hombres.

—¿Habéis visto los cojones que tiene esta hijaeputa? ¡A punto de morir y se atreve a hablarme así!

Estalla en carcajadas y sus hombres se unen a él.

—Déjeme verla —Indira interrumpe sus risas.

—¿Por qué habría de tener esa deferencia con usted?

—Porque en el fondo no puede ser tan desalmado.

—El alma es para los que puedan permitírsela, inspectora. Pero, por esta vez, haré una excepción.

Vargas asiente a uno de sus hombres y este sale a buscar a la niña. Enseguida mira a Indira con dureza.

—Si hace alguna estupidez, las mataré a las dos. A ella primero para que usted lo vea, ¿queda claro?

—Sí.

—Soltadla.

Uno de los matones le quita las esposas y enseguida llega el otro acompañado de la niña.

—¡Alba!

—¡Mamá!

Madre e hija se abrazan y se besan, anegadas en lágrimas.

—¿Cómo te encuentras, mi niña? —pregunta Indira revisando el pequeño cuerpo de su hija—. ¿Te han hecho daño?

—No. ¿A ti qué te ha pasado en la cabeza?

—He tenido un pequeño accidente con el coche.

—¿No llevabas el cinturón?

—No. A mamá se le olvidó ponérselo.

Indira vuelve a abrazarla, con desesperación.

—No puedes imaginarte cuánto te he echado de menos, Alba. Estaba muy asustada.

—Yo también. Pero tenía un amigo. Se llama James y no tiene a nadie que le cuide.

—Yo me encargaré de que nunca le falte de nada, te lo prometo.

—¿Y papá?

—Te está buscando con Gremlin. ¿Sabes que ahora nos llevamos bien?

—¿Papá y tú o Gremlin y tú?

—Todos, cariño —responde sonriendo—. A partir de ahora nos llevaremos todos siempre bien, ¿qué te parece?

—Se acabó el tiempo —Vargas las interrumpe.

—Déjela conmigo, por favor.

—Eso no va a ser posible. Despídase.

—Recuerda cuánto te quiero, Alba. Nunca te olvides de eso, ¿vale?

—¿No podemos irnos a casa, mamá?

—Pronto, te lo prometo.

El mismo hombre que trajo a Alba la coge en brazos y se la lleva. La niña patalea y protesta, pero no consigue que la devuelvan con su madre. Indira mira suplicante a Walter Vargas.

—Deje que se marche, por favor. Alba es inocente y no se merece esto. Ya me tiene a mí, no la necesita a ella.

—Llevándome a Alba es como las tengo a las dos... —responde Vargas con frialdad—. Quiero que no sepa en qué momento habrá muerto, inspectora Ramos, que conserve la esperanza de que viva, aunque sea trabajando en un burdel en lo más profundo de África.

—¡Hijo de puta! —Indira se tira a por él, desquiciada, pero los dos matones la sujetan—. ¡Le juro que le buscaré y le mataré con mis propias manos!

—La estaré esperando, por descontado.

Walter Vargas da media vuelta y se dirige a la salida mientras Indira trata de zafarse de los dos hombres que la sujetan.

—¡No, por favor! ¡No se vaya! ¡Le daré lo que sea!

—Usted no tiene nada que me interese, querida —responde sin detenerse.

—¡Seguro que hay algo que pueda hacer por usted! ¡Pídamelo, se lo ruego! ¡Le juro que estoy dispuesta a todo!

De pronto, Vargas se detiene.

—¿A todo ha dicho?

—Si libera a mi hija, haré cualquier cosa —responde Indira con determinación—. Póngame a prueba.

Walter Vargas la observa pensativo y al fin sonríe, disfrutando de su dominio sobre la persona que más odia en el mundo. A Indira se le hiela la sangre mientras aguarda, con la respiración agitada. No sabe qué le irá a pedir, pero tiene claro que, si con ello logra salvar a Alba, lo hará sin pestañear.

—Quizá sí que podamos llegar a un acuerdo, inspectora Ramos...

91

La subinspectora Ortega camina nerviosa de un lado a otro de la sala de reuniones, con el teléfono pegado a la oreja. La oficial Arganza y el agente Melero la observan, tan preocupados como ella.

—Vamos, Indira.

Pero, al cabo de unos segundos, cuelga decepcionada.

—¿No contesta? —pregunta Verónica.

—Sigue apagado. ¿Dónde estará esta mujer?

—Yo acabo de cruzarme con uno del Grupo Especial de Operaciones y me ha dicho que han encontrado el coche de Moreno en una cuneta a un par de kilómetros del lugar donde tenían a Alba —dice el agente Melero—. Estaba destrozado y tenía salpicaduras de sangre en el volante.

—No quiero ni pensar que pueda haberle pasado algo… —La subinspectora se estremece.

—Por lo poco que conozco a Indira Ramos —dice la oficial Arganza—, no es de las que se dejen acorralar tan fácilmente. Confiemos en que pronto aparezca con su hija de la mano, ¿de acuerdo?

María Ortega se esfuerza por asentir.

—Ya van a decir algo. —Lucas Melero sube el volumen de la tele con el mando a distancia.

En el informativo, una presentadora acompañada de varios tertulianos analiza diferentes gráficas con los resultados electorales:

«No parece que vaya a haber demasiadas sorpresas —comenta la presentadora—: con el 47 por ciento del escrutinio realizado, el partido liderado por Bernardo Vallejo se desmarca en solitario. Podemos afirmar que será el próximo presidente del Gobierno, lo que no se sabe de momento es si logrará la mayoría absoluta o tendrá que pactar con algún otro partido».

—¿Soy la única que piensa que este tío está detrás de la muerte de Sara Castillo y de la desaparición de Alberto Grau? —pregunta la oficial Arganza mientras ponen en bucle imágenes de Bernardo Vallejo llegando al colegio electoral y depositando su voto en la urna, muy sonriente.

Tanto la subinspectora Ortega como el agente Melero callan.

—O sea que no. ¿Y nos vamos a quedar de brazos cruzados mientras se nos escapa delante de las narices?

—Estás hablando del presidente del Gobierno, Verónica —responde la subinspectora con cautela.

—Me da igual, María. Bernardo Vallejo es un puto psicópata. No puedo quitarme de la cabeza que es el único de los ocho españoles que coincidieron en Nueva Zelanda que queda vivo. Y para mí que se los cargó él.

—Lo de Sara Castillo fue una sobredosis —interviene el agente Melero—. De eso no se le puede culpar.

—¿Cómo sabes que no fue provocada, Lucas?

—Las imágenes la mostraban entrando sola en el aparcamiento.

—Pero justo la cámara de la tercera planta estaba estropeada. Qué casualidad. Y lo de Alberto Grau, ¿qué? Cuando descubrimos que era el vínculo entre los Soroa y Vallejo, el tío desaparece como por arte de magia.

—¿Y cuál es tu teoría? —pregunta la subinspectora.

—No sé lo que pasó en Nueva Zelanda, y supongo que ya nunca nos enteraremos, pero lo que tengo claro es que a Bernardo Vallejo le convenía que no se supiera, hasta el punto de quitar de en medio a todos los que participaron o podían conducirnos hasta él, como la familia Soroa. Y en cuanto a Grau, seguramente le amenazó con contarlo cuando le dijo que no le iba a nombrar vicepresidente y también se lo cepilló. Porque yo no me creo que esté en las Bahamas gastándose la pasta que pueda haber robado, ¿vosotros sí?

—La verdad es que no —María concede—, pero no tenemos pruebas de nada y estamos hablando de uno de los tíos más poderosos del país, así que lo mejor es esperar a que Indira e Iván encuentren a su hija y se reincorporen. Seguro que entre todos se nos ocurre la manera de cazar a ese hijo de puta.

—Eso me gusta más. —Verónica sonríe—. Si la gente supiera la mitad que nosotros, no le hubiera votado ni su madre.

—Pues yo le he votado... —dice Melero con cara de circunstancias.

Verónica le fulmina con la mirada y se levanta.

—Acojonante. Voy a por un café.

Sale de la sala de reuniones y va a sacar un café de la máquina. Cuando lo recoge y está a punto de echarle el sobre de azúcar, le da un vuelco el corazón.

—No me lo puedo creer...

Hablando con el agente encargado de tramitar denuncias hay una mujer vestida de comandante de una línea aérea. Verónica tiene que dejar el café sobre una mesa para controlar el tembleque que le ha aparecido en la mano. Está a punto de volver a la sala de reuniones, pero se arma de valor y se acerca a ella.

—¿Laia?

La mujer la mira. Al reconocer a la oficial Arganza, se le dibuja una enorme y sincera sonrisa.

—¡Verónica! ¡Qué alegría verte!

Laia la abraza muy cariñosa.

—¿Qué haces aquí?

—Trabajo en esta comisaría —responde Verónica—. ¿Tú?

—Que me han robado el coche, ¿te lo puedes creer? Estaba

aparcado en una plaza de garaje que tengo alquilada y, cuando he llegado de viaje, había desaparecido.

—Vaya. Lo siento mucho. Si quieres puedo ayudarte con la denuncia.

—Te lo agradecería infinito. Es que me piden los papeles del coche, pero claro, estaban en la guantera.

—Déjame.

Verónica coge los impresos y el bolígrafo.

—Laia Romero Monforte... —dice rellenando los datos—, nacida en Valladolid el 17 de agosto de 1993...

—¿Cómo sabes eso? —pregunta Laia desconcertada.

—Es que... —Verónica se queda cortada— tengo una especie de memoria fotográfica. Vi tus datos cuando estudiábamos juntas en la academia y se me han quedado. Pero vamos, que no soy una cerebrito ni nada de eso.

—El caso es que yo tampoco, pero también sé que te llamas Verónica Arganza Ferrándiz... y que naciste el 2 de febrero de 1994.

—¿Y por qué lo sabes?

—Pues... porque lo sé.

Verónica y Laia se miran y no necesitan decir nada más para comprenderlo todo. La policía se pone nerviosa e intenta seguir rellenando el impreso, pero lo hace con tanta fuerza que el bolígrafo atraviesa el papel.

—Creo que voy a tener que pedir otro impreso.

—¿Por qué no me lo llevas esta noche? —Laia la detiene cogiéndola con suavidad de la mano.

—¿Llevártelo adónde?

—He traído una carne increíble de Argentina. Si tú pones el vino, te invito a cenar en mi casa. Algo me dice que tú y yo tenemos muchísimas cosas de las que hablar...

92

Hace horas que la grúa se llevó el coche de Iván Moreno, pero él sigue en esa cuneta, bloqueado. Como broche a la peor semana de su vida, ahora ya no solo debe buscar a su hija, sino también a la mujer a la que quiere. Lo único que sabe es que un coche —un todoterreno, según los peritos— embistió al vehículo en el que viajaba Indira y ella dio varias vueltas de campana. Las huellas encontradas indican que varios hombres se bajaron del todoterreno, sacaron a la policía de entre los hierros y se la llevaron. La buena noticia —si es que puede haber algo bueno en todo ese sinsentido— es que las salpicaduras de sangre del interior del coche indicaban que las heridas sufridas por la inspectora Ramos eran superficiales y seguía viva. Lo que Moreno no tiene claro, y más sabiendo que el culpable vuelve a ser Walter Vargas, es que eso no haya cambiado.

Mira a su alrededor esperando encontrar alguna pista que le diga hacia dónde ir, pero todo lo que ve es miseria y desolación; a ambos lados del camino sin asfaltar hay sembrados abandonados y basura acumulada en montañas de un tamaño considerable, compuestas de electrodomésticos y muebles viejos, neumáticos e infinitos restos de plásticos de colores que antes eran cables con cobre en su interior. A lo lejos, el grupo de casas en el que tenían retenida a Alba y del que partió Indira a saber hacia dónde. En el otro extremo del camino, la nada. Un gitano viejo rebusca entre las montañas de escombros por si todavía pudiera arrancar unos céntimos.

—¡Oiga!

Amador mira a Iván con desconfianza. Los colombianos que tenían retenida a esa niña no le gustan un pelo, pero menos aún los policías. Y ese hombre, aunque el coche que tiene aparcado a unos metros no sea un zeta y él vista como cualquier otro joven de su edad, tiene una pinta de madero que tira de espaldas.

—¡Acérquese, hombre! —insiste Iván—. ¡No voy a hacerle nada!

El gitano obedece y se acerca a él. Iván le recibe tendiéndole un billete de diez euros que Amador no duda en coger y guardarse antes de que se arrepienta.

—Espero que esto nos haga empezar con buen pie.

—Depende de lo que quiera usted comprar por diez euros.

—Un poquito de charla, nada más.

El gitano calla, esperando a que Moreno hable.

—Supongo que se ha enterado de lo que pasó esta mañana aquí.

—Que voló plomo.

—Así es. En aquellas casas tenían secuestrada a una niña y vinimos a rescatarla, pero por desgracia llegamos tarde, cuando ya se la habían llevado. Esa niña se llama Alba y es mi hija.

—Lo siento.

—Gracias. La madre de la niña cogió el coche y sufrió un accidente aquí mismo.

—Un accidente no fue.

—¿Usted lo vio?

—Se la llevaron por delante con una camioneta negra. Después se bajaron dos hombres y la metieron en el maletero.

—¿Colombianos?

—Eran payoponis, pero no me pregunte de dónde.

—Supongo que no cogería la matrícula de la camioneta.

Amador niega.

—¿Por dónde se fueron?

—Tiraron hacia allí. —Señala con la cabeza hacia el lado opuesto a las casas—. No puedo decirle más salvo que ojalá que encuentre a su mujer y a su hija.

—Se lo agradezco.

El gitano se despide con un gesto y sigue buscando chatarra. Iván regresa al coche, arranca y va hacia donde le ha indicado el viejo que se llevaron a Indira. Al tomar la curva, pasa por delante de una enorme casa de piedra cuyo jardín está repleto de manzanos. Sonríe al pensar que, si estuviera con Alba, pararía y le pediría permiso al dueño para coger unas cuantas manzanas. Lo que no sabe es que, en ese mismo momento, está a menos de treinta metros de ella.

Suena su teléfono y mira la pantalla. Recobra la esperanza al ver que quien le llama es la propia Indira.

93

Lucía sabe que su día a día en la cárcel va a ser complicado, mucho más que el del resto de reclusas. En cuanto se enteren de que es policía y que ha colaborado en que algunas de ellas estén allí encerradas, pondrán precio a su cabeza. Pero no le preocupa demasiado, desde que le confesó a Jotadé las circunstancias de la muerte del agente Jimeno, se ha quitado un tremendo peso de encima. Al contrario que su compañero, ella ha podido dormir de un tirón por primera vez en muchos meses.

Se intenta hacer a la idea de que durante su futuro juicio los medios de comunicación y la opinión pública airearán su vida sexual con el arquitecto Héctor Ríos, con Jimeno y con algunos otros hombres que hayan podido pasar por su cama. Y lo curioso es que eso, incluso por encima de haber matado a su mejor amigo, es lo que más le avergüenza de cara a sus padres, a los que seguramente el disgusto se los llevará por delante. Esa es una de las cosas que siempre han frenado su confesión, pero había llegado al límite. Su abogado argumentará una especie de enajenación mental transitoria para intentar reducir al máximo su condena, y aunque ella tiene claro que no estaba en plenas facultades cuando aquella mañana decidió estrellar el coche, no quiere justificarse de ninguna de las maneras; se merece pasar los próximos veinte años encerrada y quiere cumplirlos con dignidad.

Coge unas tijeras de la cocina y va con ellas al cuarto de baño. Se mira en el espejo y comienza a cortarse el pelo. Antes de que todo se fuera a la mierda se dejaba buena parte del sueldo en la peluquería, pero en las próximas dos décadas es algo de lo que prefiere no tener que preocuparse. Tira los mechones de pelo al váter, va a su habitación a preparar una pequeña maleta con cosas que puede llevarse a prisión y se sienta frente a la puerta a esperar a que vengan a buscarla. Lucía solo es fumadora social, pero hoy se muere por un cigarrillo. Busca en todos los rincones de la casa y encuentra un paquete en un bolso que hace años que no utiliza. El tabaco está tan seco que la primera calada le rasca la garganta y tiene que apagarlo, asqueada. Al cabo de un rato, llaman a la puerta. Coge aire y va a abrir.

—Te estaba esperando, Jotadé —dice con entereza.

—¿Qué hostias te has hecho en el pelo?

—Siempre he pensado que el pelo largo es un coñazo y creo que no hay mejor momento para cortármelo. —Coge su maleta y va con ella hacia la puerta—. ¿Los compañeros están abajo?

—¿Por qué no me contaste que pensabas presentarte a inspectora?

—¿Qué importancia tiene?

—¿Me invitas a una cerveza?

Sin esperar a que le conteste, Jotadé va hacia la cocina y abre la nevera, pero está vacía. No hay ni una triste botella de agua.

—Si tengo yo más cosas que tú, no me jodas. ¿Tú la nevera la pones de adorno o qué?

—La he vaciado esta mañana. Supongo que, cuando vuelva, si es que vuelvo, ya llevará todo caducado más de quince años. ¿Nos vamos ya?

—¿Tienes prisa por entrar en el talego?

—Debería haberlo hecho hace meses. Cuanto antes, mejor.

Jotadé ignora sus palabras, se sienta e invita a Lucía con un gesto a hacer lo mismo. Ella deja la maleta en el suelo y ocupa el mismo sitio que antes de llegar su compañero.

—¿Qué pasa, Jotadé?

—Llevo toda la noche buscando una excusa para no detenerte, Lucía, pero la putada es que no la encuentro.

—Eso es porque no la hay.

—Cualquier otra cosa podría callármela, te lo juro, pero esto... —dice pasándolo realmente mal—. Si lo hiciera, el que dejaría de dormir sería yo.

—Te entiendo.

—Dime cómo puedo ayudarte, por favor. Hasta he pensado en llenar el depósito de mi coche y darte las llaves para que te fugues antes de que esto se sepa.

—Creía que tu Cadillac no se lo prestabas a nadie...

—Contigo haría una excepción. En seis horas podrías estar fuera del país. Y a partir de ahí...

—No has entendido nada, Jotadé —Lucía le corta esbozando una sonrisa triste—. Me encantaría poder olvidarme de todo lo que pasó y seguir con mi vida, pero no puedo. Es hora de que se sepa la verdad y que pague por lo que hice.

—No tienes ni puta idea de lo que es el talego, Lucía. Y más para una poli.

—Me imagino que no será fácil.

—No, ya puedes estar segura de que no. Aunque le pida a mi gente que te cuide allí dentro, no será fácil.

—Si quieres ayudarme por lo de tu padre, puedes quedarte tranquilo, nunca pensé en denunciarle.

—No lo hago por él, sino porque me jode que esto le pase a alguien como tú. La has cagado mucho, pero eres buena tía.

—No sé si el resto del mundo pensará igual que tú.

—Me la suda bastante lo que piensen los demás. No te conocen como yo.

—Te lo agradezco, Jotadé, pero quiero que cumplas con tu obligación. —Se levanta y le ofrece las muñecas—. Estoy lista.

—El que no estoy listo soy yo, joder.

Jotadé se devana los sesos, intentando encontrar una solución.

Lucía le observa, tranquila, convencida de que hace lo correcto. En el exterior se escuchan unas sirenas. El oficial se extraña y se asoma a la ventana.

—¿Qué coño has hecho?

—Sospechaba que no habías dicho nada y por eso he llamado yo. Aunque preferiría que me detuvieras tú.

—Te juro que no te dejaré sola, Lucía.

—Lo sé... Espósame antes de que lleguen y tengas un problema.

Jotadé asiente abatido, saca sus esposas y procede a detener a su compañera.

94

Indira escribe una carta sentada a la mesa del salón de casa de Iván. Cuando termina, la guarda en un sobre y la lleva a la habitación. Busca con la mirada dónde dejarla y al fin se decide por el cajón de la mesilla de noche. Entonces se oye el sonido de la puerta.

—¡Indira! ¡¿Dónde estás, Indira?!

Ella sale de la habitación y se encuentra con Iván, que la abraza aliviado, con desesperación.

—Gracias a Dios. Cuando recibí tu llamada ya me había hecho a la idea de que no volvería a verte. —Se fija en la herida de su cabeza, cubierta de sangre seca—. Tenemos que ir al hospital para que te hagan una cura.

—Estoy bien, tranquilo —responde ella con una extraña serenidad—. Solo es una herida superficial.

—¿Dónde te habías metido?

—Estaba siguiendo una pista cuando los hombres de Vargas me embistieron con su coche. Siento haber destrozado el tuyo.

—Olvídate. ¿Diste con él?

Indira duda mirándole, pero al fin niega con la cabeza.

—Ni con él ni con Alba. Tenemos que seguir buscándolos.

—Lo haremos, tranquila —responde Iván decepcionado—. Hemos estado muy cerca, pero la próxima no fallaremos. ¿Cómo pudiste escapar?

—Una de las cosas que Jotadé nos ha enseñado estos días es cómo quitarnos unas esposas —miente mostrando las marcas de sus muñecas—. En un descuido me liberé y conseguí saltar del coche.

—Arriesgaste demasiado.

—Cualquiera sabe dónde pretendían llevarme... —Busca a su alrededor—. ¿Y Gremlin?

—Lo he dejado al cuidado de un niño que había en el poblado. No han querido separarse el uno del otro.

—James. —Sonríe con tristeza—. Quiero que nos hagamos cargo de él. Creo que ese niño será un buen hermano mayor para Alba. ¿Te parece bien?

—Claro que sí, Indira. Lo que tú quieras.

—Lo único que quiero en este momento es un vaso de agua.

—Enseguida.

Indira se sienta en el sofá e Iván va a buscar el agua. Mientras ella bebe, él se sienta a su lado y le coge la mano.

—¿Cuál es el siguiente paso que tenemos que dar?

—Ahora mismo no consigo pensar con claridad.

—Tranquila. Lo importante es que sabemos que Alba sigue viva. Uno de sus secuestradores ha confesado que la trasladaron anoche y que estaba en buen estado. Pronto volveremos a encontrar su pista.

—Seguro que sí.

Iván se fija en la ambigüedad de su gesto y se alarma.

—¿Qué pasa, Indira? Te noto rara.

—Es solo que pensaba que a estas alturas ya tendríamos a Alba con nosotros y me he venido un poco abajo. ¿Podrías abrazarme, por favor?

—Claro.

Iván la abraza e Indira se deja hacer. Los ojos le brillan, a punto de desbordarse.

—Espero que puedas perdonarme, Iván.

Él se separa y la mira extrañado.

—¿Qué es lo que tengo que perdonarte?

—Que quizá incumpla la promesa que te hice. Cada vez veo más difícil que formemos una familia Alba, tú y yo.

—Ya lo somos, Indira. Solo nos falta volver a estar juntos. He pensado que me da igual que en el pueblo de tu madre te odien. Cuando encontremos a Alba, nos trasladaremos a vivir allí, lejos de traficantes y asesinos. Saldremos juntos a patrullar vestidos de policías locales, a solucionar problemas de lindes.

—No parece un mal plan...

Indira se acerca para besarle e Iván la corresponde, pero se detiene cuando ella prolonga el beso y lo convierte en algo más sexual, como si sintiese que es inadecuado en esos momentos.

—Espera, Indira. Quizá lo mejor sea que...

—Quiero que me hagas el amor, Iván —le interrumpe—. Lo necesito.

Ella vuelve a acercarse para besarle y, ahora sí, él se deja llevar. La coge de la mano y la conduce hacia la habitación.

—¿No quieres que me duche antes? —pregunta Iván—. Llevo desde ayer de un lado para otro y...

—Así estás perfecto —Indira vuelve a interrumpirle—. Hoy quiero sentirte y olerte más que nunca.

Se besan con pasión, se desnudan el uno al otro y caen sobre la cama. Hacen el amor con una intensidad que ninguno de los dos había sentido antes. Iván encuentra en las miradas de Indira algo que es incapaz de descifrar, como si le estuviera transmitiendo un mensaje escrito en otro idioma. Cuando terminan, permanecen abrazados.

Indira comprueba que Iván se ha quedado dormido y se levanta con cuidado, procurando no despertarle. Se viste y, tras mirarle con tristeza, se marcha.

95

No es la primera vez que Indira entra en ese hotel. Hace casi cuatro años, cuando ya estaba embarazada de Alba pero todavía no lo sabía, se alojó allí Gonzalo Fonseca, cuyo padre había secuestrado a las tres personas que provocaron que fuera condenado por el asesinato de su mujer.

—Buenas tardes, señora, ¿en qué puedo ayudarla? —pregunta el recepcionista.

—Quería una habitación.

—¿Tiene reserva?

—No. Solo sería por una noche.

—Bien, déjeme ver —dice consultando su ordenador—. No creo que haya problema. ¿Me facilita su DNI, por favor?

Indira le tiende el documento.

—Me gustaría alojarme en un piso alto. Y, si puede ser, que la terraza dé al jardín. Para evitar el ruido del tráfico.

—¿Un octavo piso le parece bien?

—Sí, supongo que será suficiente.

Indira entra en la habitación 814 y se sienta en el borde de la cama. No está tan limpia como debería para tratarse de un hotel de su categoría, pero ahora ya no le importa. Saca su teléfono del bolso y va a la galería de fotos. La protagonista absoluta es su hija Alba. Repasa con una sonrisa todos los momentos de su corta vida que han quedado inmortalizados. Cuando termina, abre la cámara y se dispone a grabar un vídeo:

«Hola, Alejandro –dice mirando a cámara–. En primer lugar, quiero disculparme por haberte hecho tan infeliz. Te juro que pensé que era una buena idea casarnos, pero está claro que me equivoqué. Aunque agradezco la paciencia que siempre has tenido conmigo, estoy convencida de que tu vida será mucho más fácil sin mí. Si necesitas saber qué ha pasado, habla con Iván. Él te lo contará todo. Ojalá encuentres a alguien que te dé el amor que mereces».

Indira corta la grabación y se dispone a iniciar un segundo vídeo, sin duda mucho más difícil que el primero. Coge aire y aprieta el botón rojo.

«Hola, Iván. Supongo que, cuando veas este mensaje, me odiarás por no haber confiado en ti, pero después comprenderás por qué he tomado esta difícil decisión. Me temo que antes te he mentido, pero era lo que debía hacer para salvar a nuestra hija. Créeme que, por más que la he buscado, no he encontrado otra salida. Me enteré de que la habían trasladado a un chalé cercano al lugar donde la tuvieron secuestrada y, como ya sabes, de camino me embistió un todoterreno. Pero no escapé del coche, como te dije, sino que perdí el conocimiento y, cuando desperté, estaba rodeada por Walter Vargas y sus hombres. Gracias a Dios que no te esperé, porque si hubieses venido conmigo, ese cabrón te habría matado para hacerme aún más daño. Pude ver a nuestra niña unos minutos y, aunque asustada, estaba tranquila y bien de salud. Abrazarla una vez más fue, junto con hacer el amor contigo, lo mejor que me ha pasado en la vida. Y todo en el mismo día. Soy una mujer afortunada –añade esforzándose por sonreír–. Cuando volvieron a llevársela, llegué a un acuerdo con Vargas, el único que me garantizaba que la liberarían sana y salva...».

Indira siente la boca pastosa y deja el teléfono sobre la cama. Abre la nevera que hay debajo de la tele y saca una botella de agua. Cuando bebe y se tranquiliza, vuelve a sentarse en el mismo lugar y continúa grabando el mensaje.

«Como ya habrás imaginado, yo no saldré muy bien parada de ese acuerdo. Le dije que haría cualquier cosa y decidió que, para que Alba viva, yo debo morir. Esa es la condición que me ha impuesto. Ese hijo de puta juega duro, aunque eso es algo que tú y yo ya sabíamos. Pero te juro que no me importa, porque de todos modos no podría vivir sin ella. Y estoy segura de que tú tampoco, así que me voy contenta de haberos salvado la vida a los dos. Estoy convencida de que Vargas cumplirá su parte del trato, supe que sería así cuando me dio su palabra mirándome a los ojos. Pero si no lo hiciera, quiero que toda tu ira caiga sobre él. Si, como espero, te devolviera a Alba, olvídate de lo que ha pasado y ocúpate de que nuestra niña crezca feliz. Para conseguirlo ha tenido que perder a su madre, así que procura que no pierda también a su padre, por favor. Ten cabeza, Iván, aunque solo sea por una vez. Me gustaría que, como te dije antes, hicieras todo lo que esté en tu mano por James. Sin ese niño seguramente la habríamos perdido para siempre. En cuanto a mi madre —Indira suspira, sin poder contener la emoción—, solo logrará superar esto con la ayuda de su nieta. Haz que hable con ella a menudo por Skype y que vaya a visitarla de vez en cuando, ¿de acuerdo? He dejado una carta para ella en el cajón de tu mesilla diciéndole que ha sido la mejor madre y abuela que yo podría pedir, pero quiero que tú se lo repitas. Pídele que me perdone por no haberla llamado personalmente, pero estaba segura de que a ella no la hubiera podido engañar como a ti. Despídete de mi parte también del resto del equipo, diles que ha sido un placer trabajar con todos ellos, incluso con Jotadé. En fin... creo que es hora de acabar con esto. Cuanto antes lo haga, antes soltarán a nuestra hija y tú podrás reunirte con ella. Espero que sepas transmitirle que todo lo he hecho por el amor que le tengo, por el que os tengo a los dos, aunque a ti me haya costado más demostrártelo. Lo siento, Iván, lo siento de corazón. En el fondo siempre supe que a quien debía haber pedido matrimonio era a ti, pero nunca aprendí a tragarme mi orgullo. Y, ahora que lo he hecho, ya es demasiado tarde. Ojalá puedas perdonarme por haberte dejado solo. Te quiero».

Indira corta la grabación y envía los dos vídeos. Cuando comprueba que tanto Alejandro como Iván los han recibido, apaga el móvil y lo guarda en el bolso.

Iván se despierta al escuchar el aviso de un mensaje nuevo en su móvil. Toca el lado de la cama en el que debería estar Indira, pero se estremece al sentir que ya está frío.

—¿Indira?

Al comprobar que no está en casa, coge el móvil y la llama, pero salta el contestador. Descubre que el mensaje que le ha llegado hace un instante es suyo y que se trata de un vídeo. Algo le dice que le cambiará la vida para siempre y se resiste a reproducirlo, pero al fin lo hace. Durante los casi tres minutos que dura, no despega la mirada de la pantalla. Cuando termina, abre el cajón de la mesilla y encuentra la carta para la madre de Indira. Entonces comprende que ya no puede hacer nada y agacha la cabeza, destrozado.

Indira sale a la terraza y disfruta de las vistas de Madrid por última vez. Aunque nació a muchos kilómetros de allí, no le parece un mal lugar para morir. Tras varios esfuerzos, pasa al otro lado de la barandilla. Descubre que hay un hombre observándola entre los árboles del jardín del hotel. A pesar de la distancia, lo reconoce como uno de los esbirros de Walter Vargas. Está ahí para comprobar que el acuerdo se respeta sin ningún tipo de engaño. Indira le dedica a Alba un último pensamiento que le arranca una sonrisa y se deja caer.

Tarda apenas cuatro segundos en llegar al suelo. Había leído que es habitual que la gente sufra un infarto durante la caída, pero ella nota el impacto y cómo se le rompen todos los huesos antes de cerrar los ojos para siempre.

96

Agustina lleva setenta años sacando a pastar a las vacas sin faltar un solo día, haga sol o llueva, aunque esto último es lo más habitual al vivir en una aldea del interior de Galicia. Lo más emocionante que le ha pasado nunca —aparte de parir a tres hijos que se limitan a visitarla cuatro o cinco veces al año aunque vivan a menos de cincuenta kilómetros de distancia— fue cuando, allá por 1980, vio en persona al rey Juan Carlos I. Al parecer había obras en la carretera principal y la comitiva real decidió desviarse. Se guardó para sí, quizá por tener un secreto o tal vez por miedo a cómo se lo tomaría su difunto marido, que el monarca le sonrió a través de la ventanilla de aquel coche tan elegante. Lo más seguro es que se tratase de un gesto de cortesía, pero en aquella época, cuando ella todavía era joven, muchos hombres solían sonreírle de la misma manera y Agustina sabía bien lo que eso significaba.

Ahora, cuando ya le queda poco por vivir, su único pasatiempo es ver en televisión las novelas de la tarde y los concursos de talentos por la noche. Por eso, que un coche igual de lujoso que el que conducía el chófer del rey pase por delante de su casa supone todo un acontecimiento. Agustina nunca ha sido curiosa, no entiende qué gana la gente metiéndose en la vida de los demás, pero esta mañana algo le lleva a ponerse un chal y salir a ver qué se les ha perdido a esos forasteros en aquel lugar dejado de la mano de Dios. Sube caminando hasta la curva y ve cómo el coche se detiene a cien metros, en mitad de la nada. Al cabo de unos segundos, la puerta trasera se abre y de ella sale una niña de alrededor de tres años, sucia y demacrada. El coche da la vuelta y pasa por su lado sin detenerse.

Agustina se acerca con cautela a la niña, que se limita a mirarla llegar, aterrorizada. Los surcos claros que atraviesan sus mejillas revelan que lleva demasiado tiempo llorando.

—¿Estás bien, rapaza? —pregunta la anciana al llegar junto a ella. La niña calla.

—¿Cómo te llamas, criatura?

—Alba —responde al fin con un hilillo de voz.

UNAS SEMANAS DESPUÉS

97

La abuela Carmen apoya la oreja en la puerta y sonríe al escuchar las risas cómplices en el interior de la habitación. Cuando decide entrar, James y Alba disimulan, cada uno metido en su cama y ambos tapados hasta el cuello.

—¿Qué cachondeo os traéis vosotros dos, a ver?

—Ninguno, Carmen —responde James con cara de inocente.

—Es que James me ha contado un chiste, yaya.

—Ya... ¿Vosotros no habéis escuchado nunca aquello de que sabe más el diablo por viejo que por diablo?

—No, ¿qué significa?

—Que a mí no me la dais con queso, infelices.

Carmen se acerca a la cama de James y retira la manta. Bajo ella, acurrucado, está escondido Gremlin.

—Abajo, Gremlin.

—Déjalo dormir con nosotros esta noche, porfi —ruega James.

—Ni porfi ni porfa, que todas las noches tenemos la misma pelea. El perro debe cuidar la casa y vosotros dormir, que mañana tenéis colegio. Dame las buenas noches y cierra ese pico que Dios te ha dado, hijo, que no paras de piar.

—Buenas noches. —James se resigna.

—Que sueñes con los angelitos, James —responde Carmen mientras le besa y le arropa para enseguida hacer lo mismo con Alba.

—¿Mañana ya va a venir mi papá, yaya?

A la abuela Carmen se le ensombrece el semblante.

—Tu papá está haciendo una cosa y no sabe cuándo terminará, Alba.

—¿Qué cosa?

—Una de mayores. Pero en cuanto vuelva, ya nunca se separará de ti. Te lo prometo. Buenas noches, Albita.

—Buenas noches, yaya...

Carmen sale con Gremlin y apaga la luz de la habitación. Pone la tele mientras limpia la cocina, con el perro tumbado bajo la mesa. En el informativo hablan sobre Alberto Grau y su presunta implicación en el asesinato de la familia Soroa. Los dos millones de euros que parece haberse llevado de las arcas del partido hacen que sea difícil localizarlo, pero el flamante nuevo presidente del Gobierno, Bernardo Vallejo, ha prometido no parar hasta dar con el que fue durante años su mano derecha.

—Chorizos... —mascula Carmen para sí.

Gremlin levanta la cabeza y ladra.

—¿Qué pasa, Gremlin?

El perro corre hacia la entrada y Carmen va detrás. Al abrir la puerta, se encuentra a Iván Moreno. Tiene aspecto de cansado, pero parece entero.

—Iván... gracias a Dios que has llegado —dice Carmen aliviada—. Pero pasa, no te quedes ahí.

Iván entra y Carmen se fija alarmada en que tiene la camiseta manchada de sangre.

—¿Estás herido?

—Esta sangre no es mía.

—Entonces ¿has encontrado a ese canalla?

—Ya está hecho, Carmen.

La abuela hace un gesto de aprobación y le abraza. Por primera vez desde hace demasiado tiempo, Iván se permite llorar.

NOTA DEL AUTOR

Sé que a muchos de vosotros os ha impactado el desenlace de esta historia. Algunos estaréis de acuerdo y otros algo menos. Aunque ha sido una decisión muy difícil, creo que es un final a la altura de un personaje como la inspectora Indira Ramos. Pero debo pediros tanto a unos como a otros que me guardéis el secreto, que no desveléis lo que sucede para que cada lector lo descubra por sí mismo y se forme su propia opinión.

¡Gracias!

AGRADECIMIENTOS

Con cada nueva novela aumenta el número de personas a las que debo dar las gracias por su ayuda. Todos los que os habéis cruzado en mi camino en estos últimos años, tanto profesionales como lectores y amigos, me habéis aportado algo que ha hecho que crezca un poquito más cada día.

Como siempre, a los primeros a los que quiero mencionar son a Patricia, que me sigue aguantando y dando su valiosa y sincera opinión, y a mi hermano Jorge, por sus buenos consejos.

Algunos compañeros han pasado de ser escritores admirados por mí a buenos amigos, como César Pérez Gellida, al que no me dio tiempo de incluir en los agradecimientos de mi anterior novela, o Mikel Santiago. Gracias a ambos por vuestra generosidad y por darme tan buenas ideas que no he dudado en utilizar.

A mis editores, Jaume Bonfill, María Fasce e Ilaria Martinelli, por su paciencia, su entusiasmo y sus siempre acertadas sugerencias. También quiero dar las gracias a mis compañeros de comunicación, edición técnica, marketing, diseño, comercial, contabilidad, distribución, jurídico... empezando por Laia Collet, Lucía Puebla, Silvia Coma, Nieves Angulo, Pepa Benavent, Guada Guerra y, por extensión, a todo el equipo de Penguin Random House, con los que cada día me siento más cómodo y me entiendo mejor.

A Justyna Rzewuska, mi agente, por seguir velando por mis intereses.

A Katherin K., por todo lo que me has enseñado estos últimos meses.

Al inspector Daniel López, por responder a mis numerosas preguntas.

A mis primeros lectores: Guillermo Mateo, Daniel Corpas, Antonio Díaz, Men Marías... por vuestras aportaciones que, sin duda, han mejorado el manuscrito.

Y, por último, a vosotros, mis lectores. Saber que cada día sois más y recibir vuestros mensajes de apoyo y de cariño hace que todo esto merezca la pena. Como siempre os digo, si os ha gustado esta novela, recomendarla en vuestras redes sociales o en vuestro círculo más cercano sigue siendo el mayor favor que podríais hacerme.

¡Muchas gracias y hasta pronto!

Santiago Díaz
Instagram: @santiagodiazcortes
Twitter: @sdiazcortes

Papel certificado por el Forest Stewardship Council®

Primera edición: enero de 2023

© 2023, Santiago Díaz Cortés
Esta edición se ha publicado gracias al acuerdo con
Hanska Literary&Film Agency, Barcelona, España
© 2023, Penguin Random House Grupo Editorial, S. A. U.
Travessera de Gràcia, 47-49. 08021 Barcelona

Printed in Spain – Impreso en España

ISBN: 978-84-18897-82-5
Depósito legal: B-20.290-2022

Compuesto en M. I. Maquetación, S. L.
Impreso en Unigraf
Móstoles (Madrid)

RK 9 7 8 2 5

LA SERIE INDIRA RAMOS

Un anciano se entrega a la policía. Afirma haber secuestrado a tres personas que contribuyeron a encarcelar injustamente a su hijo por asesinar a su mujer. Los desaparecidos son el abogado defensor que no ganó el caso, la jueza y una joven estudiante que testificó en contra. El hombre está convencido de que fueron sobornados y asegura que morirán uno cada semana hasta que no se detenga al verdadero asesino de su nuera y su hijo sea liberado. La inspectora Indira Ramos solo tiene tres semanas para resolver el caso antes de que "el buen padre" lleve a cabo su macabro plan.

Tras volver de su excedencia con un gran secreto a cuestas, Indira Ramos debe trabajar de nuevo junto a Iván Moreno a pesar de sus diferencias. El reto que tienen es imponente: en una gasolinera han aparecido las huellas dactilares del que fue durante muchos años el hombre más buscado del país, que ha sido detenido. Sin embargo, el brutal asesinato que cometió hace treinta años podría haber prescrito y será difícil llevarlo ante el juez. Pero la inspectora Ramos está convencida de que un asesino como él ha tenido que volver a matar, así que solo necesita encontrar un crimen del que no quede impune.